古典文獻研究輯刊

九 編

曾永義 主編

第 **8** 冊

儒家詩教復變
——以中唐詩歌爲探討中心（下）

林志敏 著

國家圖書館出版品預行編目資料

儒家詩教復變——以中唐詩歌為探討中心（下）／林志敏
著—初版—新北市：花木蘭文化出版社，2014〔民103〕
目 4+168 面；19×26 公分
（古典文學研究輯刊　九編：第 8 冊）
ISBN：978-986-322-540-9（精裝）
1. 唐詩 2. 儒家 3. 詩評
820.8　　　　　　　　　　　　　　　　103000750

古典文學研究輯刊
九 編 第 八 冊　　　　　　ISBN：978-986-322-540-9

儒家詩教復變——以中唐詩歌爲探討中心（下）

作　　者　林志敏
主　　編　曾永義
總 編 輯　杜潔祥
副總編輯　楊嘉樂
編　　輯　許郁翎
出　　版　花木蘭文化出版社
社　　長　高小娟
聯絡地址　235 新北市中和區中安街七二號十三樓
　　　　　電話：02-2923-1455／傳眞：02-2923-1452
網　　址　http://www.huamulan.tw 信箱 hml 810518@gmail.com
印　　刷　普羅文化出版廣告事業
初　　版　2014 年 3 月
定　　價　九編 27 冊（精裝）新台幣 48,000 元

儒家詩教復變
——以中唐詩歌爲探討中心（下）

林志敏　著

目

次

第四章　中唐：意古而詞新

　　誠如論文第三章之分析，本書將中唐詩人劃分為前後兩期來論述。中唐前期指向大曆元年（766）至順宗永貞元年（805）。論詩歌藝術成就，中唐前期應以大曆詩人為代表，唯該詩風消極低迷，詩歌題材盡是酬贈送別、鄉愁羈旅或自然山水，對外在客觀社會不感興趣，也沒有積極入世之干政意識，詩歌無論如何與美刺政教尚有一段距離，故不宜列入討論。該時期卻出現了兩位比較特殊的詩人，即顧況及韋應物，他們的詩歌理論與實踐契合詩教精神，故本章第二節將他們列為論述中心。至於活動於中唐前期後段之方外詩人與權德輿等新臺閣詩人，由於創作絕少攸關政教，故不列入評述範圍中。

　　中唐後期，學者或稱「元和詩風」，指憲宗元和元年（805）至文宗大和九年（835）。該時期著名詩家迭出，本章僅能摘菁探討柳宗元、劉禹錫、韓愈及孟郊等四位詩人的創作與詩教之關係。至於元稹與白居易，由於詩作與詩論頗契合儒家詩教精神，列入下一章，進行專章討論。

　　未進入探討中唐前期詩人前，即盛、中唐之際，存有杜甫及元結等一批詩風特殊之詩人。論詩風，他們不似李白等具有「盛唐氣象」，所以不該劃歸盛唐，同時他們也僅活動於中唐前幾年，詩風又不類中唐前期大曆詩人之藝術風格，故筆者權衡下將他們列入盛、中兩期之交來論述。

第一節　盛、中唐之際的儒家詩教雙璧 [註1]

　　第三章第三節論述的五位詩人：李白、王維、孟浩然、高適以及岑參，除孟

〔註 1〕聞一多稱李白與杜甫為「詩中的兩曜」，本書則從詩教角度來視之為盛、中唐之際的「儒家詩教雙璧」。參見聞一多：《唐詩雜論・杜甫》，上海：上海古籍出版社，2004 年，頁 143。

浩然早逝，未經歷安史之亂外，餘者皆親歷該場驚天動地的浩劫。當中岑參活至大曆四年（770），〔註2〕其餘三位詩人都未踏入中唐前即離世。杜甫（712～770）與元結（719～772），彼此均活動於開元與天寶年間，經歷安史浩劫，同時又於中唐前幾年創作了大量高品質之作，論詩歌藝術風格，有些近盛唐，但大體與盛唐的審美取向有異，故有研究者稱他們爲「走出盛唐」〔註3〕之詩人。

杜甫早期的創作尚帶些激情洋溢以及意氣風發之盛唐氣象，如「岱宗夫如何，齊魯青未了。……會當凌絕頂，一覽眾山小」〔註4〕，其詩「氣骨峥嶸，體勢雄渾」〔註5〕。天寶之後，杜甫與元結耳聞目?盛唐由盛轉衰，深切感受政治腐敗，而隨後併發之安史劫難，導致百姓疾苦，使得他們的詩歌逐步走向現實主義道路。杜甫與元結乃「走出盛唐」人群中，最關心百姓，對國家命運表現得最具深刻反思與憂患意識者，兩者之詩歌理論與創作實踐亦大體相似，深蘊儒家「兼濟天下」以及美刺政教意識，可稱盛、中唐之際並肩高唱儒家詩教之雙璧。

一、杜甫：從委婉至直切

本書第三章論述了不少文學反映現實社會，社會環境亦影響了文學表達內涵之實例。盛、中唐之際詩教再度被宣導，與天寶年間的政治息息相關。盛唐自奸相李林甫掌相後，政治逐步腐敗，而天寶十五載（756）安史之亂爆發，其後連年戰亂，更讓民不聊生，生靈塗炭。隨後內亂雖稍平，吐蕃又入侵，藩鎮割據，朝內奸宦群小跋扈，皇帝敗德失政。大唐帝國經百餘年承平繁盛後，國事又再度紛擾，復陷戰禍中。

詩聖杜甫就在目睹諸種亂象下，創作了一首首暴露現實社會之不朽詩作，詩人發揮詩可以「興」、「觀」與「怨」之能，並以詩教美刺比興的表現特點來干預政教。雖然杜甫有些體現佛、道思想詩作存世，如「秋來相顧尚飄蓬，未就丹砂愧葛洪」〔註6〕，「取供十方僧，香美勝牛乳」〔註7〕，以及「東

〔註2〕 岑參詩歌語奇體峻，超拔孤秀，近盛唐多於中唐，故列入盛唐詩人中討論。
〔註3〕 呂蔚：《走出盛唐的詩人——安史之亂與盛唐詩人研究》，陝西師範大學碩士研究學位論文，2002年4月。
〔註4〕 〔唐〕杜甫：《望嶽》，〔清〕仇兆鰲注：《杜詩詳注》，卷一，北京：中華書局，1999年，頁3～4。
〔註5〕 〔唐〕杜甫：《望嶽》箋注，〔清〕仇兆鰲注：《杜詩詳注》，卷一，頁5。
〔註6〕 〔唐〕杜甫：《贈李白》，〔清〕仇兆鰲注：《杜詩詳注》，卷一，頁42。
〔註7〕 〔唐〕杜甫：《太平寺泉眼》，〔清〕仇兆鰲注：《杜詩詳注》，卷七，頁600。

下姑蘇臺，已具浮海航。到今有遺恨，不得窮扶桑」〔註8〕等，然而那不得視為杜甫核心思想。唐詩人思想複雜，往往一人兼披多種思想，文學作品中糅雜儒、釋、道思想是時代習尚。況且杜甫讀書破萬卷，道藏佛經中本富有精妙語言、生動比喻，以及離奇想像，因此被詩人引用似乎是件很自然不過之事。

1. 儒學背景與蘊涵美刺政教之作

真正影響杜甫一生的是儒家思想，該思想主要根源來自於家庭背景及自幼立定之志向。杜甫自小即生長於儒學家庭，「自先君恕、預以降，奉儒守官，未墜素業矣」〔註9〕。從詩人十三世祖杜預〔註10〕至祖父杜審言，世代素守儒業，詩人仰慕先祖，家世傳統觀念濃厚，因此立下「致君堯舜上，再使風俗淳」〔註11〕，以及「許身一何愚，竊比稷與契」〔註12〕的積極入世偉大抱負。關於杜甫儒學之淵源，暫擱不究。筆者欲指出杜甫一千餘首詩作裏，契合詩教者多不勝數，若僅計其百餘首「即事名篇」之新題樂府詩，亦多以美刺比興為中心，開啓了唐詩對詩教接受之第一高潮。杜甫於安史之亂後，創作「三吏」、「三別」及《兵車行》等，或委婉或直切地揭露諷喻居上者敗德失政，流露民胞物與之悲憫心。元稹稱之「近代唯詩人杜甫《悲陳陶》、《哀江頭》、《兵車》及《麗人》等，凡所歌行，率皆即事名篇，無復依傍」〔註13〕，貼切指出杜甫的寫實精神。

杜甫於《兵車行》〔註14〕一詩裏真實地描繪玄宗用兵吐蕃，勞役百姓之悲慘圖景。詩人對被驅往死地的善良人民，以及拋骨絕域之冤魂，寄予深切同情。「邊庭流血成海水，武皇開邊意未已。……君不聞漢家山東二百州，千村萬落生荊杞」，詩歌借寫漢武帝，曲筆諷刺玄宗，揭露他窮兵黷武之舉措，

〔註8〕 〔唐〕杜甫：《壯遊》，〔清〕仇兆鰲注：《杜詩詳注》，卷十六，頁1438。
〔註9〕 〔唐〕杜甫：《進雕賦表》，〔清〕仇兆鰲注：《杜詩詳注》，卷二十四，頁2172。
〔註10〕 杜預乃晉代名將，素以武功、政事及學術著名，著有《春秋左氏集解》。
〔註11〕 〔唐〕杜甫：《奉贈韋左丞丈二十二韻》，〔清〕仇兆鰲注：《杜詩詳注》，卷一，頁73～80。
〔註12〕 〔唐〕杜甫：《自京赴奉先詠懷五百字》，〔清〕仇兆鰲注：《杜詩詳注》，卷四，頁264～275。
〔註13〕 〔唐〕元稹：《樂府古題序》，冀勤點校：《元稹集》，卷二十三，北京：中華書局，2000年，頁255。
〔註14〕 〔唐〕杜甫：《兵車行》，〔清〕仇兆鰲注：《杜詩詳注》，卷一，頁113～116。

爲國家及人民帶來了嚴重災難。杜甫詩歌特色之一爲字裏行間充滿儒家的憂患意識，該詩中即顯露詩人對國運之憂患。

「窮年憂黎元，歎息腸內熱」，杜甫高度同情人民，經常把百姓之痛苦高置首位。天寶十四年（755），詩人探視寄居在奉先的妻女，發覺幼子不幸活活地餓死，「入門聞號咷，幼子餓已卒」，詩人悲泣羞愧之餘，想到比自己更艱苦的農民和士兵，「默思失業徒，因念遠戍卒」〔註 15〕。當杜甫草堂茅屋頂爲八月秋風所卷破，徹夜難眠之窘境底下，詩人卻希望「安得廣廈千萬間，大庇天下寒士俱歡顏，風雨不動安如山」，甚至表示若宏願能達成，「吾廬獨破受凍死亦足」〔註 16〕。清人仇兆鰲（1638～1717）推譽「從安居推及人情，大有民胞物與之意」〔註 17〕，可見詩人秉持儒家「人饑己饑，人溺己溺」〔註 18〕之崇高精神。

比較能全面又深刻反映安史之亂實況及民生疾苦者，當推組詩「三別」及「三吏」。杜甫於該系列作品中，揭露與抨擊唐朝不合理之兵役制度。統治者剝削壓迫人民，而國難當頭時，卻又表現得昏庸無能，把戰禍全推予百姓，置人民於死地。

《新婚別》〔註 19〕以新嫁女之口吻來娓娓泣述嫁與征夫之悲。詩歌伊始，新嫁女即擲下「嫁女與征夫，不如棄路旁」這麼一個血淋淋之控訴。爾後，詩人再代訴出甫婚遽別之沉痛，「君今往死地，沉痛迫中腸」。可詩歌後半段，竟轉悲痛之調，新嫁女反勸勉夫君：「勿爲新婚念，努力事戎行」。按唐律，凡新婚者，可以延後一年服役。〔註 20〕如今朝廷不依法，強行征役，新嫁女內心雖有怨卻不怒。眞德秀指出「此詩所怨，儘其常分，而能不忘夫禮義」〔註 21〕，

〔註 15〕 〔唐〕杜甫：《自京赴奉先詠懷五百字》，〔清〕仇兆鰲注：《杜詩詳注》，卷四，頁 264～275。
〔註 16〕 〔唐〕杜甫：《茅屋爲秋風所破歌》，〔清〕仇兆鰲注：《杜詩詳注》，卷十，頁 831。
〔註 17〕 〔唐〕杜甫：《茅屋爲秋風所破歌》，〔清〕仇兆鰲注：《杜詩詳注》，卷十，頁 833。
〔註 18〕 《孟子》：「禹思天下有溺者，由己溺之也；稷思天下有饑者，由己饑之也，是以如是其急也」（4b.29）
〔註 19〕 〔唐〕杜甫：《新婚別》，〔清〕仇兆鰲注：《杜詩詳注》，卷七，頁 530～534。
〔註 20〕 眞德秀曰：「先王之政，新有婚者，期不役政」，參見〔清〕浦起龍：《讀杜心解》上冊，北京：中華書局，2000 年，頁 55。
〔註 21〕 〔清〕浦起龍：《讀杜心解》上冊，頁 55。

詩歌蘊含「怨而不怒」之特點，契合儒家「中庸」精神。

最後，詩中女主人公「羅襦不復施，對君洗紅妝」，無奈地自慰亦自歎「人事多錯迕」，唯有遙盼「與君永相望」。杜甫借詩中女主人公之口吻來表達其政治思想，反映雖反戰卻不得不戰的心理，折射出詩人儒家忠君愛國之思想。

《垂老別》描述一老翁暮年從軍與老妻惜別之苦情，表現了勞苦人民的無窮辛酸與災難。《無家別》則寫相州潰敗後戰士返鄉，只見一片荒景，反映安史叛亂對農業生產及人民生活之嚴重破壞。

類似思想也深映於杜甫另一篇名著《新安吏》〔註 22〕裏。該詩作寫於安史之亂後第五年，詩之前半段敘述唐九節度使鄴城兵敗後，於新安大肆拉丁，不足兵齡的中男被迫赴前線之慘狀。「肥男有母送，瘦男獨伶俜」，道出亂世裏貧與富者皆無法幸免，深切訴出為人父母者之共同哀慟，體現了詩人之仁心。詩人無奈下唯有安慰送行者莫悲，「莫自使眼枯，收汝淚縱橫」，以免「眼枯即見骨」了。

杜甫於詩中段高呼「天地終無情」，歷來學者對該句多集矢。明末王嗣奭（1566～1648）指杜甫為避諱而將「朝廷」言為「天地」，〔註23〕而清人浦起龍（1679～1762）則進一步解釋：「固是為朝廷諱，然相州之敗，實亦天地尚未悔禍也。」〔註 24〕其意為詩人雖委婉地掩飾朝廷之不是，然二十萬官兵之潰敗，乃至四下強拉夫，為天地間不可逆料之事，罪不在居上者。由此，詩歌下半首筆調一轉，就出現「我軍取相州，日夕望其平」，「況乃王師順，撫養甚分明」等勸慰兼鼓勵從軍衛國之詩句。浦起龍指此為「先以惻隱動其君上，後以恩誼勸其丁男」〔註25〕，詩人體現出儒家仁義之道。

明人張綖（生卒年不詳）則認為「兵者，聖人不得已而用之」，而似《新安吏》該類詩，是「不得已而用之者也」，張綖視其為「慰」也。張綖指出「然天子有道，守在四夷。則所以慰、哀之者，亦刺也。」〔註26〕這一說即幫助我們理解該詩最終還是緊扣於一個「刺」字上，充分展現杜甫之詩教精神。

〔註22〕〔唐〕杜甫：《新安吏》，〔清〕仇兆鰲注：《杜詩詳注》，卷七，頁 523～526。
〔註23〕〔明〕王嗣奭：《杜臆》，卷三，上海：上海古籍，1983 年，頁 81。
〔註24〕〔清〕浦起龍：《讀杜心解》上冊，頁 53。
〔註25〕〔清〕浦起龍：《讀杜心解》上冊，頁 53。
〔註26〕張綖曰，轉引自〔唐〕杜甫著，〔清〕仇兆鰲注：《杜詩詳注》，卷七，頁 525。

2. 袒露譏刺與思想之轉變

杜甫詩作內容多熱愛人民，體恤與憐憫民瘼。杜詩善批判政治弊端，揭露掌政者的專制無良，處處流露出「詩聖」對國家與人民命運深沉之關懷。然而杜甫一些反映社會慘狀詩作，語言袒露，直接針砭政弊，詩作內容雖合乎善道，其表達卻「哀且傷」。過於直露之詩句，叫人質疑其「諍諫」過於「譎諫」，似乎不符儒家「樂而不淫，哀而不傷」的中庸精神。筆者卻視杜甫該表面似乎非忠實地復古傳統詩教，其實卻是經過一番精細地審時度勢，權衡情境後之抉擇，個中精神仍舊契合詩教主旨。

杜甫《麗人行》〔註 27〕即是一首袒露諷喻之舊題樂府詩。此詩從修袚日楊國忠姐弟五家與扈從遊宴曲江之盛大排場描繪起，詩句盡陳對象「衣妝之麗」與「廚膳之侈」。楊貴妃得寵，連帶大姐被封爲韓國夫人，三妹爲虢國夫人，八妹則爲秦國夫人。詩歌中段「就中雲幕椒房親，賜名大國虢與秦」，直指詩中主人公爲「肌理細膩」、「態濃意遠」之楊氏姐妹，可見該詩之直切，沒多大曲折隱諱旨趣。《杜詩詳注》作者仇兆鼇稱「此詩刺諸楊遊宴曲江之事」，〔註 28〕研究者早洞悉詩人借詩來揭露上層社會的腐敗與國家政治之黑暗。論者又指出「本寫秦、虢冶容，乃概言麗人以礫栝之，此詩家含蓄得體處」。「含蓄得體」意指詩歌吻合詩教「溫柔敦厚」之運用原則，然而唯稍懂唐史者，不難瞭解該詩旨趣，更何況「賜名大國虢與秦」句，更明確圈點出詩歌嘲諷對象，似乎沒有任何含蓄蘊藉可言。

《麗人行》末句「炙手可熱勢絕倫，慎莫近前丞相嗔」，指出時任右丞相之楊國忠，驕橫跋扈，千萬不可得罪。斯時楊國忠手握國家重權，身兼四十多要職，勢如中天，頗有不可一世之蠻態。清人王夫之認爲「『賜名大國虢與秦』，與『美孟姜矣』、『美孟弋矣』、『美孟庸矣』一轍，古有不諱之言也，乃《國風》之怨而誹、直而絞者也」〔註 29〕。此外，沈德潛亦指出「極言姿態服飾之美，飲食音樂賓從之盛，微指椒房，直言丞相，大意本《君子皆老》之詩，而諷刺意較顯」〔註 30〕。清朝兩名家，不約而同地認同該詩具淺顯直露之譏刺味。

〔註 27〕〔唐〕杜甫：《麗人行》，〔清〕仇兆鼇注：《杜詩詳注》，卷二，頁 156～162。
〔註 28〕〔唐〕杜甫：《麗人行》箋，〔清〕仇兆鼇注：《杜詩詳注》，卷二，頁 157。
〔註 29〕〔清〕王夫之：《薑齋詩話》，卷一，北京：人民文學出版社，頁 143。
〔註 30〕〔清〕沈德潛：《唐詩別裁集》，卷七，長沙：嶽麓書社，1998 年，頁 145。

　　無可否認地，詩中「楊花雪落覆白蘋，青鳥飛去銜紅巾」句較委婉隱諱，其語義「隱語秀絕」〔註31〕，《杜詩言志》稱「其隱蔽周密，狡慧傳情，中冓之言，乃不可道」〔註32〕。該「不可道」句，也許蘊含暗喻國忠有私於虢國夫人之敗行，事實是否如此，就無法考察了。質言之，《麗人行》深爲杜甫一首直露且具政治預見性之刺詩。

　　歷來學者連篇累牘地討論杜甫思想之轉變。劉明華從「良臣」與「忠臣」的角度來論證杜甫實爲「諫諍型」之良臣，非簡單服從型之愚忠。〔註33〕傅紹良則引用多則《論語》與《孟子》章句來澄清杜詩過於直露之規諷，恰恰合乎「君使臣以禮，臣事君以忠」（3.19），孔子主張的君臣相處之正道。世人曲解儒家之君臣關係，所以才誤認杜甫不合儒家思想。〔註34〕當中亦有較極端者如劉大杰於其《中國文學發展史》修正版裏論斷杜甫由早期「尊儒」，轉「疑儒」，再至「非儒」，最終走至「輕儒重法」之道路。〔註35〕筆者則從先秦儒家主張的「權變」概念來解釋該現象。

　　先秦儒家雖嚴格規定人們要遵循經道，但同時也認爲若客觀條件變動下，人們能自主地選擇一個切合時宜之權衡通變方法來應對。先儒包括孔子、孟子及荀子稱該方法爲「權」。筆者認爲杜甫從委婉至直切之譏刺，實受儒家權變觀念影響。關於「儒家權變」與「文學通變」之間的關係，本書第三章第一節末已略有提及，且會在第七章再進行詳剖，故不在此贅言。

　　杜甫君臣觀轉變之原由，葛曉音《略論杜甫君臣觀的轉變》早有詳盡闡發。本書於此處無所發明，僅將其概要整理如下：

　　玄宗時，杜甫原本極忠君。肅宗時，因替房琯說項事，杜甫遭罷免左拾遺。始悟君王非聖明，亦有失政時。此外，至德二載（757）玄宗還京後與肅宗父子之間的明爭暗鬥，更讓杜甫認清在上位者醜惡之嘴臉，忠君觀念開始

〔註31〕〔清〕浦起龍：《讀杜心解》上冊，頁229。
〔註32〕〔清〕佚名：《杜詩言志》，蘇州：江蘇人民出版社，1983年，頁25。
〔註33〕劉明華：《杜甫研究論集・杜甫「忠臣」的表現形態第二節諫諍而非服從──杜甫之「忠」表現之二》，重慶：重慶出版社，2005年，頁97～99。
〔註34〕傅紹良：《論杜甫的諫臣意識》，《陝西師範大學學報（哲學社會科學版）》，1998年03期。
〔註35〕劉大杰：《中國文學發展史》第二冊，上海：上海人民出版社，1976年。徐中玉對此課題有深入探討，可參見徐中玉：《不能夠這樣評論杜甫》，《古代文藝創作論集》，北京：中國社會科學出版社，1985年，頁136～144。

動搖。代宗時，杜甫未就京兆功曹，捨棄汲汲所求之官職，證明其君臣觀已有大轉變。〔註36〕

　　雖說杜甫忠君思想已有轉變，唯由始至終「忠君」觀念仍深踞其內心深處。蘇軾曾稱杜甫「一飯不忘君」，此言雖誇大了些，但仍有一定之理據。筆者體察杜甫創作由初始之維護君王，委婉規諷，後期轉至直接鞭斥，其始終心繫君王，憂國憂民。該理正符合儒家「權變」概念，即於權衡通變中有固守之原則。杜甫不愚忠，詩歌裏有婉轉規諷，亦有袒露譏刺，而詩人自主性之展現背後，深懷一顆「忠君」之心。

　　筆者認爲杜甫該思想轉變，不該被視爲「非儒」，或「輕儒重法」。只要觀察詩人大曆元年（766）至三年（768）間於夔州之創作，如《秋興八首》其一〔註37〕：「叢菊兩開他日淚，孤舟一系故園心」；其二〔註38〕：「夔府孤城落日斜，每依南斗望京華」，等等，均細訴出詩人晚年無時無刻不忘故國。職是之故，與其說杜甫「非儒」，不如視之爲「念闕心態」更爲妥貼。

3. 杜甫詩教思想之評價

　　毋庸置疑地，儒家的政教文學觀深深制約了杜甫之創作。詩人存世之千餘首作品，質樸之語言表達中，深切蘊蓄抑揚起伏之愛國愛民情感。杜甫作品可讀之表面題材有廣泛反映民生疾苦，以及揭露腐敗黑暗等，而其意蘊卻無處不滲透詩人對儒家道德意識之信仰。清人仇兆鰲稱「論他人詩，可較諸詞句之工拙，獨至杜詩，不當以詞句求之。蓋其（杜甫）爲詩也，有詩之實焉，有詩之本焉」，又指出詩人的作品「即一鳥獸草木之微，動皆切于忠孝大義，非他人之爭工句者，所可同日語矣。」〔註39〕唯有長期不斷淫浸於儒家世界，以儒學爲思想核心，才能塑造如此崇高情操。《本事詩》之載述雖不可盡信，〔註40〕但作者孟棨首稱杜甫爲「詩聖」〔註41〕，千年來無異議，當之無愧。

〔註36〕 段意大致整理自葛曉音：《漢唐文學的嬗變略論‧杜甫君臣觀的轉變》，北京：北京大學出版社，1990 年，頁 405～412。
〔註37〕 〔唐〕杜甫：《秋興八首》其一，〔清〕仇兆鰲注：《杜詩詳注》，卷十七，頁 1484。
〔註38〕 〔唐〕杜甫：《秋興八首》其二，〔清〕仇兆鰲注：《杜詩詳注》，卷十七，頁 1485。
〔註39〕 〔唐〕杜甫著，〔清〕仇兆鰲注：《杜詩詳注序》，頁 2。
〔註40〕 「孟棨《本事詩》，小說家流也。」參見〔明〕胡應麟：《詩藪‧雜編》，卷二，《遺逸中‧載籍》，北京：中華書局，1959 年，頁 265。
〔註41〕 「杜甫逢祿山之難，流離隴蜀，畢陳於詩，推見至隱，殆無遺事，故當時號爲『詩聖』。」參見〔唐〕孟棨：《本事詩‧高逸第三》，丁福保輯：《歷代詩

　　論文第二章論述了高適對政治之反思與國家前途之憂患，杜甫亦具該特質。子曰：「人無遠慮，必有近憂」（15.11），孟子更直指「君子有終身之憂」（4b.28），歷來中國知識分子於儒學之薰陶下，培養了一定程度的憂患意識。杜甫小至對個人仕途的擔憂，百姓安危的焦慮，大至整個國家政治之憂患，詩人似乎無時不在憂國憂民。對比同樣經歷天寶後期國家衰敗，以及安史之亂的李白、王維等詩人，杜甫詩歌折射出他就像一位終身憂慮之詩人。上揭杜甫多首美刺比興詩歌，創作背後動機就在於詩人飽滿之憂患意識。

　　杜甫具政治遠見，所以他對國家的憂患常常帶有預見性〔註42〕。上述《麗人行》，詩人攻訐楊國忠姐弟荒淫濫權，其實是對玄宗提出預警，可惜未收效。

　　杜甫一些詩作直接指明針砭對象，語言與詩旨過於袒露，似乎不符詩教傳統的運用哲學。杜甫該類詩作卻占數不多，時代環境雖逼迫詩人作出通變，但仍保留了一定的思想局限。宋人蘇軾曾對此給予意見：

> 太史公論詩，以爲『《國風》好色而不淫，《小雅》怨悱而不亂。』以余觀之，是特識「變風」、「變雅」耳，烏睹詩之正乎！昔先王之澤衰，然後「變風」發乎情，雖衰而未竭，是以猶止於禮儀，以爲賢於無所止者而已。若夫發於性止于忠孝者，其詩豈可同日而語哉！古今詩人眾矣，而杜子美爲首，豈非以其流落餓寒，終身不用，而一飯未嘗忘君也歟〔註43〕。

蘇軾曾給前代文人下過不少中肯評論，他把杜甫定位於儒家之世界裏。蘇軾認爲杜甫詩作「好色而不淫，怨悱而不亂」，不僅達至「發於性止于忠孝」的詩教委婉表達原則，甚至還能進一步堅守儒家推崇「臣事君以忠」（3.19）之經道。

　　文學上提倡復古，乃常有之事。詩教復古，更在歷朝中迭現，然而提倡復古者，往往不安於單純地墨守傳統，而是延續中有所通變。高適援引邊塞題材入詩教，韋應物則創作富美刺政教之寓言詩，杜甫詩歌題材雖多樣化，卻未於該方面提出貢獻。不過無論如何，杜甫讓直言不諱式的美刺政教詩作，開個端頭，該背離傳統的表現手法，筆者視之爲一項「通變」，爲革新詩教之

　　　　話續編》上冊，頁 14。
〔註42〕劉明華對該課題諸多發揮。參見劉華明：《杜甫研究論集》，重慶：重慶出版
　　　　社，2005 年，頁 12～15。
〔註43〕〔宋〕蘇軾：《東坡文鈔・王定國詩集敘》，高海夫主編：《唐宋八大家文鈔校
　　　　注集評》，卷一百一十九，西安：三秦出版社，1998 年，頁 5551。

大貢獻。杜甫啓發了元稹與白居易之創作表現，元、白將該直訐無隱手法發揚光大，而繼杜甫及元、白後，中、晚唐美刺比興詩作，多不離該特色。

二、元結：質樸與直訐

比杜甫年小約七載的元結（719～772），其理論與創作均推崇風雅，強調詩歌的美、刺作用，亦爲盛、中唐之交的一位高唱儒家詩教者。

1. 儒學淵源與詩教主張

元結崇儒，影響者除了當時儒學復興之風氣，尚有詩人的家世淵源，以及自小接受之教育。

元結祖父元亨（生卒年不詳）曾勸誡元結由於歷代祖先「鷹犬聲樂是習，吾當以儒學易之。」〔註44〕元結父親元延祖，雖不求仕進，可是安史之亂時，卻鼓勵子孫應挺身報國，「不可自安山林」〔註45〕。先人告誡中蘊含儒家積極用世思想，說明元結自小接受的是傾向儒家式之家庭教育。

元結十七歲時「折節向學」，追隨從兄元德秀（696～754）。元德秀爲天寶年間之魯山令，素以崇高德行著稱。《新唐書》將元德秀列「卓行」，謂「天下高其行，不名，謂之元魯山」。〔註46〕李華曾作《三賢論》讚美元德秀，並認爲「使德秀據師保之位，瞻形容，乃見其仁。」〔註47〕元德秀、李華及蕭穎士等均爲盛、中唐之際大力推展儒學之士。元結親承元德秀教誨近十年，自然深受其思想薰陶。

元結於其傳世的十卷詩文中，反復地提倡詩歌諷喻時事與裨補政治之功能。天寶三載（747），元結完成著名的《治風詩》與《亂風詩》共十篇。詩歌描盡古代治世與亂世之統治者的各種情狀，並於該詩序中自稱著「二風詩」的動機在於欲「求於司匭氏，以裨天監」〔註48〕，詩人存有寫詩來救時補教

〔註44〕〔宋〕歐陽修、宋祁：《新唐書》，卷一百九十四，《列傳第一百一十九》，北京：中華書局，頁4681。

〔註45〕〔宋〕歐陽修、宋祁：《新唐書》，卷一百九十四，《列傳第一百一十九》，頁5565。

〔註46〕〔宋〕歐陽修、宋祁：《新唐書》，卷一百九十四，《列傳第一百一十九》，頁5565。

〔註47〕〔宋〕歐陽修、宋祁：《新唐書》，卷一百九十四，《列傳第一百一十九》，頁5565。

〔註48〕〔唐〕元結：《二風詩・序》，孫望校：《元次山集》，卷一，北京：中華書局，

之意。天寶六載（747），元結於《二風詩論》中指出寫詩目的是「極帝王理亂之道，系古人規諷之流」〔註49〕，充分體現詩人強調文學要反映現實生活，干預社會，並發揮諷諫規勸之能。

從元結《劉侍御月夜宴會》中可以窺探詩人對時風甚為不滿，「於戲！文章道喪蓋久矣。時之作者，繁雜過多，歌兒舞女，且相喜愛，系之風雅，誰道是邪？」〔註50〕元結感歎文學「無道」許久，呼籲寫詩要「系之風雅」，俾恢復所謂「文章之道」。言下之意，清楚顯示詩人主張風雅比興之傳統。

天寶十載（751），元結創作《系樂府》十二首，序言裏指出其創作動機為「古人歌詠，不盡其情聲者，化金石以盡之，其歡怨甚耶戲！盡歡怨之聲者，可以上感於上，下化於下，故元子系之。」〔註51〕「化金石以盡之」句，道出傳統樂府之可以入樂，而「其歡怨甚耶戲」句，則揭露詩人主張詩歌具哀怨歡樂之抒情本質。詩人認為「盡歡怨之聲」，可達「感上化下」之論，深為《詩大序》：「上以風化下，下以風刺上」之精神延續。

元結寫於代宗大曆二年（767）之《文編序》，具體與明確地傳達其文學主張：「故所為之文，多退讓者，多激發者，多嗟恨者，多傷閔者。其意必欲勸之忠孝，誘以仁惠，急於公直，守其節分，如此非救時勸俗之所須者歟？」〔註52〕身處亂世，詩人常苦於無法濟民於患難中，「不能救時患，諷諭以全意」〔註53〕，由此他乾脆於詩作中直接呼籲：「何人采國風？吾欲獻此辭」〔註54〕，詩人欲繼承上古《詩》世界中的美刺比興社會。元結主張詩歌用以諷喻時政，表達社會民生，完全體現儒家所認定之現實主義詩歌傳統，可見詩人推展詩教的旗幟多麼地鮮明。

2. 反映民瘼與揭露失政

歷來研究者多指出元結詩歌具兩大特色：其一為內容之「強烈抨擊政治上的腐敗、黑暗、暴虐與不合理」；其二為「藝術形式上質樸古淡的特色」。〔註55〕

1960 年，頁 5。
〔註49〕〔唐〕元結：《二風詩論》，孫望校：《元次山集》，卷一，頁 10。
〔註50〕〔唐〕元結：《劉侍御月夜宴會》，孫望校：《元次山集》，卷三，頁 37。
〔註51〕〔唐〕元結：《系樂府十二首·序》，孫望校：《元次山集》，卷二，頁 18。
〔註52〕〔唐〕元結：《文編序》，孫望校：《元次山集》，卷十，頁 154。
〔註53〕〔唐〕元結：《酬孟昌武苦雪》，孫望校：《元次山集》，卷二，頁 30～31。
〔註54〕〔唐〕元結：《舂陵行》，孫望校：《元次山集》，卷三，頁 35。
〔註55〕楊承祖：《論元結的直樸現實特色》，中國唐代學會編輯委員會編輯：《第二屆

政治之黑暗腐敗，體現出來的是統治階級生活之窮奢極欲與荒淫糜爛，因此殃及百姓，致使民生疾苦。元結詩歌之內容，主要反映該兩點。

天寶十年（751），元結創作《系樂府》十二首，集中揭露與抨擊表面繁華風光社會底下之黑暗面。《系樂府》其六《貧婦詞》〔註56〕曰：

> 誰知苦貧夫，家有愁怨妻。請君聽其詞，能不爲酸悽。
>
> 所憐抱中兒，不如山下麑。空念庭前地，化爲人吏蹊。
>
> 出門望山澤，回頭心復迷。何時見府主，長跪向之啼。

詩歌盡描貧婦失去土地，卻無處可哭訴之悲涼。《系樂府》十二首中不只反映百姓之悲慘境遇，亦有規諷權貴或執政者。

《系樂府》其七《去鄉悲》〔註57〕寫黎民因失去鄉園土地而被迫流落他方。

> 躊躕古塞關，悲歌爲誰長。日行見孤老，羸弱相提將。
>
> 聞其呼怨聲，聞聲問其方。方言無患苦，豈棄父母鄉。
>
> 非不見其心，仁惠誠所望。念之何可說，獨立爲悽傷。

唐承隋而延續下來的均田制，已因天寶年間之政事日壞，戶口登記管理的失當，授田與還授之失序，導致土地大量兼併，人民因無地耕種而四處竄逃流散。詩人耳聞目?亂象，不只對黎民痛苦之生活處境作客觀的描繪，尚對受害者寄予無限之悲憫與同情。「何時見府主」與「念之何可說」句，勸諫執政者要體恤人民，深刻體現詩人爲民請命之仁心。

又《系樂府》之十二《下客謠》〔註58〕曰：「下客無黃金，豈思主人憐」，揭露了當時官場行賄成風之惡習。除此之外，《系樂府》之四《賤士吟》〔註59〕中則指出「諂競實多路，苟邪皆共求。常聞古君子，指以爲深羞」，是隱喻自開元二十二年（734），「口蜜腹劍」的李林甫掌相權後，朝廷官員競相獻諂之醜態。詩人借「古君子」之名來抨擊該不顧廉恥之事。

《系樂府》之二《隴上歎》〔註60〕云：「父子忍猜害，君臣敢欺詐」，詩人借詩抨擊統治者內部爲爭奪權力而展開之殘酷鬥爭，有暗諷玄宗於開元二

國際唐代學術會議論文集》，臺北：文津出版社，1993年，頁24。

〔註56〕〔唐〕元結：《貧婦詞》，孫望校：《元次山集》，卷二，頁20。

〔註57〕〔唐〕元結：《去鄉悲》，孫望校：《元次山集》，卷二，頁20。

〔註58〕〔唐〕元結：《下客謠》，孫望校：《元次山集》，卷二，頁22。

〔註59〕〔唐〕元結：《賤士吟》，孫望校：《元次山集》，卷二，頁19。

〔註60〕〔唐〕元結：《隴上歎》，孫望校：《元次山集》，卷二，頁18～19。

十五年（737），廢皇太子瑛（生卒年不詳）等之嫌。〔註61〕

此外，元結又作《說楚賦》三篇，詩人雖於末篇謂「君使說楚，似欲戒梁」〔註62〕，實乃欲借「荒」、「惑」及「惛」俱全之楚王，來委婉諷戒其時日益荒淫奢靡之玄宗。然而元結創作類似含蓄蘊藉、委婉迂迴批判政治腐敗之詩文畢竟不多。

3. 直訐無隱之美刺諷喻

元結的創作多直訐無隱，不留餘地地激切攻訐時政，此爲詩人詩歌創作之主調。試看以下三首詩作：

> 山澤多饑人，閭里多壞屋。戰爭且未息，征斂何時足。
>
> 不能救人患，不合食天粟。何況假一官，而苟求其祿。……〔註63〕
>
> ……收賦來江湖。人皆悉蒼生，隨意極所須。
>
> 比盜無兵甲，似偷又不如。……〔註64〕
>
> ……兵興向九歲，稼穡誰能憂。何時不發卒，何日不殺牛。
>
> 耕者日已少，耕牛日已希。皇天復何忍，更又恐斃之。〔註65〕

上舉之詩歌旨趣，或譴責戰爭，或抨擊征斂，毫不留情地訐責統治者之暴政。明人湛若水（1466～1560）之《元次山集序》載武定侯郭世臣（生卒年不詳）曾稱譽元結「浩然剛大，憤世疾邪」〔註66〕，詩人以其剛正不阿與嫉惡如仇之性格，筆底常爲民打抱不平。詩人之詩文非但揭露時弊，關注民生，對社會之干預更是大膽與強烈。杜甫閱畢元結《舂陵行》後，有感於詩人護民之高尚情操而讚美：「道州憂黎庶，詞氣浩縱橫。兩章對秋月，一字偕華星。」〔註67〕

元結代表作《舂陵行》，是詩人好官難當之告白，詩歌深切地反映了道州人民飽受執政者橫征暴斂之苦。廣德二年（764），元結方任道州刺史五十日，

〔註61〕 《舊唐書・玄宗傳》：「夏四月，……乙丑，皇太子瑛、鄂王瑤、光王琚並廢爲庶人。」參見〔後晉〕劉昫等撰：《舊唐書》，卷九，《玄宗本紀第八》，頁308。

〔註62〕 〔唐〕元結：《說楚何惛王賦》，孫望校：《元次山集》，卷五，頁62。

〔註63〕 〔唐〕元結：《喻常吾直》，孫望校：《元次山集》，卷二，頁27～28

〔註64〕 〔唐〕元結：《別何員外》，孫望校：《元次山集》，卷三，頁38。

〔註65〕 〔唐〕元結：《酬孟昌武苦雪》，孫望校：《元次山集》，卷二，頁30。

〔註66〕 〔明〕湛若水：《元次山集序》，〔唐〕元結著，孫望校：《元次山集》，附錄二，頁176。

〔註67〕 〔唐〕杜甫：《同元使君舂陵行》，孫望校：《元次山集》，附錄一，頁162。

竟然「承諸使徵求符牒二百餘封」，平均每日四至五封征稅之符牒，可見賦稅之繁急。《舂陵行》起句即指「軍國多所需」，一針見血地道出人民困難之源在於國軍需索無度。人民無法滿足征斂，有司動輒「刑法竟欲施」，結果釀成「大鄉無十家，大族命單嬴。草餐是草根，暮食是木皮」。究其禍首，是代宗貪財濫權之惡果，可該詩卻未提及幕後主使者，僅點至「軍國」而已。由此杜甫稱該詩具「委婉頓挫之詞」〔註68〕，意即元結大膽攻訐時弊之餘，尚堅守儒家之中庸原則。或許該詩語言表達相較於杜甫《麗人行》來得委婉，故杜甫有此論。筆者卻認爲讀者若熟悉詩歌之內容背景，即可瞭解詩人欲諷喻之對象其實早已不言而喻的了。

上揭元結《系樂府》十二首，亦有語言直切者，如《系樂府》之九《農臣怨》〔註69〕：

> 農臣何所怨，乃欲干人主。不識天地心，徒然怨風雨。
> 將論草木患，欲說昆蟲苦。巡迴宮闕傍，其意無由吐。
> 一朝哭都市，淚盡歸田畝。謠頌若采之，此言當可取。

詩描繪荒災導致歉收，農民疾苦。「一朝哭都市，淚盡歸田畝」句，揭露災黎不把抱怨深藏於心，反宣諸於外。「不識天地心」與「巡迴宮闕傍」句，則揭示災黎不再委婉隱晦怨怒之對象，熊熊之怒火，直向執政者開射。換言之，其詩題雖爲「怨」，實已深含「怒」之意味了。以上論證充分說明詩人已突破了詩教傳統委婉之表達，有直接諷喻之跡象。

上節論述杜甫部分詩歌，有袒露諷喻之對象，至元結，直訐時弊之詩歌獲得進一步發展。中唐後期，白居易「質而徑」與「直而切」之《新樂府》，再度將該直言無諱，變通式之表達手法，發揮得淋漓盡致。

4. 真率直樸及淺顯自然的詩歌語言

詩歌欲捨棄傳統詩教之委婉託諷，改以直訐無隱的表達方式，須有相應的平實直切之語言來配合。

肅宗乾元三年（760），元結盡篋中所有，將沈千運（生卒年不詳）、孟雲卿（725？～？）等一干「獨挺於流俗之中，強攖於已溺之後」〔註70〕之詩人的二十四首古詩，合編爲《篋中集》。詩集序言伊始，元結即慨歎：「風雅不

〔註68〕〔唐〕杜甫：《同元使君舂陵行·序》，孫望校：《元次山集》，附錄一，頁162。
〔註69〕〔唐〕元結：《農臣怨》，孫望校：《元次山集》，卷二，頁21。
〔註70〕〔唐〕元結：《篋中集序》，孫望校：《元次山集》，卷七，頁100～101。

興，幾及千歲，溺於時者，世無人哉！」詩人批評世風「更相沿襲，拘限聲病，喜尙形似。以流易爲詞，不知喪於雅正，然哉！」以及「彼則指詠時物，會諧絲竹，與歌兒舞女，生污惑之聲於私室可矣」。元結不滿當時之詩壇過度沉溺於詩歌音律與形式之追求，認爲該「流易之詞」阻礙了「風雅」之承傳。由此可見《篋中集》之編纂，非僅如元結所稱「欲傳之親故，冀其不忘」，實蘊藏了詩人追求「風雅」之決心。

　　元結追求理論與實踐之一致性，詩人既然認爲詩歌的音律等藝術形式有礙「風雅」發展，自然就轉向追求眞率直樸與自然無華之詩歌語言。淺切通俗得近乎口語之詩歌傳統，得追溯《詩》之「風雅」。詩人努力學習「風雅」以及漢樂府民歌之樸質語言特色，他甚至從民間歌謠中汲取營養，使用淺白中不失流暢之表達，創作了一些如《欸乃曲五首》的民歌體詩作。湛若水曾指出元結的詩歌語言「欲質不欲野，欲樸不欲陋，欲拙不欲固，卓然自成其家者也。」〔註71〕可見元結不只在內容上努力延續「風雅」，連帶地其語言形式也紹承了下來。

　　元結爲了繼承古樂府，以「前世嘗可稱歎者」〔註72〕爲題材入詩，創作《系樂府》十二篇。與此同時，爲了讓詩歌的藝術形式亦能賡續樂府傳統，元結步隨漢樂府開創之五言體式，以五古爲主，嘗試呈現質樸古拙之詩風。此外，詩人本身也有意地不隨時俗作近體詩，目的也是爲了貫徹追求風雅比興之文學主張。

5. 元結詩教思想之評價

　　元結的文學復古論亦有別於其前後諸輩。陳子昂認爲「文章道弊五百年矣」〔註73〕，提倡爲文要恢復「漢魏風骨」，而與元結同時代之支持儒學復興文士如李華、蕭穎士及賈至等，主張復古於漢魏之前的文學。較遲於元結的唐古文運動大家韓愈，則強調欲恢復東漢之前的古文。元結卻不與彼等沆瀣一氣，主張爲文推崇三代，所以元結指出「風雅不興，幾及千歲」，視自秦漢後之道已不傳矣。

〔註71〕〔明〕湛若水：《元次山集序》，〔唐〕元結著，孫望校：《元次山集》，附錄二，頁176。
〔註72〕〔唐〕元結：《系樂府十二首・序》，孫望校：《元次山集》，卷二，頁18。
〔註73〕〔唐〕陳子昂：《與東方左史勘修竹篇序》，徐鵬校點：《陳子昂集》，卷一，北京：中華書局，1962年，頁15。

與此同時，元結之詩教復古提倡也與前輩有異。元結提倡風雅，正處盛、中唐之交。從詩歌發展角度來說，該論調往上可以遠溯於漢儒，近則繼承初唐四傑、陳子昂、李白及高適等詩人。可是觀察元結詩歌語言質樸淺顯，內容直露不迂迴等作風，都與諸前輩迥異。元結直訐不隱地美刺政教，作風與同時期之杜甫相近，然而從創作量來說，元結比後者更多。元結通變了詩教委婉原則，對後世的袒露諷喻詩，起了很大的示範作用。據此，元結、陳子昂及杜甫非但「復古」了詩教，並進一步「復變」了該傳統詩歌精神。

元結「復三代」之倡，亦論證了詩人不支持漢魏風骨等較偏重詩歌之審美特徵。論文第二章敘述陳子昂提倡詩歌要蘊涵「風骨」與「興寄」，盛唐詩人發展前者，比較忽略了後者。來到了盛、中唐之際，詩歌審美取向逐漸轉變，詩歌理論與實踐有趨向社會政治寫實，往「興寄」方向靠攏，正如陳伯海指出「風骨論流傳在先，盛唐之前已經風行；興寄說產生稍後，中唐以下始形發達。」〔註74〕中唐元、白諸詩人發揚「興寄」說，杜甫與元結早已大量創作矣。杜甫詩歌內容思想與審美特徵兼備，而元結則正如上文所揭示，比較忽略詩歌審美特徵，詩歌語言雖淺白流暢，但有些作品過度追求眞率直樸得近乎口語，失去語言美感。此外，詩旨之過度袒露，亦造成旨趣直接了當，無法耐人尋味，深失詩歌婉曲之美與含蓄之韻。

從元結詩歌實踐來探析，詩人筆底未觸及那些沒政治寄託之寫景詠物詩，也不寫敘事、愛情等無關社會意義的詩歌題材。詩人只以古拙質樸之語言，捨棄講求聲調平仄與格律之近體詩，直接針對現實社會發言。眾多唐詩人中，僅有元結與孟郊兩位詩人由於詩教之理由，不創作近體詩。孟郊不以講究聲律之近體格律創作，爲其作品帶來質木無文等缺失，容往後的章節再述。學者少於該方面批評元結的詩歌，〔註75〕也許是詩人從民間歌謠如漢樂府民歌中汲取營養，學習樸質語言特色，他的民歌體作品如《欸乃曲五首》，語言淺白流暢，可讀性高。不過無論如何，元結不寫近體詩，即顯示出詩人看不出內容題材決定詩體形式，而非後者決定前者之初淺道理。詩人認識上

〔註74〕陳伯海：《唐詩學引論》，上海：東方出版中心，1996年，頁14。

〔註75〕陳友冰批評元結「句法上則率直而不避重複，幾乎是『押韻之文』」，認爲他的詩歌「義理有餘而形象不足，表現形式也不夠多。」論者未指出元結詩歌語言的質木無文。參見陳友冰：《唐代詩文復古分道殊歸原因探考》，趙敏俐、〔日〕佐藤利行主編：《中國中古文學研究——中國中古（漢——唐）文學國際學術研討會論文集》，北京：學苑出版社，2005年，頁686。

的盲點，是應該給予批判的。

　　元結詩作蘊涵政教寄託者，集中於其組詩《系樂府》。元結寫樂府詩，與李、杜等寫舊題樂府有異。《系樂府》十二篇詩題皆自創，詩歌內容正如其序言指出「爲引其義以名之」，多援引時事入詩歌中。元結之樂府詩，其實已具新樂府「即事名篇」與另立新題之特色。換言之，元結創作雖無「新樂府」之名，卻具新題樂府之實。孫望認爲「他（元結）對詩歌的見解和實踐，也不能說對白居易沒有影響。」〔註76〕元結其實是有唐「新樂府」之眞正創始者，元結啓發元、白創作「新樂府」，而非杜甫。

　　若此說成立，那麼就要回答爲何元、白言論中自稱其「新樂府」創造繼承杜的問題。元稹指出「又久之，得杜甫詩數百首，愛其浩蕩津涯，處處臻到。始病沈、宋之不存寄興，而訐子昂之未暇旁備矣」〔註77〕。元、白之《新樂府》與元結的《系樂府》，內容意識與藝術形式並沒多大差異。爲什麼元、白要繞過元結？是否元結文學成就不比杜甫，元、白需要借助杜甫詩名來打響名堂？或許由於元、白繼承杜甫之語言藝術，所以認爲他們的《新樂府》源於杜甫。無論如何，當事人未對此作過多解釋，我們只能作揣測的份而已。

　　論元結儒家思想之淵源、詩歌理論、創作實踐及藝術形式等，詩人繼承風雅比興傳統之文心，如斯堅決，是不折不扣之儒家詩教膺服者。

第二節　中唐前期美刺政教詩之倡導者

　　活動於肅、代時期的詩人，比較著名者計有盧綸（生卒年不詳）、吉中孚（生卒年不詳）以及錢起（710？～782？）等所謂「大曆十才子」，〔註78〕或主要在江東吳越一帶活動的李嘉祐（生卒年不詳）、劉長卿（？～790？）、顧況（727？～816？）以及後期仕宦於江南一帶的韋應物（737？～？）。正如本書第四章前言中指出論詩歌之藝術成就，中唐前期應以大曆詩人爲代表。唐詩史上的大曆詩風，從內容上來說多書寫酬贈送別、鄉愁羈旅或山水趣意，

〔註76〕〔唐〕元結著，孫望校：《元次山集·前言》，頁31。

〔註77〕〔唐〕元稹：《敘詩寄樂天書》，冀勤點校：《元稹集》，卷三十，北京：中華書局，2000年，頁352。另：關於元、白繼承杜甫的問題，於論文第五章第一節有詳細之評述。

〔註78〕〔宋〕歐陽修、宋祁：《新唐書》，卷二百三，《盧綸列傳第一百二十八》，頁5785。

風格則是清空閒雅，韻致悠遠，「渾厚之氣漸盡，唯風調勝後人耳」〔註79〕，創作既不講「風骨」，也不強調「興寄」。大曆詩人群對外在的客觀社會似乎提不起興趣，更沒有積極入世之干政意識，詩風呈一片消極低迷，比諸儒家的積極入世精神，顯得風格格不入，故不考慮列入評述範圍。

　　無論如何，該時期堅持以傳統詩教精神立詩者依然有之，主要集中於韋應物與顧況該兩者身上。

一、韋應物：將詩教精神與寓言結合

　　韋應物（737？～？）世代京城望族，是中唐前期著名詩人，可是《舊唐書》及《新唐書》均未載其生平。所幸韋應物於建中三年（782），出守滁州時寫詩《逢楊開府》〔註80〕，坦白交代其生平經歷，「少事武皇帝，無賴恃恩私。身作里中橫，家藏亡命兒。朝持摴蒲局，暮竊東鄰姬。……一字都不識，飲酒肆頑癡」。「不識一字」之稱似乎言過了些，可該詩可窺探韋應物早年任玄宗三衛郎時，過的是多麼放蕩尙俠的日子。喬億曾讚美該詩「以恆情論之，少年無賴作橫之事，有忸怩不欲爲他人道者，而韋不諱言之，且歷歷爲著於篇，可謂不自文其過之君子矣。」〔註81〕子曰：「過而不改，是謂過矣」（15.29），儒家要求人們知過而能改，不過能眞正遷善者不太多，孔子就曾爲此而慨歎：「已矣乎！吾未見能見其過而內自訟者也。」（5.26）詩人不文飾其過，體現難得可貴之品德，詩歌內容具一定之可信度。

　　安史之亂及玄宗駕崩後，韋應物「始悔，折節讀書」〔註82〕，並經過外放他州經理地方政治及出使滁州、江州及蘇州等州郡刺史之歷練後，開始反躬自省「讀書事已晚，把筆學題詩。兩府始收跡，南宮謬見推。非才果不容，出守撫惸嫠」〔註83〕。詩人開始發奮圖強，並勤政愛民。韋應物由早期的放蕩至中

〔註79〕　〔清〕紀昀：《瀛奎律髓刊誤》卷二九，轉引自陳伯海：《唐詩論評類編》頁918。

〔註80〕　〔唐〕韋應物：《逢楊開府》，陶敏、王友勝校注：《韋應物集校注》，卷五，頁358。

〔註81〕　〔清〕喬億：《劍溪説詩又編》，郭紹虞編選：《清詩話續編》，頁1122。

〔註82〕　〔元〕辛文房著，傅璇琮主編：《唐才子傳校箋》，卷四，北京：中華書局，2002年，頁166。

〔註83〕　〔唐〕韋應物：《逢楊開府》，陶敏、王友勝校注：《韋應物集校注》，卷五，頁358。

後期之反悔，思想上產生了根本性之變化，筆者認為該轉變乃詩人貫徹儒家「慎獨反省」〔註84〕功夫得來。韋應物中、晚期雖崇尚山水，詩作多沖淡清曠〔註85〕，然而詩人並未忘卻實踐儒道。詩人於大曆十年（775），任京兆府高陵縣令時作《高陵書情寄三原盧少府》一詩曰：「病凶久相踐，賦徭豈得閒。促戚下可哀，寬政身致患」〔註86〕，即蘊涵儒家仁民愛物之仁政思想。

1. 寫實、干政及同情下層社會人民之作

韋應物經歷玄宗開元與天寶之盛世，亦遭遇安史浩劫，以及劫後肅、代宗等三朝。經歷唐國勢由盛轉衰之特殊體驗，讓詩人深刻反思。同時安史之亂提供韋應物認識現實社會，接觸與瞭解廣大人民之機會，所以詩筆諸多反映民瘼，而詩人該類作品往往置於戰亂背景底下來論述。《登高望洛城作》曰：「膏腴滿榛蕪，比屋空毀垣」〔註87〕，描繪了安史叛軍對東都之摧毀破壞。《京師叛亂寄諸弟》曰：

> 弱冠遭世難，二紀猶未平。羈離官遠郡，虎豹滿西京。
>
> 上懷犬馬戀，下有骨肉情。歸去在何時，流淚忽沾纓。
>
> 憂來上北樓，左右但軍營。函谷行人絕，淮南春草生。
>
> 鳥鳴野田間，思憶故園行。何當四海晏，甘與齊民耕？〔註88〕

詩雖題為贈諸弟，其實描述了從安史世難至建中四年朱泚之亂，一連串動盪不安之局勢，以及提出了渺小生命如何於亂世中自處之大問題。

《始至郡》〔註89〕一詩寫於貞元元年（785），時韋應物初任江州刺史，〔註

〔註84〕《中庸》：「故君子慎其獨也。」參見〔宋〕朱熹：《四書章句集注・大學章句》，北京：中華書局，2005年，頁17。

〔註85〕 1.方回：《瀛奎律髓》卷八：「蘇州詩淡而自然」；2.王世貞：《藝苑卮言》卷四：「韋左司平淡和雅，為元和之冠」；3.喬億：《劍溪說詩》：「韋左司詩，淡泊寧靜，居然有道之士」；4.辛文房：《唐才子傳》卷四：「獨應物馳驟建安以還，各有風韻，自成一家之體，清深雅麗，雖詩人之盛，亦罕其倫」。

〔註86〕〔唐〕韋應物：《高陵書情寄三原盧少府》，陶敏、王友勝校注：《韋應物集校注》，卷二，頁66～67。

〔註87〕〔唐〕韋應物：《登高望洛城作》，陶敏、王友勝校注：《韋應物集校注》，卷七，頁423。

〔註88〕〔唐〕韋應物：《京師叛亂寄諸弟》，陶敏、王友勝校注：《韋應物集校注》，卷三，頁168。

〔註89〕〔唐〕韋應物：《始至郡》，陶敏、王友勝校注：《韋應物集校注》，卷八，頁500。

〔註90〕〔唐〕韋應物著，孫望編：《韋應物詩集繫年校箋》，北京：中華書局，2002

90〕而淮西李希烈叛亂尚未平定。「斯民本樂生，逃逝竟何爲？旱歲屬荒歉，舊逋積如坻。到郡方逾月，終朝理亂絲」，反映了戰亂給黎民帶來之疾苦。韋應物於詩末表達了不待戰爭平息，欲匡濟孤苦伶仃百姓的心志，「昔賢播高風，得守愧無施。豈待干戈戢，且願撫煢嫠」。清人喬億指出「韋公多恤人之意，極近元次山」〔註91〕，將韋應物比爲中唐詩教典範之元結，而非依隨一般學者將陶淵明與韋應物並舉〔註92〕，的確獨具慧眼。

韋應物寫實之作，多直接干預政治，攻訐執政者之諸種敗德失政。翻天覆地的安史浩劫中，有奮勇抗敵，寧死不屈的猛將，更有軟弱無能，動輒投降賊寇之將領。《睢陽感懷》〔註93〕一詩即高度地讚揚堅守睢陽城之張巡（709～757）。「張侯本忠烈，濟世有深智」及「甘從鋒刃斃，莫奪堅貞志」，表揚其忠智與不屈之精神。對比下，詩人「宿將降賊庭」句，即是譴責那些擁兵自重，卻不肯爲朝廷賣力，動輒屈膝的藩鎮將領。詩人又指出「儒生獨全義」，乃頌美張巡具殺生成仁之義。〔註94〕喬億指出該詩「張睢陽事，始見於韋詩。韋往來梁、宋間，聞見最眞，故感憤歎息，非復平日淡緩之音」〔註95〕，信哉此言。

韋應物留世五百餘首詩作中，不乏同情下層社會辛勤之人民。比如《採玉行》曰：「官府徵白丁，言採藍溪玉。絕嶺夜無家，深榛雨中宿。獨婦餉糧還，哀哀舍南哭」〔註96〕，寥寥幾筆，卻道出採玉者及其家眷之悲淒。沈德潛評論該詩「苦語卻以簡出之」〔註97〕，指出韋應物之語言特色，亦點出詩人能將儒家之「仁」推及於廣大百姓，深具民胞物與之善心。

年，頁 378，有詳考。

〔註91〕〔清〕喬億：《劍溪說詩又編》，郭紹虞編選：《清詩話續編》，上海：上海古籍出版社，1999 年，頁 1121。

〔註92〕《詩鏡總論》：「劉婉多風，柳直損致，世稱韋柳，則以本色見長耳。」參見〔明〕陸時雍：《詩鏡總論》，〔清〕丁福保輯：《歷代詩話續編》下冊，頁 1420。

〔註93〕〔唐〕韋應物：《睢陽感懷》，陶敏、王友勝校注：《韋應物集校注》，卷六，頁 418。

〔註94〕有云「宿將」謂許遠，而「儒生」指張巡，城破，張死許降，考據所云皆非。「宿將」當指其他將領，而「儒生」即爲張巡與許遠也。參見〔唐〕韋應物：《睢陽感懷》校注〔十四〕，陶敏、王友勝校注：《韋應物集校注》，卷六，頁 418。

〔註95〕〔清〕喬億：《劍溪說詩》卷上，郭紹虞編選：《清詩話續編》，頁 1089。

〔註96〕〔唐〕韋應物：《採玉行》，陶敏、王友勝校注：《韋應物集校注》，卷十，上海：上海古籍出版社，1998 年，頁 593。

〔註97〕〔清〕沈德潛：《唐詩別裁集》，卷三，長沙：嶽麓書社，1998 年，頁 74。

又《夏冰歌》曰：「當念欄杆鑿者苦，臘月深井汗如雨」〔註98〕，以及《雜體五首》其三曰：「春羅雙鴛鴦，出自寒夜女。……裁此百日功，唯將一朝舞。舞罷復裁新，豈思勞者苦。」〔註99〕詩人於兩首詩中描盡了鑿冰者及織婦之艱辛，藉此勸誠居上位之所謂享用者，應當珍惜記取。清人陳沆（1785～1825？）揄揚後一首詩「憫民力，思節儉也。」〔註100〕盛、中唐詩人中除元結及杜甫外，要像韋應物般能將目光注視於下層社會人民生活，反映處於社會最下層者之血淚，屈指可數。

2. 蘊含美刺政教之詠史詩

韋應物擅長使用借古諷今手法，歌詠歷史事蹟來譏刺統治者，發揮「下以風刺上」，又「主文而譎諫」之詩教精神。

《驪山行》〔註101〕一詩大篇幅鋪述了有唐開元盛世圖景。「英豪共理天下晏，戎夷讋伏兵無戰。時豐賦斂未告勞，海闊珍奇亦來獻」，同時詩中亦寫出了玄宗與貴妃等遊幸驪山華清宮之浩大排場及奢華聲勢：「……，沐浴華池集百祥。千乘萬騎被原野，雲霞草木相輝光。禁仗圍山曉霜切，離宮積翠夜長。」仔細審視該詩，諸如「訪道靈山降聖祖」，「三清小鳥傳仙語，九華真人奉瓊漿」以及「乃言聖祖奉丹經，以年為日億萬齡」等句，有隱喻玄宗崇道誤國之意。皇帝佞道，以為道主可以長祐其帝國，永享歡樂無憂之太平盛世，豈料「干戈一起文武乖，歡娛已極人事變。聖皇弓劍墜幽泉，古木蒼山閉宮殿。」

歷來借玄宗幸驪山來嘲諷皇帝荒淫失政之作不少，晚唐杜牧《過華清宮絕句三首》，即是當中佼佼者。「長安回望繡成堆，山頂千門次第開。一騎紅塵妃子笑，無人知是荔枝來」〔註102〕，短短二十八字，迂迴曲筆地嘲諷玄宗為討愛妃歡心，罔顧快馬遞送及種荔枝者之死活。韋應物之《驪山行》篇幅

〔註98〕〔唐〕韋應物：《夏冰歌》，陶敏、王友勝校注：《韋應物集校注》，卷十，頁590。

〔註99〕〔唐〕韋應物：《雜體五首其三》，陶敏、王友勝校注：《韋應物集校注》，卷一，頁27。

〔註100〕〔清〕陳沆：《陳沆集·詩比興箋》，卷三，武漢：湖北教育出版社，頁445。

〔註101〕〔唐〕韋應物：《驪山行》，陶敏、王友勝校注：《韋應物集校注》，卷十，頁580。

〔註102〕〔唐〕杜牧：《過華清宮絕句三首》其一，〔清〕馮集梧注：《樊川詩集注·樊川詩集卷二》，上海：上海古籍出版社，1998年，頁139。

雖較冗長，辭句蘊藉，然而由描摹高高在上者之奢華生活，筆鋒陡轉至人事乖變，國家急遽沒落。開元盛世雖離韋應物不遠，但也已成讓人追憶之歷史了。詩人借該詠史詩來譏刺玄宗無能無德，禍害百姓無窮，其寓詞託諷之意與杜牧詩無異，深得詩教美刺比興之精髓。

　　韋應物《經函谷關》〔註103〕一詩亦借歷史來嘲諷今事。「秦皇既恃險，海內被吞食」，指出昔秦皇過度倚仗函谷關之天險，終致亡國之史實。該詩後段云：「徒欲扼諸侯，不知恢至德。聖朝及天寶，豺虎起東北。下沉戰死魂，上結窮冤色。古今雖共守，成敗良可識，藩屏無俊賢，金湯獨何力？」認爲安史世難導因在於玄宗不識俊賢，誤用匪人。日人近藤元粹主張該詩「議論著實，慷慨淋漓，有寓詞託諷之意」，又指出「不知恢至德」爲其主旨。〔註104〕《劍溪說詩》作者喬億則認爲「古今共推韋詩沖淡，而韋之份量未盡也。如《睢陽感懷》、《經函谷關》，並大有關係之作，尙得以沖淡不沖淡論耶？」〔註105〕上揭喬億指出韋應物詩作近元結，以及對《睢陽感懷》持平議論，如今又對歷代學者長久冠以韋詩風「沖淡」一詞提出質疑，論者可謂眞正精讀韋詩者也。

　　《漢武帝雜歌三首》〔註106〕爲韋應物別有深意之詠史詩。該詩「漢武好神仙，黃金作臺與天近」、「王母摘桃海上來」，以及「徒勞方士海上行」等句，道出漢武帝好神仙，崇道術，而玄宗之癖好正好與之相似。詩人於詩末特指「獨有聲威振千古，君不見後嗣尊爲武」，劉徹諡號武帝，玄宗駕崩後亦被尊爲武皇，詩人有意地指出該巧合點，顯露其借古諷今之意。詩人譴責玄宗晚年沉迷神仙道術，導致朝政日朽，最終急遽破滅。孫望箋評該詩「或有假古諷今之意存焉」〔註107〕，論者語言略有保留，不過倒也存有贊同詩人託寓之意。

　　「石氏滅，金谷園中水流絕，當時豪右爭驕侈，錦爲步障四十里」，韋應

〔註103〕〔唐〕韋應物：《經函谷關》，陶敏、王友勝校注：《韋應物集校注》，卷六，頁382。

〔註104〕〔日〕近藤元粹曰，轉引自〔唐〕韋應物，孫望編著：《韋應物詩集繫年校箋》，卷一，頁6。

〔註105〕〔清〕喬億：《劍溪說詩又編》，郭紹虞編選：《清詩話續編》，頁1120。

〔註106〕〔唐〕韋應物：《漢武帝雜歌三首》，陶敏、王友勝校注：《韋應物集校注》，卷十，頁583。

〔註107〕〔唐〕韋應物：《漢武帝雜歌三首》箋評。參見孫望編著：《韋應物詩集繫年校箋》，卷十，頁535。

物《金谷園歌》〔註108〕一詩描述東晉石崇（249～300）及王愷（生卒年不詳）等奢靡爭豪。史書載石崇「財產富積，室宇宏麗。後房百數，皆曳紈繡，珥金翠。絲竹盡當時之選，庖膳窮水陸之珍」〔註109〕，然而詩人指出他們之下場卻是「晉武平吳恣歡宴，餘風靡靡朝廷變。嗣世衰微誰肯憂，二十四友日日空追遊。追遊詎可足，共惜年華促。禍端一發埋恨長，百草無情春自綠」。韋應物寫東晉遺事之意，是以古爲鑒，委婉告誡當時皇帝或權貴，荒淫奢靡之生活，最終將導致走向毀滅一途。晚唐杜牧亦有同名同題材詩作：「繁華事散逐香塵，流水無情草自春。日暮東風怨啼鳥，落花猶似墜樓人。」〔註110〕相比下，該詩寫來較抒情，譏諷味則沒韋應物那麼濃烈。

韋應物尚有不少詠史詩，如《貴遊行》：「漢帝外家子，恩澤少封侯」〔註111〕，及《長安道》：「衛霍世難比，何能蒙主恩？」〔註112〕兩首詩均大肆鋪述了漢武帝偏恩外戚，無功加祿，以致他們恃寵跋扈。論者指出該詩「含譏喻諷，言外意深」〔註113〕，意思是詩歌旨趣在於譏刺玄宗寵幸楊氏外戚，讓他們過著荒淫奢侈之生活。詠史詩借歷史來喻今事之特點，歷史故事外顯，而本體或所喻之事不露，正契合主張委婉美刺政教之詩教內涵。職是之故，唐朝詩教之接受者，往往會選擇創作詠史詩，然而要瞭解並非每一首詠史詩都蘊含譏刺，有者只是詩人撫今追昔，借古人與古事來抒懷而已。

3. 政治寓言詩

自上古時期如《詩經》裏的《碩鼠》及《鴟鴞》等開啓以詩來委婉嘲諷勸刺政治之濫觴後，借描寫飛禽走獸之世界，來影射人間社會的寓言詩即出現於歷代詩人的創作手筆。然此後除了漢樂府，曹植、鮑照等有小量寓言詩外，漢魏六朝詩人絕少引該題材入詩。初、盛唐的王績、寒山、陳子昂、王維、李白、杜甫等偶有些寓言詩作，唯均非刻意經營。寓言詩於中唐始盛，

〔註108〕〔唐〕韋應物：《金谷園歌》，陶敏、王友勝校注：《韋應物集校注》，卷九，頁555。
〔註109〕〔唐〕房玄齡等撰：《晉書》，卷三十三，《石崇列傳第三》，頁1007。
〔註110〕〔唐〕杜牧：《金谷園》，〔清〕馮集梧注：《樊川詩集注・樊川別集》，頁337。
〔註111〕〔唐〕韋應物：《貴遊行》，陶敏、王友勝校注：《韋應物集校注》，卷九，頁546。
〔註112〕〔唐〕韋應物：《長安道》，陶敏、王友勝校注：《韋應物集校注》，卷九，頁540。
〔註113〕周珽：《唐詩選脈會通評林》，轉引自〔唐〕韋應物著，陶敏、王友勝校注：《韋應物集校注》，卷九，頁544。

韋應物、劉禹錫、柳宗元、韓愈以及白居易等正視託物寓意之詩歌題材，讓禽獸來代替人類說話，並委婉地嘲諷勸刺，寓言詩方大放異彩。唐朝第一位創作寓言詩者已不可考，據現存資料顯示，韋應物是首位創作了雖非大量，卻蘊涵高品質之政治寓言詩者。

　　韋應物存留六首寓言詩，其中《雜體五首》及《鳶奪巢》均蘊涵諷嘲政治之意味。《雜體五首》，每一首都「各有所諷喻」〔註114〕。組詩其一〔註115〕如下：

　　　　沉沉匣中鏡，爲此塵垢蝕。輝光何所如，月在雲中黑。

　　　　南金既雕錯，鏨帶共輝飾。空存鑒物名，坐使妍蚩惑。

　　　　美人竭肝膽，思照冰玉色。自非磨瑩工，日日空歎息。

詩歌借匣中的寶鏡蒙塵，來揭露「時政不靖，壬人在位」〔註116〕，導致賢臣無立足之地。詩中的「空存鑒物名，坐使妍蚩惑」，隱含譏諷有司「藻鑒不精，不能知人善任」〔註117〕之意。陳沆認爲該詩「以明哲望其君。『磨瑩』其『塵垢』，其必由進德乎？」〔註118〕具勸諫執政者之意。

　　韋應物的寓言詩，非但譏刺朝廷君臣，還劍指安史叛軍，以及各據一方的藩鎮。其詩《雜體五首》其二〔註119〕：

　　　　古宅集祆鳥，群號枯樹枝。黃昏窺人室，鬼物相與期。

　　　　居人不安寢，搏擊思此時。豈無鷹與鸇，飽肉不肯飛。

　　　　既乖逐鳥節，空養凌雲姿。孤負肉食恩，何異城上鴟。

詩旨顯露於外的是古宅祆鳥擾人，讓人無法安居。實將叛軍喻爲祆鳥，而鷹與鸇則象徵藩鎮。中唐中央朝廷給予藩鎮政、兵權等各種優惠，彼等卻「飽肉不肯飛」，「孤負肉食恩」，不肯出兵敉平叛軍，辜負朝廷恩惠。「何異城上

〔註114〕〔唐〕韋應物：《雜體五首》其一注釋〔一〕，陶敏、王友勝校注：《韋應物集校注》，卷一，頁25。

〔註115〕〔唐〕韋應物：《雜體五首》其一，陶敏、王友勝校注：《韋應物集校注》，卷一，頁24～25。

〔註116〕林水檺：《鏡裏乾坤──談兩首以鏡喻政的唐詩》，《古典文學論叢》，汕頭：汕頭大學出版社，1995年，頁20。

〔註117〕〔唐〕韋應物：《雜體五首》其一注釋〔二〕，陶敏、王友勝校注：《韋應物集校注》，頁25。

〔註118〕〔清〕陳沆：《陳沆集‧詩比興箋》，卷三，頁445。

〔註119〕〔唐〕韋應物：《雜體五首》其二，陶敏、王友勝校注：《韋應物集校注》，卷一，頁26。

鷗」，詩人譴責藩鎮之行徑，認為他們猶如兇殘之鶹鷹。

　　韋應物經歷玄宗開元、天寶盛世，亦遭安史浩劫，以及劫後紛擾的肅、代宗等三朝。鑒於親歷唐國勢由盛轉衰之特殊體驗，韋應物深刻體會朝廷政治以及現實社會，故雖無法考查上述詩作成於何時，但推測理應是在肅、代宗，國事紛擾背景底下之論述。

　　韋應物《鳶奪巢》〔註120〕一詩寫得最形象生動：

　　　野鵲野鵲巢林梢，鵰鳶恃力奪鵲巢。

　　　吞鵲之肝啄鵲腦，竊食偷居還自保。

　　　鳳凰五色百鳥尊，知鳶為害何不言？

　　　霜鸇野鶹得殘肉，同啄膻腥不肯逐。

全詩表面上雖描繪自然世界中的禽鳥之慣常弱肉強食，然而明言人一讀即知詩人以比興手法，視鵰鳶，俗稱鶹鷹之凶禽為官宦或藩鎮，而將善良百姓喻為野鵲。「鵰鳶恃力奪鵲巢」，即指豪強肆虐，魚肉老百姓。詩中刻意安排譴責「百鳥尊」的五色鳳凰，「知鳶為害何不言」，袖手旁觀，漠視不平。若將詩歌置於中唐的現實世界裏，詩人其實借詩歌來譴責居上者罔視弊政，任由隸屬恣意胡作非為。詩人面對現實困境，束手無策，唯有於詩末無奈地感歎——「可憐百鳥紛縱橫，雖有深林何處宿？」良禽無木而棲，賢臣則無主而事。詩歌曲折地反映朝廷群小當道，朝外則藩鎮將領橫行，賢者若韋應物唯有外放他州，侘傺以終。《鳶奪巢》與《雜體五首》內容接近，差別者在於前者對執政者進行勸諫，而後者則近乎申斥之意。

4. 韋應物詩教思想之評價

　　中唐白居易老早指出「如近歲韋蘇州歌行，才麗之外，頗近興諷。」〔註121〕縱觀以上之評述，韋應物具諷興之詩作雖然不多，倒也不該給予忽略。

　　從上述韋應物寫實、干政及同情下層社會人民之作，以及一些蘊含美刺政教之詠史詩與寓言詩，詩人似乎未將「淡而自然」及「清深雅麗」的藝術風格融入其中。韋應物墨守傳統詩教的表現手法，含蓄蘊藉地透露詩歌旨趣，不像元結淺露直切之作，筆者認為此應該與韋應物「為性高潔，鮮食寡欲」〔註

〔註120〕〔唐〕韋應物：《鳶奪巢》，陶敏、王友勝校注：《韋應物集校注》，卷九，頁551。

〔註121〕〔唐〕白居易：《與元九書》，朱金城箋校：《白居易集箋校》，卷四十五，上海：上海古籍出版社，2003年，頁2795。

〔註122〕〔元〕辛文房著，傅璇琮主編：《唐才子傳校箋》，卷四，頁169。

122〉之性格攸關。

若說韋應物美刺政教與前輩詩人不一樣之處，則該指他將詩教精神與寓言詩結合，借描寫飛禽走獸的世界來影射人間社會。上古時期雖已有如《詩》裏的《碩鼠》及《鴟鴞》等寓言詩出現，然而後代除了漢樂府《枯魚過河泣》等，以及曹植與鮑照之小量寓言詩外，詩人絕少引該類題材入詩。初、盛唐時期陳子昂與李白等偶有些寓言詩作，但皆非詩人銳意之經營。寓言詩於中唐始盛，韋應物為首位正視託物寓意之詩歌題材者。詩人援引美刺比興進入寓言，讓禽獸來代替人類說話，幽深委婉地嘲諷，將所寄之意與所託之物渾為一體，突破傳統詩教以人寫實之手法，讓詩教復古中蘊涵通變。韋應物的政教寓言詩，讓已行之千年，題材已呈老化的古風添加些鮮血。雖然詩人並未真正於該題材上大做工夫，要待稍後之柳宗元、劉禹錫、韓愈以及白居易等手中，政治寓言詩才大放異彩，韋應物首開其端，應該被視為通變詩教之難得貢獻。政治寓言詩乃接續李白的遊仙詩，將美刺政教指向幻化世界，融會了人間與幻界，開拓了中國託物言志詩歌之視野。

詠史懷古詩有借詠古以抒懷，也有借古諷今，該詩作都在漢魏時期即已出現。韋應物創作不少詠史懷古詩，卻非首創將詠古與詩教結合，盛唐李白、王維及高適等創作不少傑出的美刺政教詠古詩作。

二、顧況：清狂式的政教詩

顧況（725？～814？），字逋翁，蘇州人，生卒年，歷來多爭議。〔註123〕唯學者多確信詩人一生經歷玄宗、肅宗、代宗、德宗、順宗及憲宗等共六朝，然而其主要創作活動集中於大曆及貞元時期，故研究者多歸之為中唐前期之詩人〔註124〕。該時期的江南吳中地區，活躍著一批以皎然、顧況為首，成員包括秦系、靈澈，以及陸羽等被譽為「吳中詩派」的詩人，彼此常集會酬唱。

〔註123〕聞一多：《唐詩大系》定為 727～815；馬茂元：《唐詩選》則定為 725？～814？主要依據其傳世的〈瘞鶴銘〉而定，但根據宋人黃伯恩與清人顧炎武的考證，〈瘞鶴銘〉非詩人之著。《舊唐書》《唐詩記事》與《唐才子傳》等，均未記顧況生卒年。傅璇琮指顧況應當生於唐玄宗開元年間，卒於憲宗元和元年前後。詳參傅璇琮：《唐代詩人叢考・顧況考》，（北京：中華書局，2003 年），頁 396～402。

〔註124〕蔣寅：「顧況是大曆貞元時期有獨特風格的重要詩人之一。」參見蔣寅：《大曆詩人研究》，北京：北京大學出版社，2007 年，頁 345。

該詩人在皎然主張的「體變未必道喪」「復古通變」等詩論下，創作積極於傳統中求變，詩風偏向新奇與清狂。顧況詩存不多，今《四庫全書》有《華陽集》3 卷，而《全唐詩》則編錄其詩 4 卷，239 首。顧況詩風特殊，具強烈之表現性，學者對其審美傾向往往各持一端。

1. 複雜的詩風與其生平經歷

顧況詩風狂放，詩歌具刻意用奇之一面。對大曆詩人與詩風頗有研究之蔣寅，指出顧況作品構思與命意均不凡，詩歌表現手法誇張，常使用生僻字，對許多熟字賦予不平常之用法。〔註 125〕尙永亮則進一步指出顧況詩歌「常常俗中有奇，有怪奇的想像、怪奇的比喻」，其「俗」開啓了元、白，而「奇」則影響了韓、孟詩派。〔註 126〕美國著名之唐詩研究者宇文所安甚至認爲顧況爲「八世紀後期最獨特的人物之一」，其承續李白「奇之又奇」後，詩歌「尋找更極端的奇」，詩人的狂放屬於中唐馬異或盧仝式之怪誕，而非韓愈、孟郊及李賀等的創造才能。〔註 127〕

與此同時，有學者論證顧況詩歌具抒情特色，視詩人爲中唐前期之浪漫抒情主義者，所以建議應該將之置於「李白——李賀」的浪漫主義詩人系列中來論述。〔註 128〕

胡適則直接認定顧況爲一名「做詼諧諷刺詩的詩人」〔註 129〕。職是之故，現代的一批學者主張顧況服膺儒家思想，詩歌深具美刺比興與現實社會意義，其詩上承杜甫、元結，下開元、白《新樂府》。〔註 130〕顧況詩歌引來紛然迥異之看法，於唐詩人當中相當罕見。

顧況具放誕詼諧與桀驁不羈之鮮明個性，其詩風亦因其獨特性格而在眾大曆詩人群中顯得獨特耀眼。皇浦湜（777？～835？）於《唐故著作左郎顧況集序》中指出「（顧況）偏於逸歌長句，駿發踔厲，往往若穿天心，出月脅，

〔註 125〕論點整理自蔣寅：《大曆詩人研究》，北京：北京大學，2007 年，頁 358～361。
〔註 126〕袁行霈：《中國文學史》第二卷，北京：高等教育出版社，2003 年，頁 305。
〔註 127〕〔美〕宇文所安著，賈晉華譯：《盛唐詩》，北京：三聯書局，2004 年，頁 337～342。
〔註 128〕周明秀：《顧況：在李白與李賀之間》，《天津師範大學學報》，2002 年第 1 期；周明秀：《逸歌長句駿發踔厲——對顧況詩風的再評價》，《許昌師專學報》，2002 年第 6 期。
〔註 129〕胡適：《白話文學史》，合肥：安徽教育出版社，1999 年，頁 294。
〔註 130〕鄭振鐸：《插圖本書學史》；游國恩：《中國文學史》；陳伯海主編：《中國詩學史：隋唐五代卷》；顧易生：《顧況和他的詩》，《復旦學報》，1960 年第 1 期。

意外驚人語，非尋常所能及，最爲快也。」〔註131〕該序文是皇浦湜應顧況之子顧非熊（？～854？）之邀而作。歷來詩文序言充斥客套話，加之皇浦湜於序中透露少年時曾與顧況有一面之緣，並獲其賞識，故序言之眞實性讓人質疑。然而皇浦湜爲韓愈弟子，中唐後期之名詩家，於理無需沒原則地刻意吹捧對方來抬高身份。〔註132〕再說皇浦湜與顧況時代相隔不遠，故其論應相對客觀公允，爲論證顧況者不可錯過之可靠論據。皇浦湜指出顧況擅長於樂府及七古，詩風豪放飄逸，語言意象探新求奇，詩歌常營造一種「快」的效果。皇浦湜根本未提及顧況有任何寫實傾向，其詩風與本書欲討論之風雅教化似乎沾不上關係。

晚唐張爲（生卒年不詳）之《詩人主客圖序》依據創作特色，劃分中晚唐詩人爲六派，每派有一「主」，底下設有「入室」、「升堂」以及「及門」等級別。「廣大教化」派，推白居易爲「主」，而列顧況爲「升堂」。〔註133〕張爲所論雖不無爭議，然而顧況列入「廣大教化」一派，似乎具一定理據。顧況詩蘊含風雅比興，其實早爲晚唐人留意了。

顧況於《酬漳州張九使君》〔註134〕一詩以「狂生」自居：「故人窮越徼，狂生起悲愁」，而清人查世澧（生卒年不詳）亦指「觀其（顧況）氣度之磊落，詩筆之駿發踔厲，語必驚人，正孔門中狂者，故自稱狂生。」〔註135〕指出顧況詩歌充滿昂揚意氣及奮發精神，是一位縱情不拘，不守常規之清狂者。「孔門中狂者」句，其本意表示顧況的放逸不羈是對儒家思想之反動，然而我們若從另一面來解讀，反而窺探出了詩人的思想，實根源於儒學。那麼本書若從詩教之意義來分析顧況，不該被視爲無稽之談的了。〔註136〕

詩人對外在客觀事物的閱歷，牽制其內心思維，而思想指導詩歌審美與

〔註131〕〔唐〕皇浦湜：《唐故著作左郎顧況集序》，《全唐文》卷686，頁7076。

〔註132〕此論參考自周明秀：《顧況：在李白與李賀之間》，《天津師範大學學報》，2002年第1期。

〔註133〕〔唐〕張爲：《詩人主客圖序》，丁福保主編：《歷代詩話續編》上冊，北京：中華書局，2001年，頁70～79。

〔註134〕〔唐〕顧況：《華陽集・酬漳州張九使君》，卷上，上海：上海古籍出版社，1993年，頁19。

〔註135〕〔清〕查世澧：《重刻顧華陽集序》，轉引自〔唐〕顧況著，趙昌平校編：《顧況詩集》，頁135。

〔註136〕論點參考周明秀：《逸歌長句駿發踔厲——對顧況詩風的再評價》，《許昌師專學報》，2002年第6期。

內容題材，是無法否認的研究常識。由此要掌握顧況詩風之歸屬，對詩人之生平經歷作簡略之瞭解深具其必要性。

顧況是蘇州人，少年時與大多數唐詩人一樣接受儒家教育，他卻是在道教聖地茅山裏的玄陽道觀中苦讀，因此自然受道教思想的影響。在此同時，顧況又從其叔父虎丘僧學習佛典，接受了佛教思想。

至德二載（757），顧況中進士，步入宦途，於江南一帶歷任支鹽鐵轉運使屬官、節度使判官、校書郎及著作左郎等。雖說顧況僅任些小官，不過從其輾轉多職，倒也一定程度地體現了儒家積極用世之志。子曰：「不得中行而與之，必也狂狷乎！狂者進取，狷者有所不爲也。」（13.21）可見自稱「狂者」的顧況，具有儒家建功立業，治國平天下的進取思想。

當時江浙一帶流行天師道與南禪宗，詩人又結交了道教徒李泌及曠達之士柳渾等，密切來往下，詩人深受感染，思想裏交織著釋、道兩家。貞元五年（789），詩人被貶爲司戶參軍，加之親友逐步凋零，灰心失意下，幾年後去官退隱，於道教聖地茅山與海鹽兩故居退隱，甚至受道籙爲道教徒。〔註137〕

縱觀之，顧況原先接受的是儒家思想或以儒學爲基調，後不斷地受到釋、道之薰陶，故詩人爲唐人儒、釋、道三教合一者的典型。顧況思想之複雜，非本書可以闡述清楚，僅能指出三教互相交織底下，詩人具寫實與浪漫的雙重性詩風，似乎是很自然合理之事。

2. 清狂式的政教詩作

顧況反映民生疾苦，富有現實意義的政教詩作多出現於其樂府詩及古體詩。詩人《公子行》〔註138〕是樂府舊題，是一首特殊之作。該詩以一天的時間爲序，首先具體地描述一位「面如玉」的輕薄兒之容貌體態，然後再快速地敘述諸種尋歡作樂，以及驕橫跋扈之行徑，具體刻畫出一位典型錦衣玉食，又不守王法之紈絝子弟的生動形象，猶如一幅生動的連環圖。全詩除了起句之「輕薄兒」爲詩人的主觀判斷外，餘者均爲客觀的描述，讓讀者依據事件的本來面貌去考察。《公子行》的取材與結構別具一格，想像奇特，色彩穠麗，冷峻客觀，造語新奇，筆鋒犀利，是詩人恣意清狂，不囿於傳統的政教詩作。

詩歌前段「紫陌春風纏馬」的「纏」字，極富想像，運用得新穎又貼切。

〔註137〕有關顧況生平多參照傅璇琮：《唐代詩人叢考·顧況考》，頁 396～402。
〔註138〕〔唐〕顧況：《華陽集·公子行》，卷中，頁 29。

詩末的「入門不肯自升堂，美人扶踏金階月」，意象更是出奇。仔細玩味該詩，詩人非徒描摹人物，而是假借詩歌主人公之速寫，委婉地抨擊當時權貴子弟不事生產，過著荒淫驕奢生活。詩歌「主文而譎諫」，間接地揭露中唐上層社會糜爛腐敗的一面。

《棄婦詞》〔註139〕亦為樂府舊題，「今日妾辭君，辭君欲何去。本家零落盡，慟哭來時路。……」詩歌敘述棄婦的不幸遭遇，反映封建制度底下失婚婦女之悲慘命運。「孤魂託飛鳥，兩眼如流泉。……空床對虛牖，不覺塵埃厚。寒水芙蓉花，秋風墮楊柳」，詩歌借景寓情，訴說無比沉痛的心情。該詩結語六句「記得初嫁君，小姑始扶床。今日君棄妾，小姑如妾長。回頭語小姑，莫嫁如凡夫」，明顯化自漢著名樂府《孔雀東南飛》。明人胡應麟論及中唐之古詩時，指出顧況該詩「末六句頗佳」〔註140〕，然而卻沒進一步說明其佳處。清人沈德潛將該詩與原詩作比較後，認為顧況「輕薄之言，了無餘味。」〔註141〕關於詩歌審美特徵之高下，見仁見智。不過「了無餘味」句，倒也論證了顧況有些詩歌學習樂府民歌之淺白流暢的審美特徵。

顧況創作的十六首舊題樂府詩，多具現實意義。詩人於規諷勸刺，揭露敗政中，慷慨激憤，詩歌情感不似傳統寫實詩般冷靜客觀或中和持平，這是顧況繼承詩教精神中的其中一項不同點。

古體組詩《上古之什補亡訓傳十三章》，為顧況傑出的組詩。《採蠟一章》〔註142〕，描寫採蠟人冒蜂群肆毒之性命危險，於荒山中捨藤下深壑採蠟，目的僅為「煌煌中堂，烈華燭兮。新歌善舞，弦柱促兮」，照亮宮殿大廳，供貴族歌舞享樂。該詩序指詩旨為「怨奢也」，言有盡而意無窮，詩人以貧富強烈之對比畫面，揭露居上位者為了一己之享樂，視黎庶如草菅。可見顧況貫徹「下以風刺上」之傳統古風，該詩不禁讓人悠然憶起《伐檀》《碩鼠》等譏刺不事生產，專踐踏勞動百姓之權貴的《詩》篇。

顧況寫實詩中最詳盡，同時亦最能體現其「意外驚人語，非尋常所能及」者，要數《上古之什補亡訓傳十三章》之一的《囝一章》〔註143〕，該詩筆調

〔註139〕〔唐〕顧況：《華陽集・棄婦詞》，卷上，上海：上海古籍出版社，1993年，頁22。
〔註140〕〔明〕胡應麟：《詩藪・內編》，卷二，北京：中華書局，1969年，頁36。
〔註141〕沈德潛言轉引自：《顧況詩集》，南昌：江西人民出版社，1983年，頁12。
〔註142〕〔唐〕顧況：《華陽集・採蠟一章》，卷上，頁8。
〔註143〕〔唐〕顧況：《華陽集・囝一章》，卷上，頁7。

清狂駿發，內容反映卻教人髮指，閱之惻然生悲。《囝》主要揭露唐時閩地屢現之摧殘小兒，逼其爲奴之冷血事蹟。「囝生閩方，閩吏得之」，詩歌起句即直斥此等暴行非地方不良份子之舉，主使者竟是堂堂之地方官吏。官吏一旦獲得小兒後，即施展「絕其陽」與「爲髡爲鉗」等殘酷手法，對小生命「如視草木」般摧殘。顧況進一步地描寫受害者的怨恨心理，「天道無知，我罹其毒。神道無知，彼受其福」，詩人雖將人爲之禍害，歸咎於「天」與「神」，然而稍有政治常識者應該可以推理，這等戕害百姓之大事，絕非官吏與地方惡霸互相勾結即可舉事。追究其背後直、間接之縱容者，是州刺史或最高統治者。顧況雖未正面指出元兇，然而其譏刺對象卻不言而喻，可見詩人運用曲筆之妙也。

顧況於詩歌後半代「郎罷」，即囝之父表達心聲。郎罷曰：「吾悔生汝」及「人勸不舉，不從人言」等違反世俗常理之語，可見爲父者之痛心疾首，故詩人以「心摧血下」來形容郎罷與囝遭生離之悲慟。顧況該詩語言淺顯，直筆陳述，「一語一答，酸入心脾」〔註144〕，頗扣人心弦。《囝》詩序曰：「哀閩也」，筆者認爲該詩旨趣與《採蠟一章》相似，詩人非止於哀憐閩地之黎庶，其目的更在於嚴正申斥無良濫權，諍諫統治者，正如沈德潛指出「閩童亦人子，何罪而遭此毒耶？即事直書，聞者足戒」〔註145〕，該詩深具上古采風觀政之政治價值。

明人胡震亨認爲唐宦官多「出閩中小兒私割者」，並「歲買獻之於朝」，故從歷史背景角度來解讀該詩「爲唐閹官作也」。論者指出詩歌創作動機爲當時朝中宦官「秉權作焰」，詩人乃「若憐之，亦若簡賤之，寓有微意在」。〔註146〕論者所言似乎有理，無論詩人之本意如何，主文而譎諫，其嘲諷規勸居上位者之意頗明顯。

《上古之什補亡訓傳十三章》中雖皆附小序說明詩旨，其實多篇詩歌另有寓寄。《築城二章》〔註147〕序曰：「刺臨戎也」，說明詩旨在於譏刺宦官監軍，竟然欺師滅祖，公然下令兵士挖掘郊外之冢墓，取墓磚來作城壁。唐初至高宗

〔註144〕〔清〕陸次雲：《晚唐詩善鳴集》，轉引自陳伯海：《唐詩匯評》中冊，浙江：浙江教育出版社，1996年，頁1403。
〔註145〕〔清〕沈德潛：《唐詩別裁集》，長沙：嶽麓書社，1998年，頁176。
〔註146〕〔明〕胡震亨：《唐音癸籤》，卷二十三，上海：上海古籍出版社，1981年，頁240。
〔註147〕〔唐〕顧況：《華陽集・築城二章》，卷上，頁15。

末，嚴格規定宦官官階不過四品，更不允許宦官奉命出使或參與軍政，「權未假於內官」。武后時，宦官人數逐增，玄宗時，「崇重宮禁，中宮稍稱旨者，即授三品左、右監門將軍」〔註148〕，宦官聲勢日隆，同時亦開始奉命出使藩疆，接觸軍務。安史之亂中，宦官大肆指染軍政，如乾元元年（758），魚朝恩受委觀軍容宣慰處置使。肅宗擔心國軍一旦獲勝，將軍作大，故假令魚朝恩爲協調節制，實乃監領並干預九大節度使，統帥數十萬大軍，於鄴城圍剿叛軍。魚朝恩事後於皇上面前詆毀郭子儀，落得一代名將以解除兵權了結。宦官益受恩崇，地位日高，勢力膨脹，嚴重影響國家前途。唐之所以從輝煌走至滅亡，宦官是罪魁之一，詩人僅舉其一罪證，卻收一葉知秋之效。讀者雖無法曉得顧況詩中所指的主人公，然而詩人攻訐政弊，譏刺譴責宦官之意，則呼之欲出矣。

　　顧況之近體詩則多抒發個人情懷，少比興寄託，然而《宿昭應》〔註149〕爲特例。「武帝祈靈太乙壇，新豐樹色繞千官。那知今夜長生殿，獨閉空山月影寒」。這是一首特殊的詩歌，詩之前兩句寫漢武帝晚年時常於太乙殿向鬼神祈求庇祐。而後兩句筆鋒卻一轉，寫唐玄宗自貴妃離去後，常於昔日兩人常相處之長生殿佇立癡待，期盼重逢。「長生殿」始自唐朝，爲太后或貴妃之寢殿。《舊唐書》載「則天從其言，即停所作，仍然長生殿召見，深賞慰之。」〔註150〕以漢喻唐，已成唐詩人貫用之表現手法，該詩卻「漢唐」結合，殊爲少見。沈德潛認爲該詩旨趣在於「刺祈禱之無益也」〔註151〕，可見詩人目的在於嘲諷當權者崇道佞佛，有事即向鬼神祈禱求庇祐，不理人間事。

　　此外，顧況七絕《江村亂後》〔註152〕及《臨海所居三首》其一及其二〔註153〕，全詩寫實處雖著墨不多，卻也適度地反映了戰亂後村落之破敗蕭條。無論如何，顧況近體詩創作不多，且多缺乏詩教精神。詩人看來有意將詩教之發揚局限於古體與樂府，而近體則負責抒發情感，似乎有「詩體分工」之概念。

　　必須於此提出的是顧況常運用些險語奇句、誇張的形容、新鮮的比喻及

〔註148〕〔後晉〕劉昫等撰：《舊唐書》，卷一百八十四，《宦官列傳第一百三十四》，北京：中華書局，2002年，頁4754。

〔註149〕〔唐〕顧況：《華陽集·宿昭應》，卷中，頁36。

〔註150〕〔後晉〕劉昫等撰：《舊唐書》，卷一百一，《張廷圭列傳第五十一》，頁3152。

〔註151〕〔清〕沈德潛：《唐詩別裁集》，卷二十，頁461。

〔註152〕〔唐〕顧況：《華陽集·江村亂後》，卷中，頁36。

〔註153〕〔唐〕顧況：《臨海所居三首》其一及二，趙昌平校編：《顧況詩集》，卷四，南昌：江西人民出版社，1983年，頁99。

脫俗之想像等浪漫手法來創作。該類作品飄逸雄健，放逸清狂，正如皇甫湜指稱的「意外驚人語」，其中即有《露青竹鞭歌》《李供奉彈箜篌歌》，以及《險竿歌》等詩作。然而由於其絕少體現比興寄託，故不宜列入討論。

歷來的政教詩歌多表現平實，如前章所述盛唐王維的《息夫人》。詩人以息夫人之歷史故事來曲折委婉地揭露與譏刺寧王強奪人妻的暴行。又，晚唐聶夷中感動後唐明宗的悲憫農家之作《詠田家》──「二月賣新絲，五月糶新穀。醫得眼前瘡，剜卻心頭肉。……」詩歌雖斥責官吏之橫征暴斂，語調卻從容不迫，冷靜客觀敘述。相比之下，顧況則顯得自由揮灑，表現得多麼地清狂不羈。

3. 傚仿風雅之藝術形式

從詩歌形式層面來論，顧況組詩《上古之什補亡訓傳十三章》，有刻意模傚仿學習風雅之斧鑿。組詩取名《上古之什》，甚不尋常，實為有意模仿《詩·小雅》之《鹿鳴之什》及《南有嘉魚之什》等詩題。此外，該組詩十三首，如《左車二章》《築城二章》《持斧一章》，以及〈十月之郊一章〉，等等，均摘取詩歌的首一二字為詩題，該特殊的取詩題法，唐詩壇中僅見。追索之，又與《詩》的取詩題方式雷同。

《詩》三百五篇，多四言詩，《上古之什補亡訓傳十三章》亦全採四言體，可見詩人紹承之意，已昭然若揭矣。自先秦大量出現四言體詩後，雖建安時期詩家曹操等曾創作一時，然大體來說該詩體於漢魏六朝已呈衰歇。四言體相對呆板的表達形式，最後不得不讓位予較靈活多變之五、七言詩。唐朝更是五、七言詩之天下，唐詩人如欲從詩體追復風雅，如元結或孟郊等，即從五言古詩入手，甚少有四言詩作。顧況以四言創作，明顯是要更貼近《詩》，自我標榜為風雅之繼承者。顧況詩作二百三十餘首，寫得最多的是古體詩、樂府詩及歌行體，近體詩則較少。這在近體詩風靡的中晚唐詩壇中來說，是個異數。個中緣由固與詩人放蕩不羈，不受格律約束攸關，同時亦不排除詩人有意借古體之形式來追復風雅之跡。

論者每每指出《上古之什補亡訓傳十三章》繼承杜甫與元結之新題樂府精神，同時也開啓了元、白之《新樂府》。該論首先依據彼此之寫實內容，其次為美刺比興的內涵，此外《新樂府》「首句標其目」〔註154〕的慣用手法，是

〔註154〕〔唐〕白居易：《新樂府序》，朱金城箋校：《白居易集箋校》，卷三，頁136。

學習《上古之什補亡訓傳十三章》爲每一首詩標示小序之寫法。蔣寅則進一步地認爲《新樂府》「卒章顯其志」之手法，亦紹承自顧況。顧況《宜城放琴客歌》〔註155〕一詩，敘述柳渾晚年嫁愛妾琴客之美事。「不禁人之欲而私耳目之娛」，詩之本意爲讚美柳渾豁達通人情，然而詩末卻指出「服藥不如獨自眠」，詩人顯然有意揭露脫離聲色更勝於煉丹服藥之養生道理。〔註156〕由此可見顧況於唐朝詩教復古之承傳中，具承上啓下之關鍵地位。必須特別指出爲詩歌附小序來闡明詩旨之舉，非顧況首創，乃是遠承自漢儒之《詩經》小序也。

此外，顧況《悲歌》三首〔註157〕之小序，亦常被學者引來論證詩人之擁護詩教。該序曰：「情思發動，聖賢所不免也。故師乙陳其宜，延陵審其音，理亂之所經，王化之所興，信無逃於聲教，豈徒文採之麗耶？遂作歌以悲之。」《悲歌》三首組詩內容體現不出多少美刺比興之味道，其序言倒揭示了詩人主張教化有益於理政。「豈徒文採之麗耶？」句，似乎揭示顧況如元結般不太重視詩歌之藝術形式。不過顧況於其文章中曾多次提到文學須兼顧其修辭藝術，如讚美韋處士：「所裁新詩，婉而有意」〔註158〕，且詩人之創作又文採洋溢，所以詩人的詩作，應是道德意識與審美藝術並舉。

英國藝術理論家克萊夫·貝爾於《藝術》一書中指出「在各種不同的作品中，線條、色彩的關係組合成某種形式或形式之間的關係，激起我們的審美情感。這種線、色的關係組合，這些審美地感人的形式，我們稱之『有意味之形式』。有意味的形式，是一切視覺藝術的共同性質。」〔註159〕本書援之來說明，不僅視覺藝術，人世間的一切藝術形式，包括本書論證的顧況，創作採取的詩體形式，其實具有深義，值得研究。

4. 文章中的儒家詩教蘊涵

顧況非以文名世，但《全唐文》編錄其文 3 卷中，亦不乏支持儒家詩教的思想主張。顧況於《禮部員外郎陶氏集序》〔註160〕中即高度強調了文章的

〔註155〕〔唐〕顧況：《華陽集·宜城放琴客歌》，卷中，頁 25。
〔註156〕論點參考自蔣寅：《大曆詩人研究》，頁 362。
〔註157〕〔唐〕顧況：《華陽集·悲歌三首·序》，卷中，頁 25。
〔註158〕〔唐〕顧況：《華陽集·送韋處士適東陽序》，卷下，頁 47。
〔註159〕〔英〕克萊夫·貝爾著，馬鍾元譯：《藝術》，北京：中國文聯出版公司，1984年，頁 4。
〔註160〕〔唐〕顧況：《華陽集·禮部員外郎陶氏集序》，頁 44。

教化作用。「樂殷上帝，上帝臨下，俾夫文星，驚動民心」，顧況認為無論文章或音樂，都應該要能反映社會政治，以及百姓民情，俾人民視聽後，有所裨益。詩人更以《詩》之教化來比擬：「二南六義，在乎章句，安樂哀思，在乎音響。君子入其國、觀其樂、知其教，制氏徒備乎鏗鏘」，詩人指稱如此的文章或音樂，才夠得上「立言之大」者，足以「傳稱不朽」。

顧況的《文論》〔註161〕是一篇比較全面與系統地討論文學的文章。該文開篇即指出「《周語》之略曰：孝敬忠信、仁義智勇教惠讓，皆文也」。在顧況眼中，儒家強調的道德思想，是「文」的主要內涵，可見詩人是何等地推崇儒家詩教精神。

與此同時，《文論》亦強調理論要與實踐結合，「文顧行，行顧文，文行相顧，謂之君子之文」，顧況貫徹孔子「君子恥其言而過其行」（14.29）之論，認為只有做到「文」和「行」一致，才能達至所謂的「君子之文」。

顧況立下該文學標準後，即以此來檢視建安、正始及西晉等之詩文創作，批評它們只是在「吟詠風月」，是不折不扣的「亂文」也。顧況認為若欲改變該類靡亂之風，則必須提倡風雅教化──「且夫日月麗乎天，草木麗乎地，風雅麗乎人，是故不可廢」。顧況文論契合儒家風雅精神，加之他大量的反映民疾，攻訐政弊等詩作實踐，體現詩人深切奉行儒家文行合一的思想主張。顧況的文學主張，與中唐時期的一批支持儒學復興的文士，如李華、蕭穎士，以及柳冕等相似，可以窺探出當時的文學思想趨勢。

毫無疑問，顧況的確有趨向儒家的審美理想，且詩人本身即實踐該文學理念。職是之故，可證張為並非盲目地將顧況列為「廣大教化」派之「升堂」，詩人確切有承傳儒家詩教的精神。話雖如此，有必要在此提出的是顧況的文章，雖有支持教化者，但他並非以此為唯一的標準。顧況也有追求詩文意境的生動與逼真，如在《右拾遺吳郡朱君集序》中，詩人讚揚朱放能以「煙霞風景，補綴藻繡，符於自然」，等等，由於此與議題無關，不宜深論。

5. 復變詩教之評價

顧況創作以詩教美刺比興為指導之餘，未偏廢藝術形式，嚴羽曾指出「顧況詩多在元、白之上，稍有盛唐風骨處。」〔註162〕唐朝支持詩教之詩人群中，

〔註161〕〔唐〕顧況：《華陽集‧文論》，頁41～42。
〔註162〕〔宋〕嚴羽：《滄浪詩話‧詩評》，北京：人民文學出版社，2005年，頁161。

有者往往偏重詩歌裏的興寄，忽視審美特徵，形成詩歌充斥說教，質木無文，如元結與孟郊的部分詩作即有該傾向。顧況則注重詩歌經營，詩人之詩風新奇狂放中，結構特殊精密，語言新穎自然。諸如上述之《公子行》，以一天的時間爲序，透過人物動作，快速且生動地刻畫紈綺子弟形象，其詩歌結構爲唐詩中罕見。至於長詩《棄婦詞》，研究者讚美「著易摹寫，妙在轉換自然」〔註163〕。此外，詩人有時爲了讓詩歌更能貼近實情，不惜使用詩歌情境中之語言，如《囝一章》之「郎罷」，即爲閩人語也。

顧況能於繼承詩教精神之創作中，不囿於傳統美刺比興模式，走出詩教，於寫實與浪漫之間回蕩。葛曉音認爲顧況是隨著天寶以來詩壇之復古思潮，再綜合杜甫和天寶大曆詩壇上其他詩人「追求奇變」的創作經驗，所以形成詩人一方面創作美刺政教之詩，另一方面則清而狂的盡情抒發。〔註164〕論者之意是顧況創作有兩類，一是傳統政教詩，另一則爲清狂式的抒情詩。《顧況詩集》作者趙昌平則認爲顧況該兩類詩歌創作非平行，也有交錯的時候，「（顧況）創出一種狂放新奇而又眞率自然的氣格，一種曠野高遠，幽而不冷的藝術境界」，然而「顧況詩歌的社會意義也不僅表現於他少數寫實的作品之中，而更多地見於他大量的縱橫不羈，獨抒性情——表達一個時代的知識分子的觀感與苦悶的抒情之作中。」〔註165〕言下之意顧況不再以傳統比較平實的手法來呈現風雅比興，改以帶點清狂式的抒情，改造詩教傳統的比興表達模式，形成獨特的清狂式的政教詩作，俾行之千年的古老詩教，獲取鮮血，展現新貌。換言之，顧況於詩教復古中有通變，兼具寫實與浪漫之美。

上揭顧況模擬《詩》的諸種形式特徵，讓詩歌的藝術形式具有意味，體現風雅古樸的審美情趣。然而詩人似該類之作品畢竟不多，具試驗性質。顧況其實瞭解創作重點在於內容思想，不在於語言形式，創作者必須多方面汲取新鮮涵養，作品才有深度。從形式來復古的嘗試，偶一爲之尚可，若似孟郊堅持純以古體詩創作，又排拒其他藝術涵養，結果只有減低詩歌的審美價值而已。

顧況雖不似之前闡述之杜甫及元結等明顯擁護儒家詩教，然而詩人複雜

〔註163〕《歷代詩發》，轉引自陳伯海：《唐詩匯評》，杭州：浙江教育出版社，1996年，頁1405。
〔註164〕葛曉音：《論天寶至大曆間詩歌藝術的漸變》，《詩國高潮與盛唐文化》，北京：北京大學出版社，1998年，頁419～420。
〔註165〕趙昌平校編：《顧況詩集》，頁5。

的詩風中自有美刺政教之色。盛、中唐之際，杜甫與元結等推展唐朝詩教接受的第一高潮，顧況與韋應物給紹承下來，〔註166〕並開啓了元、白醞釀之第二次高潮。唐詩論者一般多指中唐前期之詩人「氣骨頓衰」〔註167〕，或「氣象促迫」〔註168〕，表現了盛唐與元和兩唐詩高峰之間的低潮，然而若論唐朝詩教復變之一脈繼承中，兩位中唐前期的詩人，深具承先啓後之關鍵地位。

第三節　中唐後期劉、柳對詩教之接受

　　劉禹錫與柳宗元於唐詩史上常常被擺在一起並稱「劉、柳」，除了彼此互為文學交流上之摯友，「永貞革新」的核心人物，且革新失敗後遭相同之貶謫流放命運，更多時候彼此詩歌內涵上具一定的共同特質。本書將之並論，探討他們詩歌裏蘊涵之詩教精神。

一、柳宗元：深婉隱微的政教詩

　　二十一歲及第之柳宗元，少年得志，勤奮博學，乃有唐一代著名的文學家、政治改革家以及大思想家。柳宗元與韓愈等聯手推動中唐古文運動，本身即創作了不少文體、文風以及語言藝術與思想意識均高妙革新的辭賦、山水遊記、寓言故事、傳記文章以及傳奇小說。

　　作為思想家的柳宗元，他與劉禹錫一起主張「天人相分」等精深及有系統之哲學思想，強調客觀演進之歷史發展觀，引領中國思想史上長期紛爭的「天人之際」進入另一層次之討論領域。柳宗元發揮儒家對「人」的重視，堅定地反對天命、反鬼神、反封禪、反符瑞等一連串反封建之思想改革，帶來思潮革新。可是造化弄人，柳宗元真正參與的政治改革「永貞革新」，卻給他帶來生命最後十四年，貶謫荒僻的永州與柳州之下場，中唐有數「平揖古賢，氣吞時輩」之「一代之宏才」〔註169〕，慘遭此不幸，教人扼腕深惜。

〔註166〕顧況雖僅比杜甫與元結年幼幾年，不過他主要活動於大曆至貞元（766～805）年間，而杜甫與元結則分別於大曆五年（770）以及七年（772）離世，所以大可視顧況為兩者之接替。

〔註167〕「降而錢、劉，神情未遠，氣骨頓衰。」參見〔明〕胡應麟：《詩藪・內編》，卷三，北京：中華書局，1969年，頁48。

〔註168〕「中唐後，語漸精工，而氣象促迫，不可不知。」參見〔明〕胡應麟：《詩藪・內編》，卷三，頁48。

〔註169〕〔後晉〕劉昫等撰：《舊唐書》，卷一百六十，《柳宗元列傳第一百一十・史臣

　　與大多的中唐有識之士一樣，柳宗元支持儒學復古。詩人提出「文者以明道」〔註170〕以及文章要能「輔時及物」〔註171〕等帶有強烈的現實政治考量之文學觀念。關於中唐儒家思想的復興與社會背景之關係，已於論文第三章詳述，此不重贅。本書主要討論詩人詩歌裏關注現實社會，干預政治，發揮儒家經世致用之一面。

　　柳宗元存世之詩作僅得一百四十餘首，他的敘事詩鋪陳有序，抒情詩委婉抒情，寓言詩則寓意深刻，詩風淒婉哀怨與淡泊古雅兼備。中國文學史上的柳宗元雖以詩文著稱，詩人許多精深的思想卻多以古文載述，絕少表述於詩歌創作裏。無論如何，我們還是能據柳宗元的寓言詩與詠史詩，體會詩人含蓄蘊藉，美刺政教之內涵。

1. 政治詠史詩

　　柳宗元的《古東門行》〔註172〕是一首蘊涵政治諷喻之詠史詩，詩歌譏刺元和十年（815），門下侍郎同中書門下平章事武元衡（758～815）遇刺事。事發當時柳宗元任柳州刺史，聞此噩耗後，有感而作。「漢家三十六將軍，東方雷動橫陣雲」，詩歌起句即寫漢景帝（公元前 188～公元前 144）時七國謀反，天子遣派將領敉亂。柳宗元寫此來借喻宰相因大力主張削平藩鎮，結果遭來刺害。〔註173〕「雞鳴函谷客如霧，貌同心異不可數。赤丸夜語飛電光，徼巡司隸眠如羊」，詩歌復指出朝廷暗地裏阻止用兵，私通藩鎮者不少。長安充滿殺吏之刺客，有司卻蒙在鼓裏，不知有變。「當街一叱百吏走，馮敬胸中函匕首」，借漢初御史大夫馮敬（生卒年不詳）被刺之事來喻武元衡被殺。詩人接著寫至朝廷諸臣對該事之反應，「凶徒側耳潛愜心，悍臣破膽皆杜口」。一句「皆杜口」，道破諸臣，包括執政者對此慘案的態度，詩人譏諷他們明哲保身，不敢深究此案。

曰》，頁 4215。

〔註170〕〔唐〕柳宗元：《答韋中立論師道書》，〔清〕董誥等編：《全唐文》，卷五七五，北京：中華書局，2001 年，頁 5814。

〔註171〕〔唐〕柳宗元：《答吳武陵論〈非國語〉書》，〔清〕董誥等編：《全唐文》，卷五七四，頁 5801。

〔註172〕〔唐〕柳宗元：《古東門行》，王國安箋釋：《柳宗元詩箋釋》，卷三，上海：上海古籍出版社，1998 年，頁 306。

〔註173〕〔唐〕柳宗元：《古東門行》注釋（二），王國安箋釋：《柳宗元詩箋釋》，卷三，頁 306。

　　縱觀全詩，表面字句不露任何盜殺宰相之痕跡。詩題《古東門行》是取自古樂府《東門行》，詩歌主旨與原樂府內容無關聯，僅因武元衡遇刺於里之東門，故取其名。柳宗元不直指其事，委婉表露，深深契合「下以風刺上」及「主文而譎諫」之詩教精神。清人汪森（1653～1726）於《韓柳詩選》中判斷該詩「為武元衡而作，句句都用故事隱射，此亦諷諫之體也，然卻自《離騷》中化出，微婉入情」〔註174〕，論者道出柳宗元的詩歌淵源，更貼切地指出該詩之旨趣。然而《古東門行》是否真為遇刺宰相打抱不平之作？又有他說。柳宗元和劉禹錫向來與武元衡不和，永貞革新後柳劉被貶謫，當時武元衡為相，即曾參與其事。《蔡寬夫詩話》作者謂柳宗元該詩與劉禹錫之《靖安佳人怨》主旨相似，「以悼元衡之死，其實蓋快之。」〔註175〕柳宗元有否蘊含「快之」之義，或於詩中隱喻武元衡用事不當，也許可從詩歌的下聯略窺探。「魏王臥內藏兵符，子西掩袂真無辜」，王國安（1028～1074）認為此指憲宗用兵舉棋不定，導致叛賊乘隙刺殺宰相，武元衡之死是無辜也。〔註176〕清人何焯（1661～1722）則持異義，他視「子西掩袂真無辜」為一道反問句，反問武元衡之死難道真是無辜？何焯認為武元衡既主張用兵，又不能好好驅使諸將，「師老於外，變作於內，懷慚入地」，據此斷定柳宗元是「深笑其（武元衡）智小謀大也」。〔註177〕詩之多元詮釋，歷來屢見。筆者支持後說，主要依據柳宗元與武元衡素來不和之故。無論如何，此應非柳宗元寫詩之主旨，清人喬億評論得很中肯：「盜殺武元衡，與韓相俠累何異，非國家細故也。柳子厚《古東門行》，直指其事，其義正，其詞危，可使當日君相動色」〔註178〕。柳宗元發揮詩教本色，危詞義正地勸諫嘲諷君相，希望彼等能「動色」，正視事態之嚴重性，勵精圖治。

　　柳宗元有幾首借古諷今之詩作，《詠史》為其中傑出者，該詩曰：

〔註174〕〔清〕汪森：《韓柳詩選》，轉引自陳伯海：《唐詩匯評》中冊，杭州：浙江教育，1996年，頁1766。

〔註175〕〔宋〕蔡寬夫：《蔡寬夫詩話・三九》，吳文治：《宋詩話全編》，南京：江蘇古籍出版社，1998年，頁621。

〔註176〕〔唐〕柳宗元：《古東門行》注釋（一一），王國安箋釋：《柳宗元詩箋釋》，頁308。

〔註177〕〔清〕何焯著，崔高維點校：《義門讀書記》，卷三十七，《河東集下》，北京：中華書局，2006年，頁666。

〔註178〕〔清〕喬億：《劍溪說詩又編》，郭紹虞編選：《清詩話續編》，1999年，頁1124。

燕有黃金臺，遠致望諸君。嘿嘿事強怨，三歲有奇勳。

悠哉闢疆理，東海漫浮雲。寧知世情異，嘉穀坐熇焚。

致令委金石，誰顧蠢蠕群。風波欻潛構，遺恨意紛紜。

豈不善圖後，交私非所聞。爲忠不顧內，晏子亦垂文。〔註179〕

詩歌追述戰國時燕昭王（？～公元前 279）以千金延攬天下賢士。大將樂毅（生卒年不詳）前往，領燕破齊七十餘城，甚獲厚遇。後昭王卒，惠王即位，與樂毅不和，且受齊反間計，樂毅「嘿嘿事強怨」，銜恨隱忍之餘唯有去燕歸趙。「誰顧蠢蠕群」，指向讓樂毅蒙讒離燕之惠王與騎劫等。何焯認爲該詩含「怒而怨」之意，指出「詩以燕惠王比爲憲宗，然以此稱樂生。」〔註180〕蓋柳宗元自比爲詩中遭棄之樂毅，怨怒讓他放逐荒鄉之執政者。詩歌寓刺惠王受左右群小讒言蒙蔽，貶謫賢良。詩末以「爲忠不顧內，晏子亦垂文」爲結，乃借齊之賢相晏子（？～公元前 500）的犯顏進諫，表白詩人猶存進忠之心。學者認爲該詩寫於元和四年（809）〔註181〕，「聰警絕眾」，深獲王叔文等順宗朝臣「奇待」〔註182〕之柳宗元，當時正侘傺於萬里之外的永州。看來柳宗元以該詩來比興寄託，是完全合理之事。可又有學者認爲詩中的樂毅，其實暗指王叔文，故詩歌旨於哀悼王叔文。〔註183〕筆者認爲此論不可取，王叔文本一介棋待詔，將之比附樂毅，委實高攀失當，且縱觀全詩殊不類，故柳宗元寫詩自況之理據較確鑿。

春秋時秦穆公以車氏三子殉葬之事，自《詩・黃鳥》之載述後，已成文人筆底紛紛議論之題材。該詩序指出詩旨爲「哀三良也。國人刺穆公以從人死，而作是詩也」〔註184〕，有將三良之死歸咎於秦穆公之意。然而王仲宣（177～217）、陶淵明（約 365～427）與李德裕（787～850）則認爲其罪不在穆公，因臣有爲君死之義。〔註185〕柳宗元則於《詠三良》中提出新看法，

〔註179〕〔唐〕柳宗元：《古東門行》，王國安箋釋：《柳宗元詩箋釋》，頁 121。

〔註180〕〔清〕何焯著，崔高維點校：《義門讀書記》，卷三十七，《河東集下》，北京：中華書局，2006 年，頁 671。

〔註181〕〔唐〕柳宗元：《詠史》箋釋，王國安箋釋：《柳宗元詩箋釋》卷三，頁 122。

〔註182〕〔後晉〕劉煦等：《舊唐書》，卷一百六十，《柳宗元列傳第一百一十一》，頁 4214。

〔註183〕章士釗：《柳文指要・通要之部》，卷二，《永貞一瞥・子厚哀永貞三詩》，上海：文匯出版社，2000 年，頁 124。

〔註184〕〔唐〕孔穎達疏：《毛詩正義》，卷第六（六之四），《秦風・黃鳥》，北京：北京大學出版社，1999 年，頁 427。

〔註185〕《韻語陽秋》卷九有詳述。參見〔宋〕葛立方：《韻語陽秋》，〔清〕何文煥輯：

「束帶值明后，顧盼流輝光。一心在陳力，鼎列誇四方。款款效忠信，恩義皎如霜」〔註186〕，詩歌首先頌贊三子忠信恩義，爲國戮力。「殉死禮所非，況乃用其良！」詩人明確指出爲人主殉葬並非古禮。孔子曾譴責首位支持殉葬者「始作俑者，其無後乎！爲其象人而用之也。」（1a.4）由此可見柳宗元深受儒學薰陶，不支持殉葬爲古禮之一。「疾病命固亂，魏氏言有章」，柳宗元認爲應該要學習春秋魏國之魏顆（生卒年不詳），不聽父命，也就是三良不應聽君之亂命。最後，詩人曰「從邪陷厥父，吾欲討彼狂」，道出全詩之旨趣。這裡的「彼狂」，指向穆公的兒子康公（生卒年不詳），〔註187〕言下之意殉葬之意出自康公，欲陷先父於不義。柳宗元已很清楚地給該段史實下判斷，可我們要尋繹的是詩人寫詩之眞義。孫月峰謂該詩「前半祖陳思，後半評論多，翻覺板拙，似史斷不似詩。」〔註188〕論者僅點明詩歌偏向議論史實，卻未論及詩作之旨趣。王國安則直接指出「刺康公而美三良，抑意在刺憲宗之信讒貶賢耶？」蓋憲宗是順宗之長子，而詩中的穆公，應比作順宗，而康公則喻爲憲宗，意思是永貞革新失敗後，劉、柳遭罷黜，是憲宗聽信讒言，將太上皇順宗深陷於不義之境地。貶謫生涯影響柳宗元終生，詩人認爲其禍首乃憲宗與左右群小，足見該詩非單純之詠史詩，實爲另有寓意之作也。

　　詩人所有之詠史詩是否皆有寓託？其實未必盡然。如其《詠荊軻》一詩，除作史斷，指出刺秦之敗在「實謂勇且愚」外，歷來學者均不認爲其具寓意，爲純「讀書有感而作也。」〔註189〕然而柳宗元另一詠史短詩《楊白花》：「楊白花，風吹渡江水。坐令宮樹無顏色，搖蕩春光千萬里。茫茫曉日下長秋，哀歌未斷城鴉起」〔註190〕，則聚訟紛紛。此詩引北魏胡太后（？～528）逼幸勇武俊俏的少年楊華（生卒年不詳）（本名白花）之史實〔註191〕來申意。清人沈德潛據詩中提及之「長秋宮」是漢皇后之宮室，認爲「通篇不露正旨，而

《歷代詩話》下冊，北京：中華書局，頁553。

〔註186〕〔唐〕柳宗元：《詠三良》，王國安箋釋：《柳宗元詩箋釋》，卷一，頁124。

〔註187〕孫汝德：《百家注柳集》引，轉引自〔唐〕柳宗元，王國安箋釋：《柳宗元詩箋釋》，頁126。

〔註188〕孫月峰：《評點柳柳州集》卷四十三，轉引自〔唐〕柳宗元，王國安箋釋：《柳宗元詩箋釋》，卷一，頁127。

〔註189〕〔唐〕柳宗元：《詠荊軻》箋釋，王國安箋釋：《柳宗元詩箋釋》卷一，頁128。

〔註190〕〔唐〕柳宗元：《楊白花》，王國安箋釋：《柳宗元詩箋釋》卷一，頁133。

〔註191〕攸關此事，可詳參〔唐〕李延壽撰：《南史》，卷六十三，《王念神列傳第五十三》，頁1535～1536。

以「長秋」二字逗出，用筆用意在微顯之間」。〔註192〕論者雖主張該詩有所託諷，至於其眞正用意，卻無法道出。章士釗亦持相同看法，不過卻苦於「集中僅刊白文，別無線索可資省釋。……吾未嘗深加比核」，然弔詭的是論者卻一口料定「此終是宮中淫亂之象」〔註193〕。筆者認爲若欲深究該詩是否寓意後宮之淫亂或僅「讀書詠史，非必有自況意也」〔註194〕，一個比較學術的做法是考據德宗至憲宗時期後宮之實相，可惜如今流傳之史書均未載錄，故此詩只能存而不論，耐人尋味的了。

2. 美刺政教的寓言詩

本章上一節敘述了韋應物書寫政治寓言詩後，中唐後期的詩人開始關注該類託物寓意的詩歌題材，並創作了不少高品質之作。柳宗元的寓言詩不太多，嚴格數來僅有《跂烏詞》〔註195〕《籠鷹詞》〔註196〕《放鷓鴣詞》〔註197〕以及《行路難三首》〔註198〕等共六首，它們均蘊藏「作者自我遭際的寫照」〔註199〕，反映詩人政治失敗，貶謫永州之後的憤慨情緒。

六首寓言詩中，柳宗元以「跂烏」、「籠鷹」、「鷓鴣」以及「夸父」等來自喻坎坷的遭遇與受重創之心靈。《籠鷹詞》寫一隻早前威風英勇的蒼鷹，「雲披霧裂虹蜺斷，霹靂掣電捎平岡。砉然勁翮剪荊棘，下攫狐兔騰蒼茫。爪毛吻血百鳥逝，獨立四顧時激昂。」又《行路難三首》其一寫夸父「逐日窺虞淵，跳踉北海超崑崙。披霄決漢出沆瀣，瞥裂左右遺星辰。」詩歌明顯託寓詩人早年英姿煥發，積極參政，卻不得好下場。至於《放鷓鴣詞》，則寫貪餌誤食，觸陷被囚之鷓鴣，是詩人「萬里孤囚」〔註200〕之自身寫照。

其實柳宗元之詩文，不論寫山水遊記，或寓言故事等，均在不同程度上抒發憤鬱之悲情，寫照悲境。本書不擬於此著墨，僅指出詩人該類寓言詩，其實皆有針對現實，對朝廷之腐敗現象行委婉譏刺。如《跂烏詞》中的「螻

〔註192〕〔清〕沈德潛：《唐詩別裁集》，卷八，長沙：嶽麓書社，1998，頁175。
〔註193〕章士釗：《柳文指要·體要之部》，卷三，《六逆論》，頁116。
〔註194〕〔唐〕柳宗元：《楊白花》箋釋，王國安箋釋：《柳宗元詩箋釋》，卷一，頁134。
〔註195〕〔唐〕柳宗元：《跂烏詞》，王國安箋釋：《柳宗元詩箋釋》卷一，頁15。
〔註196〕〔唐〕柳宗元：《籠鷹詞》，王國安箋釋：《柳宗元詩箋釋》卷一，頁17。
〔註197〕〔唐〕柳宗元：《放鷓鴣詞》，王國安箋釋：《柳宗元詩箋釋》卷二，頁247。
〔註198〕〔唐〕柳宗元：《行路難三首》，王國安箋釋：《柳宗元詩箋釋》卷一，頁19。
〔註199〕〔唐〕柳宗元著，王國安箋釋：《柳宗元詩箋釋·前言》，頁2。
〔註200〕〔唐〕柳宗元：《放鷓鴣詞》箋，王國安箋釋：《柳宗元詩箋釋》卷二，頁247。

蟻」與「燕雀」，《籠鷹詞》裏的「狸鼠」，以及《行路難三首》其一之「狐鼠蜂蟻」等，都是在曲折反射詩人悲劇命運之本源，在於宮廷之姦邪宵小。質言之，柳宗元除以寓言詩來自喻外，主要動機在於抨擊群小，揭露宮廷之黑暗面。

3. 柳宗元之儒家詩教思想評價

柳宗元英年有為，正準備於政壇大展拳腳時，突遭戕害，貶逐窮荒，詩文裏流露無限濃烈的憂愁孤寂與憤鬱不平，令人閱之不得不灑下同情之淚。柳宗元投跡荒野後經過反思省察，徹悟當年參與「永貞革新」時過度衝動熱情，缺乏深入思考政治。經過反省探索後，詩人雖依然得與千里外之敵人對抗，但詩人以頑強生命力以及堅定之信念，「孤舟蓑笠翁，獨釣寒江雪」〔註201〕，堅持奮戰到底。

《茅簷下始栽竹》〔註202〕一詩記敘了詩人如何尋竹、栽竹以及賞竹之過程，敘述清晰，具敘事詩應有之特色。該詩雖為柳宗元之一首栽竹詩，詩人於詩歌後段對竹子讚賞，「嘉爾亭亭質，自遠棄幽期。不見野蔓草，翳蔚有華姿。諒無凌寒色，豈與青山辭」，富有深意。柳宗元寫的竹子，具有亭亭之美姿，可以「清泠集濃露」，讓詩人「枕簟淒已知」。與此同時，詩人認為竹子具「凌寒色」，故被引為知己。清人汪森指出該詩「種植諸作，俱兼比興，其意亦由遷謫起見也。」〔註203〕詩人欣賞竹之「凌寒色」，實隱喻詩人自己堅韌不拔地與朝廷群小鬥爭，不畏強權，執著信念之傲岸不屈精神。

儒家經典《大學》提出格物、致知、誠意、正心、修身、齊家、治國、平天下等八德目，前五德是「內聖」，後三者為「外王」，內外一貫，即是儒家定立人格理想之最高標準。客觀因素迫使柳宗元無法完成「外王」理想，可詩人不長之四十餘年人生中，積極進取、剛健不息、百折不撓，實踐該儒家理想之人格精神。柳宗元雖兼披佛教思想，但詩人儒家式的氣節操守，為後人稱道。

柳宗元接受詩教指導體現下的詠史與寓言詩，表達得收斂含蓄，深婉隱

〔註201〕〔唐〕柳宗元：《江雪》，王國安箋釋：《柳宗元詩箋釋》卷二，頁268。

〔註202〕〔唐〕柳宗元：《茅簷下始栽竹》，王國安箋釋：《柳宗元詩箋釋》卷一，頁88～89。

〔註203〕〔清〕汪森：《韓柳詩選》，轉引自〔唐〕柳宗元：《茅簷下始栽竹》評箋，王國安箋釋：《柳宗元詩箋釋》卷一，頁91。

微，甚契合詩教「溫柔敦厚」之運用原則。詩人本著「思無邪」的詩教本質，「故執彼舊章，繩此新失」，冀借詩歌之規諷勸諭，讓在上位者「能自悔其心，更遵正道」〔註204〕。柳宗元紹承傳統詩教思想，表現手法保守，題材則隨盛、中唐風尚，沒多大拓展。

二、劉禹錫：蘊藉含蓄的美刺比興

「世以儒學稱」〔註205〕之劉禹錫（772～842），爲中唐後期著名文學家與思想家。「永貞革新」失敗後，劉禹錫初貶謫連州，復遷朗州司馬。十年後召還，又因玄都觀詩案，詩人再度被貶逐連州、夔州及和州刺史。劉禹錫晚年又除蘇州、汝州以及同州刺史，數一數詩人生活之七十年中，竟有一半的時間遭貶謫或外放，遠離京城權力中心，可謂歷盡坎坷的仕途。

劉禹錫曾於詩作中自稱欲繼承詩教精神。詩人有《插田歌》〔註206〕一詩，首先描繪了一幅犬鳴雞啄，以及農民互相歡唱之綺旎美景。之後詩人安排了一位從京城歸來，倚仗權勢兼貪圖富貴的計吏，「田夫詰計吏，君家儂定諳。一來長安罷，眼大不相參。計吏笑致辭，長安眞大處。省門高軻峨，儂入無度數。昨來補衛士，唯用筒竹布。君看二三年，我作官人去」。詩歌透過農民與計吏之間的詰問，表露農民對後者之厭惡，以及連帶地譏刺朝廷政局之渾濁。該詩前附一小序，除指出詩作地點，亦表露旨趣，「連州城外俯接村墟。偶登郡樓，適有所感，遂書其事爲俚歌，以俟采詩者」。序之末句可知詩人的創作動機爲期待有人采詩獻予執政者，以達至察風觀俗之目的。劉禹錫嘗試恢復上古采詩之風，紹承上古詩人寫詩來發揮「證王教之所由興廢，美盛德之形容」之詩教傳統精神。劉禹錫該觀念深契儒家頌贊之詩教主旨，正如《唐風定》作者邢昉論詩人詩作「諷刺淡然，可謂怨而不怒」〔註207〕也。

1. 嘲刺權貴之作

與其他主張詩教詩人有異的是，劉禹錫之詩作反映民瘼者反而不太多，

〔註204〕〔唐〕孔穎達：《毛詩正義》，卷一（一之一），《詩大序》，北京：中華書局，1999 年，頁 15。

〔註205〕〔後晉〕劉昫等撰：《舊唐書》，卷一百六十，《劉禹錫列傳第一百一十》，頁 4210。

〔註206〕〔唐〕劉禹錫：《插田歌》，瞿蛻園箋證：《劉禹錫集箋證》，卷二十七，上海：上海古籍出版社，2005 年，頁 838。

〔註207〕〔明〕邢昉：《唐風定》，轉引自陳伯海：《唐詩匯評》中冊，頁 1806。

詩人較多選擇從政治嘲諷中來關心民瘼，以及關懷國家政教。《度桂嶺歌》一詩即表達了詩人的心聲，「寄言千金子，知余歌者勞」〔註208〕，瞿蛻園指出該詩爲「怨執政之詞」，詩人的確創作了不少該類貫徹孔子「詩可以怨」精神之作品。

《元和十一年自朗州承召至京戲贈看花諸子》〔註209〕與《再遊玄都觀》〔註210〕兩詩爲劉禹錫譏刺權貴之名著。前者寫於詩人被貶朗州司馬十年，被招還京城後。「紫陌紅塵拂面來，無人不道看花回。玄都觀裏桃千樹，盡是劉郎去後栽」，詩中以「玄都觀」喻爲朝廷，「桃千樹」則比爲朝廷滿布的新貴，而「劉郎去後栽」之「劉郎」，則爲詩人之自稱。該詩旨指永貞改革失敗，詩人貶官離去十年後，新貴林立，語氣中充滿感歎朝政的反復無常，以及對朝廷中一番新人事之譏刺。《本事詩》載劉禹錫因此詩遭嫉，遷連州刺史。〔註211〕事實是否如此，已無從稽考，可劉禹錫歸京不久即遭遷出，卻屬實情。無論如何，該詩似乎有假借桃花來委婉嘲諷朝政之意。瞿蛻園卻認爲該詩是詩人於元和十年春至長安，欣賞桃花後寫實之作，「非必遽有所刺」〔註212〕。此言未免太保留，筆者則認爲該詩非單純詠物寫景，必有寓意。明人唐汝詢（約1624年在世）則指「首句便見氣焰，次見附勢者眾，三以桃喻新貴，末太露，安免再謫？」〔註213〕該詩表達得迂迴曲折，旨趣隱諱，筆者無法苟同論者之言。《唐詩評注讀本》編者王文濡（1867～1935）的分析則比較可取：「此詩借種桃以諷朝政。栽桃花者道士，栽新貴者，執政也。自劉郎去後，而新貴滿朝，語涉譏刺。執政者見而惡之，因出爲連州刺史」〔註214〕，指出詩人

〔註208〕〔唐〕劉禹錫：《度桂嶺歌》，瞿蛻園箋證：《劉禹錫集箋證》，卷二十七，頁837。

〔註209〕詩題「元和十一年」當爲「十年」之誤。參見〔唐〕柳宗元：《元和十一年自朗州承召至京戲贈看花諸子》校證。瞿蛻園箋證：《劉禹錫集箋證》，卷二十四，頁702。

〔註210〕〔唐〕劉禹錫：《再遊玄都觀》，瞿蛻園箋證：《劉禹錫集箋證》，卷二十四，頁703。

〔註211〕〔唐〕孟棨：《本事詩·事感第二》，丁福保輯：《歷代詩話續編》上冊，北京：中華書局，2001年，頁12。

〔註212〕〔唐〕劉禹錫：《再遊玄都觀》箋證，瞿蛻園箋證：《劉禹錫集箋證》，卷二十四，頁703。

〔註213〕〔明〕唐汝詢：《唐詩選脈會通評林》，轉引自陳伯海：《唐詩匯評》中冊，頁1842。

〔註214〕王文濡編：《歷代詩評注讀本》，卷四，北京：北京中國書店，1983年，頁291。

以詩委婉刺上位，招致厄運。

《再游玄都觀》一詩，據其詩序中自稱寫於大和二年（828），意指詩人寫畢《元和十一年自朗州承召至京戲贈看花諸子》，十四年之後歸京復遊玄都觀之作。「百畝庭中半是苔，桃花淨盡菜花開。種桃道士歸何處，前度劉郎今又來」。筆者認爲該詩與前一首詩筆調一致，詩人再度使用桃花來比喻朝廷權貴，然而之前所指之新貴，如今卻「桃花淨盡菜花開」，皆盡散矣。如今劉禹錫再度歸京，發覺人事已非，特意追問：「種桃道士歸何處？」詩人暗喻昔日主政者不在其位，底下蟻附者自然隨改朝換代而消散無蹤，正如唐汝詢之評論「文宗之朝，互爲朋黨，一相去位，朝士盡易，正猶道士去而桃不復存」〔註215〕。王文濡指出劉禹錫：「前因看花詩，連遭貶黜。今得重來，而新進者隨舊日之執政已俱去矣，因復藉此以諷之」〔註216〕，論者充分解讀詩人的創作動機。劉禹錫志不在詠桃，似乎研究者皆知。或論該詩過於直刺，有失儒家蘊藉委婉之旨。筆者卻認爲詩人的兩首桃花詩，蘊含嘲刺之意頗淺顯，不過其表現手法含蓄蘊藉，不直接說破。

2. 美刺政教之寓言詩

中唐寓言諷喻詩，韋應物僅開其端，並未眞正於該題材上大做工夫，要待柳宗元、劉禹錫、韓愈以及白居易諸家手中，政治寓言詩始盛放。劉禹錫譏刺權貴或執政者之政治諷喻詩，多以寓言或詠史方式來呈現，爲詩人創作之一大特色。劉禹錫寓言諷喻詩計有《鷗鵰吟》《百舌吟》《飛鳶操》《聚蚊謠》《秋螢引》《有獺吟》《昏鏡詞》《養鷲詞》《調瑟詞》《蒲桃歌》以及《牆陰歌》等多首，是中唐寓言詩之多產者，限於篇幅與能力，本書僅摘些來論述。

《鷗鵰吟》〔註217〕是劉禹錫初期的政治寓言詩，詩人將朝廷權臣分忠直與姦邪兩對立派來論述。詩歌外表吟詠鳳凰與鷗鵰兩類禽鳥之鳴叫，實乃託辭寓意朝廷正邪兩派人馬之互鬥：

> 朝陽有吟鳳，不聞千萬祀。鷗鵰催眾芳，晨間先入耳。
>
> 秋風白露晞，從是爾啼時。如何上春日，唧唧滿庭飛。

「鳳」喻正直者，而「鷗鵰」則指姦邪小人。詩裏之「吟鳳」，指向「正直觸

〔註215〕〔明〕唐汝詢：《唐詩選脈會通評林》，轉引自陳伯海：《唐詩匯評》中冊，頁1842。

〔註216〕王文濡編：《歷代詩評注讀本》，卷四，頁292。

〔註217〕〔唐〕劉禹錫：《鷗鵰吟》，瞿蛻園箋證：《劉禹錫集箋證》，卷二十七，頁842。

邪」，而「催眾芳」及「先入耳」，意為群小得志。詩歌寓託朝廷裏滿是阿諛讒佞，攻訐醜詆之言，致使正人君子遭排擠唾棄。瞿蛻園疑該詩寫於順宗初政，政局一新，舊勢力紛紛謗議之際。〔註 218〕當時劉禹錫擢居要職，政壇得意，雖偶有些許憤懣，卻未遭革命失敗貶謫之痛，故詩歌形象刻畫不深，藝術特色不鮮明。

　　或許是詩人將仕途之坎坷，歸咎於讒言之禍，故對是非顛倒，挑破離間的話，感受特深，以致貶謫朗州後，筆下諸多描繪奸小之讒言。如《百舌吟》〔註 219〕一詩，即喻朝廷讒者如百舌鳥，他們「笙簧百囀音韻多，黃鸝吞聲燕無語」，「?蠻宛轉似娛人，一心百舌何紛紛」，其詭譎多變之讒言如「舌端萬變乘春暉」，相比較下守正道之君子，卻常木訥無言。「可憐光景何時盡，誰能低迴避鷹隼」，讒言者如鷹隼，叫人無可躲避。詩歌主旨與《聚蚊謠》相近，唯比之表達得更為含蓄委婉。

　　劉禹錫的寓言詩，不僅於嘲諷譏刺，還表露了其政治態度，如《養鷙詞》〔註 210〕：

　　　　養鷙非玩形，所資擊鮮力。少年昧其理，日日哺不息。

　　　　探雛網黃口，旦暮有餘食。寧知下鞲時，翅重飛不得。

　　　　毿毶止林表，狡兔自南北。啄既已盈，安能勞羽翼。

該詩序言中謂詩人路途遇見一位少年，因過度哺養鷙禽，而終不為所用，遂有感而作。中唐藩鎮跋扈，詩人究其淵源，認為執政者似該飼養過度的少年，恩寵藩鎮，「姑息藩鎮，祿位過厚」，可見其詩旨蘊含譴責「昧其理」的為人主之深意。詩人指出中唐藩鎮之所以擅權禍國，執政者必須負上大部分的責任。「養鷙非玩形，所資擊鮮力」，詩歌開篇即示知豢養軍隊之目的，非為炫耀武力，乃備罹難時，用以除佞安邦。中唐藩鎮擁政權、兵權、土地、人民，以及充足的經濟來源，皆拜朝廷非常之恩寵，此如不懂養鳥之道的少年「日日哺不息」，使之「旦有餘食」。「啄既已盈，安能勞羽翼」，盈祿得志，一旦人主有難，怎能調派得了他們，而其又怎不擁兵自重呢？詩人以一首簡短有力的寓言詩，揭露中唐藩鎮之禍由，可見其高明之政治眼光。

〔註 218〕〔唐〕劉禹錫：《鵯鵊吟》，瞿蛻園箋證：《劉禹錫集箋證》，卷二十七，頁 842。

〔註 219〕〔唐〕劉禹錫：《百舌吟》，瞿蛻園箋證：《劉禹錫集箋證》，卷二十一，頁 580～581。

〔註 210〕〔唐〕劉禹錫：《養鷙詞》，瞿蛻園箋證：《劉禹錫集箋證》，卷二十一，頁 562～563。

　　中唐的各種政治亂象，究其根本，均離不開最高統治者的昏庸無道。劉禹錫的喻政寓言詩，自不輕忽引致弊政之肇禍者。詩人以迂迴的曲筆來諷喻之，如《昏鏡詞》〔註211〕：

　　　　昏鏡非美金，漠然喪其晶。陋容多自欺，謂若他鏡明。
　　　　瑕疵既不見，妍態隨意生。一日四五照，自言美傾城。
　　　　飾帶以紋繡，裝匣以瓊瑛。秦宮豈不重，非適乃爲輕。

詩歌假借明鏡無人問津，昏鏡卻因陋容者的垂愛，被「飾帶以紋繡，裝匣以瓊瑛」來寓託世人「不自知其醜，反憚明鏡之洞照」。〔註212〕寓言詩的特色在於不直指其事，旨趣自蘊含其中，正如林水檺指出詩歌鞭撻的陋容者，其實正是昏庸無能的最高統治者。由於執政者不肯正視自己的缺點，愛文過飾非，寵幸諛佞，排擠秉正道之君子賢人，結果社會處處呈是非顛倒之亂象。〔註213〕可見劉禹錫借《昏鏡詞》一詩來嘲諷執政者昵小人，遠賢人之愚昧舉止。

　　除此之外，劉禹錫於《調瑟詞》一詩中，亦指出執政者的其他缺失。其詩如下：

　　　　調瑟在張弦，弦平音自足。朱弦二十五，缺一不成曲。
　　　　美人愛高張，瑤軫再三促。上弦雖獨響，下應不相屬。
　　　　日暮聲未和，寂寥一枯木。卻顧膝上弦，流淚難相續。

詩序指詩歌主旨在於借調瑟弦一事來比喻富豪因虐待家奴，導致大量逃奴，而後悔莫及，言下有申斥富豪爲富不仁之意。仔細玩味詩意，詩人之創作目的恐不在此。詩歌中的美人，由於不按調瑟規律來調理瑟弦，結果「上弦雖獨響，下應不相屬」，以失敗收場。詩人其實寓寄了「治世之道、治家之道與調瑟之道是一樣：物極必反」〔註214〕之至理。安史之亂後，國家經濟陷入危機，朝廷不理百姓死活，一昧以加重賦稅來增加庫銀。劉禹錫有感於此而寫詩寓託，正如瞿蛻園指該詩「恐兼刺德、憲兩朝之遇下少恩，人心散離」〔註215〕。

　　除禽鳥寓言詩，劉禹錫亦嘗試創作些昆蟲寓言詩來託寓。《聚蚊謠》

〔註211〕〔唐〕劉禹錫：《昏鏡詞》，瞿蛻園箋證：《劉禹錫集箋證》，卷二十一，頁56。
〔註212〕〔唐〕劉禹錫：《昏鏡詞》，瞿蛻園箋證：《劉禹錫集箋證》，卷二十一，頁56。
〔註213〕林水檺：《鏡裏乾坤──談兩首以鏡喻政的唐詩》，《古典文學論叢》，頁23。
〔註214〕劉歡：《劉禹錫寓言詩創作特點探析》，《西北大學學報》（哲學社會科學版），1995年，第3期，頁70。
〔註215〕〔唐〕劉禹錫：《調瑟詞》箋證，瞿蛻園箋證：《劉禹錫集箋證》，頁568。

〔註216〕曰：

> 沉沉夏夜蘭堂開，飛蚊伺暗聲如雷。
> 嘈然欻起初駭聽，殷殷若自南山來。
> 喧騰鼓舞喜昏黑，昧者不分聽者惑。
> 露花滴瀝月上天，利嘴迎人著不得。
> 我軀七尺爾如芒，我孤爾眾能我傷。
> 天生有時不可遏，為爾設帷潛匿床。
> 清商一來秋日曉，羞爾微形飼丹鳥。

「永貞革新」後，舊官宦權臣復掌大權，對參與運動者如二王、八司馬等加以追殺或貶謫等政治迫害。劉禹錫初貶謫連州，復遷朗州司馬。十年後召還，又因玄都觀詩案，詩人再度被貶逐連州、夔州及和州刺史。劉禹錫晚年又除蘇州、汝州以及同州刺史。劉禹錫任朗州司馬十年間，撰著了不少寓託遙深的政治寓言詩，是詩人寓言詩的創作高峰期。詩人以聚蚊來借喻「永貞革新」後，朝廷裏乘時集聚之官宦小人等惡勢力。這些奸小結黨營私，暗中向執政者獻讒，殘害忠良。「喧騰鼓舞喜昏黑，昧者不分聽者惑」，讒言如天花亂墜，教人困惑不分，弊政由此滋生。詩末「天生有時不可遏，為爾設帷潛匿床。清商一來秋日曉，羞爾微形飼丹鳥。」詩人堅信總有一日會消滅該讒邪奸小。詩歌筆下充滿怒火，體現詩人疾惡如仇之心理，以及對復出的信心。

細味劉禹錫之詩文，可以感受詩人擁有儒家理想的人格。詩人認為似他這樣正直有道者之德行，如秋螢之光「紛綸暉映互明滅，金爐星噴鐙花發」〔註217〕，無所不在，且無人不見，不過詩人認為有道者卻常寧願沉晦，不肯隨處炫耀，「誰言向晦常自明，兒童走步嬌女爭。天生有光非自衒，遠近低昂暗中見。」反比下，處在同一時空的姦邪群小，「撮蚊妖鳥亦夜起，翅如車輪人不見」，雖常自炫其光，誇大聲勢，然而人格終究不比君子的自然亮光。劉禹錫以比德及反襯之藝術手法，迂迴曲折地譏刺了朝廷宵小的卑賤品格。

劉禹錫認為自己一生的坎坷遭遇，主要為朝廷群小所害，所以詩文裏對之不遺餘力地加以譏刺嘲諷。劉禹錫借詠蒲桃之豐碩，「繁葩組綬結，懸實珠璣纍。馬乳帶輕霜，龍鱗曜初旭」〔註218〕，比喻小人得志，而詩歌的後半稱

〔註216〕〔唐〕劉禹錫：《聚蚊謠》，瞿蛻園箋證：《劉禹錫集箋證》，卷二十一，頁579。
〔註217〕〔唐〕劉禹錫：《秋螢引》，瞿蛻園箋證：《劉禹錫集箋證》，卷二十一，頁583。
〔註218〕〔唐〕劉禹錫：《蒲桃歌》，瞿蛻園箋證：《劉禹錫集箋證》，卷二十七，頁842。

太原來客「爲君持一斗，往取涼州牧」，實乃「刺政以賄成」〔註219〕。有學者指出貞元後較少賄官事，故該詩目的在於「斥宦官輩」〔註220〕。無論何指，該詩絕非單純地詠物，詩人不直指其事，旨趣自蘊含其中矣。

3. 具風雅興寄之詠史詩

玄宗與楊貴妃「春寒賜浴華清宮」之風流豔事，爲歷代詩家傳頌不絕。上文論及書寫該題材之詩作有韋應物及杜牧，〔註221〕劉禹錫亦有首《華清詞》，其旨趣亦相近。

　　日出驪山東，裴回照溫泉。樓臺影玲瓏，稍稍開白煙。

　　昔言太上皇，寄居此祈年。……風中聞清樂，往往來列仙。

　　翠華入五雲，紫氣歸上玄。……聖道本自我，凡情徒顯然。

　　小臣感玄化，一望青冥天。〔註222〕

詩歌顯然在譏諷玄宗沉溺於驪山華清宮之溫泉享樂，罔顧國事，一心求仙道。瞿蛻園稱該詩「是譏玄宗既志在得仙，則今昔存亡亦不足論」，又指該詩或爲劉禹錫於貞元十七、十八年，任渭南主簿時之作。〔註223〕當時德宗已步入晚年，姑息藩鎮、寵幸宦臣、大肆斂財及踐踏民生，所以我們亦大可將詩歌視爲詩人借古諷今，譏刺當朝執政者之作。

又詩人《阿嬌怨》〔註224〕一詩內容亦與華清宮攸關，「望見葳蕤舉翠華，試開金屋掃庭花。須臾宮女傳來信，言幸平陽公主家。」詩面指向建元二年（公元前 139），漢武帝出遊灞上，於平陽公主宮中邂逅衛子夫，寵幸之，並立爲皇后之事。蓋元和十五年（820），穆宗甫登基，即從複道出城至華清宮，獨遺公主、駙馬及扈從等還宮。〔註225〕故據此細究之，詩人似乎以曲筆來嘲諷穆宗好遊宴也。

劉禹錫歷經八朝，除順宗、憲宗及穆宗外，詩人均爲諸帝立輓歌。《敬宗

〔註219〕〔唐〕劉禹錫：《蒲桃歌》箋證，瞿蛻園箋證：《劉禹錫集箋證》，卷二十一，頁843。

〔註220〕〔唐〕劉禹錫：《蒲桃歌》箋證，瞿蛻園箋證：《劉禹錫集箋證》，卷二十一，頁843。

〔註221〕可參考本章第二小節。

〔註222〕〔唐〕劉禹錫：《華清詞》，瞿蛻園箋證：《劉禹錫集箋證》，卷二十六，頁817。

〔註223〕〔唐〕劉禹錫：《華清詞》箋證，瞿蛻園箋證：《劉禹錫集箋證》，卷二十六，頁818。

〔註224〕〔唐〕劉禹錫：《阿嬌怨》，瞿蛻園箋證：《劉禹錫集箋證》，卷二十六，頁823。

〔註225〕〔宋〕司馬光：《資治通鑑》，卷二百四十一，《唐紀五十七》，頁7786～7787。

睿宗武昭愍孝皇帝輓歌三首》〔註226〕為哀悼享祚不足三年之敬宗。「侍臣容諫獵，方士信求仙」，詩中借司馬相如勸諫漢武帝減少狩獵及崇信方術之史實，暗諷敬宗喜好打夜狐，終日耽於宴樂，疏理朝政，終為左右宦臣如劉克明等挾持殺害。該組詩之第三首「時虹影俄侵日，龍髯不上天。空餘水銀海，長照夜燈前」，即很顯然地在嘲刺該事。

《詠史二首》其二〔註227〕，亦為一首借史託寓之傑作。「賈生明王道，衛綰工車戲。同遇漢文時，何人居貴位。」深諳治理之道的賈誼，終其短短之一生，未獲厚遇，相比下，善弄車技的衛綰（？～公元前131），卻居中郎將之高職，詩人深切指出兩者命運的巨大反差。瞿蛻園據魏泰《隱居詩話》考證衛綰未於文帝時居高職，詩與史實不符，〔註228〕然而這似乎無損詩人寫詩之目的。「譏朝廷不辨賢佞，以重任付諸庸才」〔註229〕，該詩成於何時，雖無法考證，縱觀劉禹錫親歷多朝姦邪群小之篡權，此詩託諷之對象，唐朝諸帝似乎皆適用也。

4. 體現崇高人格之詠物詩

上文論及柳宗元具有不畏挫折、積極進取與自強不息之儒家人格高標，我們可以從劉禹錫的一生經歷與詩文之內涵中，察覺詩人也具有與柳宗元不遑相讓之精神特色，這裡引詩人三首託物寓志之作來論證。

古代文士常寄情寓意於花草樹木。梅、蘭、菊、竹合稱「四君子」，而竹又與梅、松合稱「歲寒三友」，是中國傳統文人追求的理想品格之象徵。竹子修長挺直，空心有節，象徵虛心及節操。此外，竹子四季常青，生命力頑強，代表堅韌不屈的生命。歷來歌詠竹子的詩歌很多，當中以清人鄭板橋《竹石》：「咬定青山不放鬆，立根原在破岩中。千磨萬擊還堅勁，任爾東西南北風」，最能道出該特性。文士眼中的修竹具寧折不彎，百折不撓之君子崇高氣節，上文評述了柳宗元之《茅簷下始栽竹》，今劉禹錫的《庭竹》，亦表達相似之志。

〔註226〕〔唐〕劉禹錫：《敬宗睿宗武昭愍孝皇帝輓歌三首》，瞿蛻園箋證：《劉禹錫集箋證》，卷二十六，頁986～987。

〔註227〕〔唐〕劉禹錫：《詠史二首》，瞿蛻園箋證：《劉禹錫集箋證》，卷二十一，頁574～575。

〔註228〕〔唐〕劉禹錫：《詠史二首》其二箋證，瞿蛻園箋證：《劉禹錫集箋證》，卷二十一，頁575。

〔註229〕〔唐〕劉禹錫：《詠史二首》其二箋證，瞿蛻園箋證：《劉禹錫集箋證》，卷二十一，頁575。

> 露滌鉛粉節，風搖青玉枝。依依似君子，無地不相宜。〔註 230〕

庭竹雖暴露於朝風露雨中，依然具頑強之生命力，不改它的青翠勁挺。詩人將具有該特性之竹比擬爲君子，雖處於任何惡劣之環境中，仍然能夠隨遇而安。詩人詠庭中竹來寓寄心志，自比亦自勉長期貶謫的生涯中，不自棄，亦不放棄政治抱負。此外，劉禹錫又有以柳花寓意之作，見於《柳花詞三首》其一與其二：

> 開從綠條上，散逐香風遠。故取花落時，悠揚占晚春〔註 231〕

> 輕飛不假風，輕落不委地。撩亂舞晴空，發人無限思〔註 232〕

晚春時分，眾花凋落時，柳花卻兀自綻放。柳花不憑藉風力，輕輕飛揚，同時它也不輕易委落地面。瞿蛻園稱劉禹錫此組詩「大有自占身份之意」〔註 233〕，可見詩人寓寄的是己不從俗，遇事能有主見，深具儒家君子「和而不同」（13.23）之美好品格。

5. 劉禹錫復古詩教之評價

劉禹錫反映民瘼之作不多，詩人多以寓言、詠物或詠史之藝術形式來美刺政教。此對唐朝詩教接受者之詩歌題材表現來說，顯得相對特殊。

研究者早有指出「詩至中唐，漸失風人溫厚」〔註 234〕，該論的確指出中唐美刺政教詩之大體表現，然而縱觀劉禹錫，皆未見其有任何直切袒露的詩作。詩人的幾首寓言與詠物詩之比興運用，目的無非是爲了讓詩歌旨趣顯得更蘊藉含蓄一些，筆者推測詩人也許有處境艱難之隱衷。若說上述劉禹錫十年貶逐，好不容易回京，復因《元和十一年自朗州承召至京戲贈看花諸子》一詩而遭遷出屬實的話，善於反省之詩人，應從中得到教訓，下筆時更謹慎，表達得更隱蔽。劉禹錫之貶臣身份，已成眾矢之的，而政敵之得勢，迫使詩人許多怨言無法直說，只好託情於竹、柳等外物，委婉達意。換言之，委婉或直訐美刺，背後蘊含詩人之現實考量。杜甫、元結及元、白等直切之作，

〔註 230〕〔唐〕劉禹錫：《庭竹》，瞿蛻園箋證：《劉禹錫集箋證》，卷二十五，頁 781。
〔註 231〕〔唐〕劉禹錫：《柳花詞三首》其一，瞿蛻園箋證：《劉禹錫集箋證》，卷二十六，頁 827。
〔註 232〕〔唐〕劉禹錫：《柳花詞三首》其二，瞿蛻園箋證：《劉禹錫集箋證》，卷二十六，頁 827。
〔註 233〕〔唐〕劉禹錫：《柳花詞三首》箋證，瞿蛻園箋證：《劉禹錫集箋證》，卷二十六，頁 827。
〔註 234〕《古唐詩合解》，轉引自陳伯海：《唐詩匯評》中冊，頁 1842。

相信亦基於同樣之思慮。

　　唐朝詩人貫徹詩教主旨者，似乎都抱持著「知其不可而爲之」（14.41）的儒家自強不息精神，不斷地寫詩規諷勸誡，卻不問成績。劉禹錫存世詩作八百多首，多觸及政治，強調文學之政治價值，表現詩人對現實環境之深度反省意識。詩人幾乎嘲諷了親歷之諸朝皇帝，可詩人心裏明白，其「刺上」之成效甚微，正如詩人《昏鏡詞》一詩裏指出「昏鏡非美金，漠然喪其晶。陋容多自欺，謂若他鏡明。瑕疵既不見，妍態隨意生。一日四五照，自言美傾城」〔註235〕。劉禹錫洞悉世人「有過則喜」〔註236〕者少，而忌憚直指其缺失者居多。〔註237〕「天意不宰割，菲祭徒虔虔。空餘知禮重，載在淹中篇。」知禮者，反而如詩人《有獺吟》〔註238〕中正道守禮之水獺，最終卻慘遭戮殺。嗚呼！此亦爲詩人自悲其命運也。

第四節　中唐後期韓、孟的詩教觀念

　　中唐貞元中後期發展起來，並興盛於元和時期之韓、孟詩派，以韓愈及孟郊爲首，成員還有一批平時以詩酒往還，以及詩文唱酬投贈的歐陽詹、賈島、李賀、皇浦湜與盧仝等人。這些詩人擁有近似的寒微出身及坎坷之仕途，他們性格狂疏狷介與憤世嫉俗，此外，促使之聚首者尚有「清宵靜相對，髮白聆苦吟」〔註239〕之「苦吟」式之創作態度，以及奇險怪異的審美趨向。清人趙翼（1727～1814）指出「蓋昌黎本好爲奇崛喬皇，而東野盤空硬語，妥帖排奡」〔註240〕。中唐之後唐詩發展「興寄」說，〔註241〕本章前幾節列舉杜甫、元結、韋應物及顧況等詩人，均具有以詩歌來反映社會之特點。可是歷

〔註235〕〔唐〕劉禹錫：《昏鏡詞》，瞿蛻園箋證：《劉禹錫集箋證》，卷二十一，頁561。

〔註236〕孟子曰：「子路人告之以有過則喜。」（2a.7）。

〔註237〕春秋孔夫子時即提出如斯憂慮：「……不善不能改，是吾憂也」（7.3）。

〔註238〕〔唐〕劉禹錫：《有獺吟》，瞿蛻園箋證：《劉禹錫集箋證》，卷二十一，頁588。

〔註239〕〔唐〕韓愈：《孟生詩》，錢仲聯集釋：《韓昌黎詩繫年集釋》，卷一，上海：上海古籍出版社，1998年，頁12。

〔註240〕〔清〕趙翼：《甌北詩話》，卷三，郭紹虞編選：《清詩話續編》上冊，上海：上海古籍出版社，1999年，頁1165。

〔註241〕陳伯海：「而興寄講求寄託，往往要落腳到詩篇所反映的社會客體。……風骨論流傳在先，盛唐之前已經風行；興寄說產生稍後，中唐以下始發達。……唐前期側重詩人主觀情懷的抒述，逐漸過渡到中葉以後偏向客觀社會事象的描繪。」參見陳伯海：《唐詩學引論》，上海：東方出版中心，1992年，頁14。

代研究者絕少指出韓愈詩作，蘊含干預政治、針砭時弊、委婉規諷等契合詩教主旨之一面。

羅宗強認爲「主張文以明道的韓愈，在詩歌上卻未提出類似的主張來，……而在詩歌主張上，卻絲毫也找不到儒家詩教說的影響。他甚至未嘗提過詩言志說。……」〔註242〕此言也許尙有置喙之餘地，但從其評論中至少可以窺測出大多學者之傾向：韓愈在中國文學史上是中唐古文運動之主要宣導者，以復興儒學爲大任。〔註243〕作爲古文運動的大推手，韓愈竭盡其力借古文創作發揚儒學，歷代學者屢有論及該點，毋庸贅言。然而關於其詩歌實踐，學者反多擱論其詩教內涵，甚至抱持否定之態度，該不合理之現象，倒是值得探究。

一、韓愈：政教傳統的衝擊者

韓愈與一干志同道合者，於元和年間，高喊爲文要恢復古道，並強調「文以明道」。韓愈曾自稱：「己之道乃夫子、孟軻、揚雄所傳之道也」〔註244〕，以復興儒學爲根本。韓愈是韓、孟詩派核心人物，中唐古文運動之主導者，同時更是中國文學史上著名之舉儒家大纛者。

清人劉熙載（1813～1881）於《詩概》中曾指出韓愈詩文有交融之特色，「詩文一源。昌黎詩有正有奇：正者即所謂『約六經之旨而成文』；奇者即所謂『時有感激怨懟奇怪之辭』。」〔註245〕論者之意是韓愈詩文「正奇」之間具共同的特性，彼此補濟。韓文非僅停留於一般讀者認識之載道，其文注重結構與句式的設計，以及常創新奇辭，如《送孟東野序》〔註246〕短短六百餘字中，一連使用了三十八個「鳴」字。劉熙載又稱「韓愈詩陳言務去，故有倚天拔地之意」，「陳言務去」是韓愈於《答李翊書》中用來議論文章者，劉熙載既認爲韓愈「詩文一源」，所以就借引之來論韓詩。那麼韓詩「驅駕氣勢」，又「物狀奇變」〔註247〕之餘，是否兼具「約六經之旨」之特色呢？《詩概》

〔註242〕羅宗強：《隋唐五代文學思想史》，北京：中華書局，2003年，頁211～212。
〔註243〕本書第三章第二節即已討論。
〔註244〕〔唐〕韓愈：《重答張籍書》，馬通伯校注：《韓昌黎文集校注》，卷二，香港：中華書局，1984年，頁79。
〔註245〕〔清〕劉熙載：《藝概·詩概》，上海：上海古籍出版社，1978年，頁92。
〔註246〕〔唐〕韓愈著，馬通伯校注：《韓昌黎文集校注》，卷四，頁136～137。
〔註247〕〔唐〕司空圖：《題柳柳州集後序》，〔清〕董誥等編：《全唐文》，卷八百七，

裏未進一步論證，我們唯有嘗試從韓愈的創作實踐中窺探。

1. 詩歌中的復古傾向

韓愈的詩歌思想與創作，可劃分爲前後兩期，即以貞元十九年（803）爲界。〔註248〕韓愈前期創作有強烈的復古傾向，詩人作於貞元十一年（895）的《雜詩》曰：「古史散左右，詩書置前後。豈殊蠹書蟲，生死文字間。古道自愚蠢，古言自包纏。當今固殊古，誰與爲欣歡？獨攜無言子，共升崑崙巔。」〔註249〕詩人於該詩裏表明自己有向傳統學習之意願，並視恢復古道爲己任。徐震評論該詩首六句「顯爲文章而發。意蓋譏時流不識文章本原，只以獵取科第，終歸身名俱滅；自慨獨抱眞識，世莫可與言者。」〔註250〕詩人瞭解己見之不合時與遭受排斥，卻還是無畏地宣告了自己的審美取向。

韓愈寫於貞元十年（894）的《古風》〔註251〕一詩，姑且擱置其旨趣〔註252〕，該詩深刻地體現了詩人模仿《詩》之痕跡。《詩》以四言體爲主，《古風》亦採四言雙音節來表達，而其「彼州之賦，去汝不顧；此州之役，去我奚適？」句，清人陳沆就直指詩人化用了《詩・碩鼠》「逝將去汝，適彼樂土」之成句。〔註253〕蔣之翹指出該詩之藝術風格「質而不俚，婉而多風，似古謠諺之遺，非唐人語也。」〔註254〕而程學恂更乾脆直指：「此等詩直與《三百篇》一氣」〔註255〕，由此可證詩人的前期創作，的確有向先秦詩歌傳統回歸之跡象。

北京：中華書局，2001 年，頁 8488。

〔註248〕韓愈的創作劃分前後期，乃採取蕭占鵬之說法。學者的依據有二，一乃貞元十九年，韓愈因上書議天旱遭貶謫，詩歌思想明顯轉變。二爲詩人是年發表《詠雪贈張籍》等較有系統的詩論，具體體現其詩歌思想的成熟度。另：本小節的論點亦主要參考蕭占鵬論點，不敢掠美，特注明。參見蕭占鵬：《韓孟詩派研究》，第七章，天津：南開大學出版社，1999 年，頁 126～151。

〔註249〕〔唐〕韓愈：《雜詩》，錢仲聯集釋：《韓昌黎詩繫年集釋》，卷一，頁 35。

〔註250〕徐震曰，轉引自〔唐〕韓愈：《雜詩》注〔一〕，錢仲聯集釋：《韓昌黎詩繫年集釋》，卷一，頁 35。

〔註251〕〔唐〕韓愈：《古風》，錢仲聯集釋：《韓昌黎詩繫年集釋》，卷一，頁 24。

〔註252〕王啓元指該詩爲各方鎮賦役煩苛而作。轉引自〔唐〕韓愈：《古風》注〔一〕，錢仲聯集釋：《韓昌黎詩繫年集釋》，卷一，頁 24。

〔註253〕陳沆曰，轉引自〔唐〕韓愈：《古風》注〔四〕，錢仲聯集釋：《韓昌黎詩繫年集釋》，卷一，頁 24。

〔註254〕蔣之翹曰，轉引自〔唐〕韓愈：《古風》集說，錢仲聯集釋：《韓昌黎詩繫年集釋》，卷一，頁 25。

〔註255〕程學恂曰，轉引自〔唐〕韓愈：《古風》集說，錢仲聯集釋：《韓昌黎詩繫年集釋》，卷一，頁 26。

此外，韓愈的樂府詩《青青水中蒲三首》〔註256〕，寫來頗具傳統民歌平淺自然之特色。清人朱彝尊認爲該組詩「篇法祖毛詩，語調則漢魏歌行耳。」〔註257〕據考該詩著於貞元九年〔註258〕（893），論證詩人早期創作，深向《詩》及漢魏詩歌汲取涵養。

韓愈寫於貞元元年（785），至貞元十八年（802）的前期作品，十八年間僅得詩作近五十首。當中除了《落葉一首送陳羽》、《長安交遊者一首贈孟郊》及《從仕》等少數之五律，詩人皆以古體來創作。詩人明顯地不寫當時已蔚爲風氣之近體詩，究其因由，乃刻意追慕先秦或漢魏古詩。比較詩人後期創作有近體、古體、聯句，以及樂府歌行等，詩人前期創作之復古傾向更彰顯。

方世舉指出韓愈的《落葉一首送陳羽》：「以起句落葉二字命題，仿三百篇」，詩人連《詩》以詩歌之首二、三字來命題之模式，橫植過來。韓愈早期詩作根據該種方式來命題者還有《孟生詩》《馬厭穀》《齷齪》《忽忽》《幽懷》《海水》與《山石》等，詩人後期偶爾也有一些詩作以該方式來命題，但反觀諸如《晝月》《醉後》《春雪》及《杏花》等諸多二言命題之作，皆未顯示詩人具該趨向。

無庸置疑，韓愈的前期創作具復古趨向，尤其是追復《詩》，所以詩人非常推薦具美刺比興之《詩》：「周詩三百篇，雅麗理訓誥。曾經聖人手，議論安敢到。」〔註259〕詩人的後期詩歌，雖已不再模擬學習《詩》，並未表示韓愈完全脫離詩教影響。在詩人的詩風走向雄奇光怪之餘，他的一部分詩歌仍舊保有儒家論詩之精神特色。

2. 反映民瘼與攻訐政弊之作

韓愈自小即對政治懷抱遠大之抱負，「我年十八九，壯氣起胸中。作書獻雲闕，辭家逐秋蓬」〔註260〕，所以無論韓愈前、後期之創作，處處散發詩人一貫進取的人生態度，以及積極干政之本色。韓愈曾經這麼形容自己對

〔註256〕〔唐〕韓愈：《青青水中蒲三首》，錢仲聯集釋：《韓昌黎詩繫年集釋》，卷一，頁22～23。

〔註257〕朱彝尊曰，轉引自〔唐〕韓愈：《青青水中蒲三首》集說，錢仲聯集釋：《韓昌黎詩繫年集釋》，卷一，頁23。

〔註258〕〔唐〕韓愈：《青青水中蒲三首》注〔一〕，錢仲聯集釋：《韓昌黎詩繫年集釋》，卷一，頁22。

〔註259〕〔唐〕韓愈：《薦士》，錢仲聯集釋：《韓昌黎詩繫年集釋》，卷五，頁527。

〔註260〕〔唐〕韓愈：《贈族侄》，錢仲聯集釋：《韓昌黎詩繫年集釋》，卷一，頁98。

國家之忠誠，「刳肝以爲紙，瀝血以書辭。上言陳堯舜，下言引龍夔。言詞多感激，文字少葳蕤。」〔註261〕因此韓愈詩作裏屢屢反映民疾，諷喻執政者壓迫老百姓，以及攻訐在上者之敗德失政，充分體現憂國憂民與仁民愛物的意識。

貞元年間，國內發生了一連串天災，主政者不但未能撫恤災黎，尚繼續橫征暴斂，韓愈不平則鳴，寫詩抨擊。「前年關中旱，閭井多死饑。去歲東郡水，生民爲流屍」〔註262〕，詩歌具體反映貞元十四年（798）冬，關中發生乾旱及大饑荒，引致哀鴻遍野。「天下兵又動，太平竟何時？訏謨者誰子，無乃失所宜」，詩人將災難禍首歸咎於德宗信任之韋渠牟（749～801）及李實（生卒年不詳）等群小，卻不明言主上之失。韓愈於德宗及順宗兩朝宦途失意，可詩人依然保持詩教的委婉表達特色，僅間接迂迴地進行嘲諷而已。

韓愈描寫了貞元十五年（799）東郡發生之大水患，「秋陰欺白日，泥潦不少乾。河堤決東郡，老弱隨驚湍」〔註263〕。詩人表面認爲該水患「大意固有屬，誰能詰其端？」然而反詰之背後，曲筆指責統治者之無能與不是。

貞元十九年（803），關中又發生大旱，百姓疾苦，韓愈提起詩筆寫道：

是年京師旱，田畝少所收。上憐民無食，徵賦半已休。

有司恤經費，未免煩徵求。富者既云急，貧者固已流。

傳聞閭里間，赤子棄渠溝。持男易斗粟，掉臂莫肯酬。〔註264〕

韓愈三百餘首創作中，充滿揭露弊政旨趣。韓愈一生仕途多乖舛，屢遭貶謫，主因乃其愛打抱不平，對官場腐敗現象常作尖銳之攻訐。儘管詩人委婉表達，還是得罪了執政者，然而韓愈「發言眞率，無所畏避」〔註265〕，其嫉惡如仇，其胸懷如「利劍光耿耿，佩之使我無邪心」，只恨「我心如冰劍如雪，不能刺讒夫」〔註266〕而已。

韓愈於貞元年間因上書極論宮市之弊，惹怒德宗，被貶爲陽山令。〔註267〕

〔註261〕〔唐〕韓愈：《歸彭城》，錢仲聯集釋：《韓昌黎詩繫年集釋》，卷一，頁120。

〔註262〕〔唐〕韓愈：《歸彭城》，錢仲聯集釋：《韓昌黎詩繫年集釋》，卷一，頁119。

〔註263〕〔唐〕韓愈：《齪齪》，錢仲聯集釋：《韓昌黎詩繫年集釋》，卷一，頁100。

〔註264〕〔唐〕韓愈：《赴江陵途中寄贈王二十補闕李十一拾遺李二十六員外翰林三學士》，錢仲聯集釋：《韓昌黎詩繫年集釋》，卷三，頁288～289。

〔註265〕〔後晉〕劉昫等撰：《舊唐書》，卷一百六十，《韓愈列傳第一百一十》，北京：中華書局，頁4195。

〔註266〕〔唐〕韓愈：《利劍》，錢仲聯集釋：《韓昌黎詩繫年集釋》，卷二，頁182。

〔註267〕〔宋〕歐陽修、宋祁：《新唐書》，卷一百七十六，《韓愈列傳第一百一》，北

順宗在位，二王擅權，詩人亦沒翻身之機。直至元和，宦途才逐現曙光，故詩人在政治上擁護憲宗，反對德、順兩朝。居於個人之政治經歷，其詩作裏自然蘊含不少嘲喻兩朝姦邪群小之橫行得志，並譏刺無能之君主。

《永貞行》〔註268〕是韓愈最著名，同時亦是最具爭議性之政治詩。「君不見太皇諒陰未出令，小人乘時偷國柄。……夜作詔書朝拜官，超資越序曾無難。」詩歌諷刺順宗長久居位卻不言政事，獨寵權臣王叔文、王伾及韋執誼等，使之快速上位，並竊據國權。「狐鳴梟噪爭署置，睒睗跳踉相嫵媚」，詩人委婉比喻群小讒佞，如野狐鴟梟之鳴噪爭獻媚。詩人並羅列諸多劣跡來論證，「公然白日受賄賂，火齊磊落堆金盤」，指二王收賄無度，專橫跋扈，無所顧忌，致使「元臣故老不敢語，畫臥涕泣何汍瀾！」詩中又指「嗣皇卓犖信英主，文如太宗武高祖」，「嗣皇」指向繼位之憲宗，贊之如太宗及高祖般英明神武。將兩朝帝皇並比，一貶一褒，顯現詩人譏刺意圖及政治傾向。

關於順宗永貞元年（805）爆發之「永貞革新」，歷來存有諸多分歧之歷史評價。韓愈《永貞行》一詩，學者多認爲其言論過於詆毀，論點多偏向個人主觀。〔註269〕韓愈是否言過其實，牽扯複雜，此中又多攸關詩人之政治遭遇，非本書所欲解決者。縱觀全詩，未提及順宗及左右權臣，僅能從詩題推測其隱喻對象，足見詩人如何曲筆巧藏刺義，詩人「證王教之所由興廢」之餘，尚能保持委婉譏刺之詩教運用原則。

3. 託物寓意詩

好奇辭之韓愈，自有一套嘲諷功夫。詩人擅於以外物來擬態，託寓自然景物或禽鳥蟲獸等，委婉譏刺對象。該類詩作，乍讀之不易理解，需仔細審視方能辨識。試觀《東方半明》一詩：

東方半明大星沒，獨有太白配殘月。

京：中華書局，2002年，頁5255。
〔註268〕〔唐〕韓愈：《永貞行》，錢仲聯集釋：《韓昌黎詩繫年集釋》，卷三，頁332～333。
〔註269〕袁枚《隨筆》：「唐八司馬輔順宗，善政不可勝書，而史目爲姦邪，昌黎《永貞行》亦詆訶之」；又陳祖範《記昌黎集後》：「予讀韓退之《順宗實錄》及《永貞行》，觀劉、柳葦八司馬之冤，意退之之罪狀王、韋，實有私心，而其罪固不至此也」。轉引自〔唐〕韓愈：《永貞行》集說，錢仲聯集釋：《韓昌黎詩繫年集釋》，卷三，頁p341。

嗟爾殘月勿相疑，同光共影須臾期。

殘月暉暉，太白睒睒。雞三號，更五點。〔註270〕

詩歌羅列了大星、太白及殘月等自然天象，表面描繪了星沒日出，殘月猶掛天際之一幅黎明美景。查該詩寫於永貞元年，順宗在位，憲宗在東宮之時。〔註271〕「東方半明」隱喻憲宗在東宮，「大星沒」指賈耽（730～805）及鄭珣瑜（生卒年不詳）二相爲王叔文等所迫離。「太白」與「殘月」則各指向宰相韋執誼與王叔文，彼等原先和好，後漸有怨隙，互相猜忌，「殘月相疑」即指該事。詩後段之「殘月暉暉，太白睒睒」則謂憲宗踐阼，而「東方大明」句，則解釋爲姦邪群小被消滅了。全詩借描繪天象來寓意政治現象，表達得迂迴隱諱，旨趣不露，達至「意微而顯，誠得詩人之旨」〔註272〕。

韓愈《苦寒》一詩亦使用了迂迴的曲筆來隱喻政治。「四時各平分，一氣不可兼。隆寒奪春序，顓頊固不廉。太昊弛維綱，畏避但守謙。」〔註273〕詩中之「隆寒奪春序」指向權臣代皇帝用事，就似隆冬肆寒大地，而「太昊畏避守謙」句，則指執政者畏懼權臣。學者認爲該詩旨爲貞元時宰相陸贄遭德宗遺棄，統治者寵幸李實及韋執誼等奸臣。〔註274〕

此外，韓愈《李花二首》，詩歌表面描繪春天繽紛之花景，實有所暗喻。元和六年（811），李吉甫誣陷李藩，使後者罷相。「當春天地爭奢華，洛陽園苑尤紛挐。誰將平地萬堆雪，剪刻作此連天花？」〔註275〕美麗之春景，比喻爲李吉甫聲勢顯赫，詩人指出主因在於執政者被擅於奉迎之奸臣所蒙蔽，「長姬香御四羅列，縞裙練帨無等差」。韓愈極度不齒李吉甫之爲人，不肯與之交接，「顧我未肯置齒牙」。汪祐南讚譽該詩「妙在始終不說破，令人尋味無窮。」〔註276〕詩教指導底下之委婉表達，致使韓愈詩歌具婉曲之美

〔註270〕〔唐〕韓愈：《東方半明》，錢仲聯集釋：《韓昌黎詩繫年集釋》，卷二，頁254。
〔註271〕〔唐〕韓愈：《東方半明》注〔二〕，錢仲聯集釋：《韓昌黎詩繫年集釋》，卷二，頁255。
〔註272〕魏懷忠本引韓醇曰，轉引自〔唐〕韓愈：《東方半明》注〔一〕，錢仲聯集釋：《韓昌黎詩繫年集釋》，卷二，頁254。
〔註273〕〔唐〕韓愈：《苦寒》，錢仲聯集釋：《韓昌黎詩繫年集釋》，卷二，頁154。
〔註274〕魏懷忠本引樊汝霖曰，轉引自〔唐〕韓愈：《苦寒》注〔一〕，錢仲聯集釋：《韓昌黎詩繫年集釋》，卷二，頁155。
〔註275〕〔唐〕韓愈：《李花二首》，錢仲聯集釋：《韓昌黎詩繫年集釋》，卷七，頁779。
〔註276〕汪祐南曰，轉引自〔唐〕韓愈：《李花二首》集說，錢仲聯集釋：《韓昌黎詩繫年集釋》，卷一，頁781。

與含蓄之韻。

4. 美刺政教之寓言詩

韓愈亦在行摹寫禽鳥走獸來攻訐統治者與群小，即託禽鳥寓諷之寓言詩。如上揭詩人之政治傾向，德宗與順宗爲其筆下常嘲喻之兩位君主。《題炭谷湫祠堂》曰：

> 嗟龍獨何智，出入人鬼間。……魚鱉蒙擁護，群嬉傲天頑。
>
> 翩翩棲託禽，飛飛一何閒。……群怪儼伺候，恩威在其顏。〔註277〕

貞元十九年（803），長安又再度大旱，德宗往終南山下炭谷湫祠堂祈雨，韓愈「因緣窺其湫」〔註278〕，寫詩嘲喻。詩中之「湫龍」比喻爲幸臣李齊運（725～？）、李實、韋執誼及王叔文等竊權，而「魚鱉禽鳥」與「群怪」則指向圍繞於該幸臣之黨人，詩人稱之「尨區雛衆碎」，意思如眾多雜色之毛群團聚般，趨附左右。〔註279〕歷來該詩頗有集矢，王啓元認爲「此詩公（韓愈）爲御使時詆斥王、韋之作」，並指出黨人乃柳、劉等「永貞革新」後遭貶謫之八司馬。〔註280〕韓愈對他們恨之入骨，欲除之而後快，「籲無吹毛刃，血此牛蹄般」，詩人希望有把利刃能血染之。「篇中饒有諷刺」〔註281〕，韓愈詩中自有譏刺對象，學者早探悉詩中蘊含的言外之意也。

韓愈另作於貞元二十年（804）的《雜詩四首》，每首詩之詩面皆分別描繪了不少飛禽或昆蟲，可它們均有所託寓。《雜詩四首》其一曰：「朝蠅不須驅，暮蚊不可拍」〔註282〕；其二曰：「鵲鳴聲楂楂，烏雜訊攫攫。……黃鵠能忍饑，兩翅久不擘」〔註283〕。研究者指「數詩皆諷也。朝蠅暮蚊，以譏小人；

〔註277〕〔唐〕韓愈：《題炭谷湫祠堂》，錢仲聯集釋：《韓昌黎詩繫年集釋》，卷二，頁177～178。

〔註278〕〔唐〕韓愈：《南山詩》，錢仲聯集釋：《韓昌黎詩繫年集釋》，卷四，頁432～435。

〔註279〕〔唐〕韓愈：《題炭谷湫祠堂》注〔一〕，錢仲聯集釋：《韓昌黎詩繫年集釋》，卷二，頁177～178。

〔註280〕王啓元曰，轉引自〔唐〕韓愈：《題炭谷湫祠堂》注（一），錢仲聯集釋：《韓昌黎詩繫年集釋》，卷二，頁178。

〔註281〕顧嗣立注引胡渭曰，轉引自〔唐〕韓愈：《題炭谷湫祠堂》注（一），錢仲聯集釋：《韓昌黎詩繫年集釋》，卷二，頁178。

〔註282〕〔唐〕韓愈：《雜詩四首》其一，錢仲聯集釋：《韓昌黎詩繫年集釋》，卷二，頁242。

〔註283〕〔唐〕韓愈：《雜詩四首》其二，錢仲聯集釋：《韓昌黎詩繫年集釋》，卷二，頁244。

烏噪鵲鳴，以譏競進；鵠鶴則公（韓愈）自喻。」〔註284〕王啓元則稱「此詩似爲順宗時群小依附叔文而作。」〔註285〕詩旨顯然爲干預政治，譏刺皇帝左右群小。

《雜詩四首》其三：「雀鳴朝營食，鳩鳴暮覓群。獨有知時鶴，雖鳴不緣身。暗蟬終不鳴，有抱不列陳。蛙黽鳴無謂，閣閣祗亂人。」〔註286〕詩人借詩歌表面描摹五種鳴禽之各種情狀，別具用心地刻劃出當時的四類朝廷官員。清人陳沆爲之一一解讀：首類「營食覓群」者，比喻「但知身謀之小人」；而次類所謂「終不鳴」與「有抱不列陳」者，則指「畏禍自全之庸人」，如受屈辱後默默迫離之賈耽及鄭珣瑜二相；第三類如蛙黽鳴叫者，隱喻「辯言亂政之小人」；而最末者乃若「鳴不緣身」的「知時鶴」，比喻爲難得的君子，亦爲韓愈之自況也。〔註287〕五鳴禽皆有所隱喻，此爲韓愈發展雄奇詩風之餘，保留曲筆譏刺之證明。詩人委婉地嘲諷擾民亂國又窩囊無能之群小，並以自己之高尚品德來反襯，將詩教精神，發揮得淋漓盡至，爐火純青。

5. 韓愈復變詩教之評價

上述韓愈契合詩教之作，當中雖有運用了一些「物狀奇變」之意象，以及部分詩歌呈「掀雷挾電」氣勢。「險怪」固指韓愈詩歌透過語言、意象以及境界等體現出來之藝術風貌，然而其詩作內容之隱晦，亦未嘗不可視爲傳統詩教之迂迴曲筆。韓愈貞元十九年前之作，體現了他的文學復古傾向，維護美刺政教，而之後創作的詩歌，卻多爲奇險怪異之抒情詩。該極大的創作反差，是否意味韓愈走出了詩教，拋離詩教傳統？其實不盡然。

本書第一章第三節論述漢儒主張「性」與「情」合一，致使他們承孔子論詩後，漠視詩歌之抒情性，反而「窄化」及「強化」了詩歌美刺政教之功能。韓愈《原性》〔註288〕說則將「性」與「情」分開，「性也者，與生俱生也；

〔註284〕魏本引韓醇曰，轉引自〔唐〕韓愈：《雜詩四首》其一注（一），錢仲聯集釋：《韓昌黎詩繫年集釋》，卷二，頁243。

〔註285〕王啓元曰。轉引自〔唐〕韓愈：《雜詩四首》其一注（一），錢仲聯集釋：《韓昌黎詩繫年集釋》，卷二，頁243。

〔註286〕〔唐〕韓愈：《雜詩四首》其三，錢仲聯集釋：《韓昌黎詩繫年集釋》，卷二，頁246。

〔註287〕〔清〕陳沆：《陳沆集‧詩比興箋》，卷四，武漢：湖北教育出版社，2002年，頁463。

〔註288〕〔唐〕韓愈：《原性》，馬通伯校注：《韓昌黎文集校注》，卷一，頁11～13。

情也者，接於物而生也。」並將「性」與「情」分上、中、下三品，又指出所以爲「性」者有五，之所以爲「情」者有七。爲此，詩人將文章與詩歌之功能劃分爲「傳道」與「抒情」兩途。韓愈《上兵部李侍郎書》〔註289〕一文中即揭示了該文學分工的觀念，詩人主張文章功能在於「扶樹教道，有所明白」，而詩歌作用則爲「抒憂娛悲，雜以瑰怪之言，時俗之好，所以諷于口而聽於耳」，由此也許我們可以理解羅宗強據何認爲詩教觀念未於韓詩中出現。〔註290〕

蕭占鵬於其博士論文《韓孟詩派研究》中認爲從詩歌思想上來說，韓愈後期以詩歌發展「情」，是對詩教傳統之「衝擊」與「背離」〔註291〕。若從儒家詩教由孔子提出，而後由漢儒充實完善，合力建構所謂美刺政教的詩教傳統之意義來說，蕭占鵬所見正確，然而筆者認爲該觀點尚有待商榷。

本書第一章第二節引孔子論詩「詩可以怨」（17.9）、「《關雎》，樂而不淫，哀而不傷」（3.20）以及《孔子詩論》第一簡曰：「孔子曰：『詩亡隱志，樂亡隱情，文亡隱意』。」等論據來論證孔子論詩重政教，重志輕情，然而卻未忘指出詩歌具有抒情之本質。由此來說，韓愈的後期詩歌創作往抒情路線發展，不是「背離」傳統詩教，反而是「衝擊」了詩教重政教之傳統。韓愈其實跨過漢儒論詩，直追孔子。換言之，韓愈紹承傳統詩教中，發展了傳統未加以留意的詩歌抒情本質。

中唐元和前期，元、白舉大纛高唱詩歌要側重反映社會現實，文學要能體現民瘼，相較下韓、孟詩派似乎比較偏向敘述個人仕途坎坷，抒發內心苦悶。然而若追探該壓迫之根源，實乃不平之社會所造成。由此擱下兩大詩派詩風之差異，其內涵實具一定程度的共通性：直斥社會不平，攻訐執政者失政。蘇雪林深切地體會該特色：「元和長慶以後，詩壇風氣又起了一重大變化，即由人生文學改而藝術文學，……」〔註292〕。學者從另一個層面指出不論元、白或韓、孟詩派之藝術特色，創作均本於人文，詩歌內涵均反映社會，謳歌諸種人生。

〔註289〕〔唐〕韓愈：《上兵部李侍郎書》，馬通伯校注：《韓昌黎文集校注》，卷二，頁83～84。

〔註290〕臺灣教授蔡瑜亦認爲中唐古文運動肩負起「載道」之功能後，詩歌的價值不再以反映客觀現實爲主。參見蔡瑜：《唐詩學探索》，臺北：里仁書局，1998年，頁215～220。

〔註291〕蕭占鵬：《韓孟詩派研究》，第三章，第二節，頁46～52。

〔註292〕蘇雪林：《唐詩概論》，北京：商務印書館，1947年，頁146。

二、孟郊：詩教之過度捍衛者

聞一多於描繪元和及長慶年間之詩壇動態時，曾如斯傳神地形容孟郊（751～814）：「正哼著他那沙澀而帶芒刺的五古，惡毒的（地）咒罵世道人心」〔註293〕。對比同時正高舉詩歌爲社會服務大纛之元、白詩派，孟郊之作似乎較偏向於個人失意潦倒之宣洩。然而若仔細審察詩人存世之四百餘首詩作，卻非盡如此。

孟郊《上常州盧使君書》〔註294〕裏指出「道德仁義之言，天地至公之道也」，詩人認爲由於盧使君「以道德仁義事其君」，故準備投靠之，「小子顯求道德仁義之衣食以爲養也，謂之中庸之道。」同時，孟郊亦以「靜女」自喻，表達自己堅守古道，恪守儒家倫理道德，「豔女皆妒色，靜女獨檢蹤。任禮恥任妝，嫁德不嫁容」〔註295〕，詩人具儒家正統價值觀，爲不折不扣的詩教之服膺者。

雖說孟郊晚年老病及失意官宦，不得不把心靈寄託於佛教。「始驚儒教誤，漸與佛乘乖」〔註296〕，又「垂老抱佛腳，教妻讀黃經。……儒書難借索，僧籤饒芳馨」〔註297〕，詩中洋溢著詩人對佛家之敬仰思慕。在此同時，孟郊一些創作具道家味道，「本末一相返，漂浮不還眞。……君子隱石壁，道書爲我鄰」〔註298〕，可是該類作品極少，不具太大的學術意義，孟郊之核心思想始終未曾棄離儒學。

《送魏端公入朝》〔註299〕一詩爲孟郊贈別魏端公之作。魏端公榮隨府主入朝朝覲，反比下詩人卻「局促塵末吏，幽老病中弦」，憐己長年淪爲下僚，卑微年老且多病困。詩人又指「徒懷青雲價，忽至白髮年。何當補風教，爲薦三百篇？」詩人將己作比爲《詩》，期盼能任高職，將裨益於風俗教化之詩歌服務於政治，發揮現實功效。該詩亦體現詩人「寫詩、從政、做人是三位一體」〔註300〕之主張，其審美價值與爲人守則均一致要求契合儒道。詩人透

〔註293〕聞一多：《唐詩雜論》，上海：上海古籍出版社，2004年，頁32。

〔註294〕〔唐〕孟郊：《上常州盧使君書》，華忱之校訂：《孟東野詩集》，卷十，北京：人民文學出版社，1984年，頁194。

〔註295〕〔唐〕孟郊：《靜女吟》，華忱之校訂：《孟東野詩集》，卷一，頁4。

〔註296〕〔唐〕孟郊：《自惜》，華忱之校訂：《孟東野詩集》，卷三，頁49。

〔註297〕〔唐〕孟郊：《讀經》，華忱之校訂：《孟東野詩集》，卷九，頁174。

〔註298〕〔唐〕孟郊：《隱士》，華忱之校訂：《孟東野詩集》，卷二，頁29。

〔註299〕〔唐〕孟郊：《送魏端公入朝》，華忱之校訂：《孟東野詩集》，卷八，頁149～150。

〔註300〕〔唐〕孟郊：《送魏端公入朝》箋，郝世鋒箋注：《孟郊詩集箋注》，卷八，石

過創作來體現詩教思想，而崇儒信仰又反過來影響其審美取向，彼此融爲一體。「苟非聖賢心，孰與造化該？」〔註301〕又「君子業高文，懷抱多正思」〔註302〕，孟郊主張唯有先存一顆似聖賢之道德心，詩歌方能及得上天地般廣博。反過來說，君子若欲賦高雅之詩文，必須先懷高尚之道德修養，爲此詩人勸勉友人「願存堅貞節，勿爲霜霰欺」〔註303〕，充分體現韓、孟兩位中唐奇崛險怪詩派之代表，支持先道德而後文章之文學理念。

1. 詩教之積極影響

子曰：「詩可以興、可以觀、可以群、可以怨。」（17.9）孔子論詩具社會功能，孟郊支持詩教，詩歌反映了不少民瘼。

《寒地百姓吟》〔註304〕題下原有「爲鄭相其年居河南畿內百姓大蒙矜恤」之小序，說明詩歌在於頌美鄭餘慶爲河南尹間撫恤災黎的德政。詩人卻以眞實之情感，形象地描摹災黎飽受嚴寒之極大疾苦。寒風如「冷箭」與「棘針」，吹得貧困者無法入眠，致使「半夜皆立號」及「霜吹破四壁，痛苦不可逃」。無計可施者，僅能發出「寒者願爲蛾，燒死彼華膏」之沉痛哀嚎，比喻生動奇特中蘊含幾許無奈，而此時反觀富貴者，卻「高堂捶鍾飲，到曉聞烹炮」。孟郊運用形象化比喻，以及對比鮮明的語言藝術，體現貧富兩者鮮明之差別待遇。該詩蘊含之深義，於詩人高妙審美形式下，提升至富有積極之社會意義。該詩小序云：「百姓大蒙矜恤」，不過全詩卻未提及災黎獲得何等形式之照顧，而詩人卻於詩末指「君子爲鬱陶」，看來詩人似乎以反話來委婉諷喻鄭相，甚至不排除有譏刺批判最高統治者之意。

孟郊不乏諷刺地方長官之作，如《嚴河南》〔註305〕一詩。有研究者稱詩中主人公指韓愈，或嚴士元（生卒年不詳），〔註306〕歷來有討論，然卻非本書分析重點。詩歌譏諷當時之河南縣令過於冷峻嚴苛，「赤令風骨峭，語言清霜寒」，致使黎民驚恐，「見者毛髮攢」，具體生動地刻劃縣令嚴峻不可

家莊：河北教育出版社，2002年，頁408。
〔註301〕〔唐〕孟郊：《贈鄭夫子魴》，華忱之校訂：《孟東野詩集》，卷六，頁110。
〔註302〕〔唐〕孟郊：《答友人》，華忱之校訂：《孟東野詩集》，卷六，頁110。
〔註303〕〔唐〕孟郊：《答友人》，華忱之校訂：《孟東野詩集》，卷六，頁110。
〔註304〕〔唐〕孟郊：《寒地百姓吟》，華忱之校訂：《孟東野詩集》，卷三，頁45。
〔註305〕〔唐〕孟郊：《嚴河南》，華忱之校訂：《孟東野詩集》，卷六，頁102。
〔註306〕〔唐〕孟郊：《嚴河南》注釋（一），郝世鋒箋注：《孟郊詩集箋注》，卷六，頁280。

親近之形象。詩末「丈夫莫矜莊，矜莊不中看」，迂迴地嘲諷縣令爲了維護官權而故作矜持莊嚴。孟郊攻訐爲官不仁者，讓詩中的社會意義通過審美形式獲得傳達。

孟郊組詩《寒溪九首》〔註307〕，表面描述詩人於洛陽居所立德坊前之溪流，其實卻寓寄了對飢餓受凍者之諸多同情。「凍雪莫作春，作春生不齊」〔註308〕，組詩揭露社會貧富不均。「哮嘐呷唭冤」與「仰訴何時寧」〔註309〕，借鳥獸發出之含冤哀鳴，比喻貧民立錐無地，無處伸冤。究其動機，詩人有間接諷喻執政者不顧百姓死活之意。

孟郊亦在《寒溪九首》其六〔註310〕中勸諫執政者罷戰，「以兵爲仁義，仁義生刀頭。刀頭仁義腥，君子不可求。」戰火底下之生靈，猶如一條條待宰割之小魚，「尖雪入魚心，魚心明愀愀」。此外，組詩其九〔註311〕更以天氣變暖來比喻對仁政之期待，「千里冰裂處，一勺暖亦仁。凝精互相洗，漣漪競將新」。孟郊雖以極度委婉隱晦之詩句來諷喻，可詩人內心深知「諫書竟成章，古義終難陳」，其功效極微，最後唯有「堯聖不聽汝，孔微亦有臣」。詩中之「孔微」典自《詩》之《十月之交》，其詩旨乃大夫嘲刺君主失政，但仍堅持犯顏直諫。〔註312〕孟郊引典入詩，有以該志來自許之意。孟郊受詩教影響下，創作體現了進步之社會積極面，同時詩歌的審美藝術與教化內涵亦獲得了統一。

此外，諸如《感懷》、《弔國殤》及《傷春》等詩，亦遣責了統治者發動戰爭給黎民帶來痛苦。然而必須要指出孟郊該反映民瘼及揭露黑暗之作畢竟占數不多，孟郊多抒發個人窮困不遇，或寄贈、酬答、送別等平俗之作。華忱之指出此因在於詩人「胸懷的隘仄」及「政治思想的庸俗和思想上的局限性」，所以無法將關懷社會之作「融合在更闊大的歷史背景上」，創作出如杜甫《北征》及《自京赴奉先詠懷》那麼具有更大社會意義的作品。〔註313〕

〔註307〕〔唐〕孟郊：《寒溪九首》，華忱之校訂：《孟東野詩集》，卷五，頁88～90。
〔註308〕〔唐〕孟郊：《寒溪九首》其三，華忱之校訂：《孟東野詩集》，卷五，頁88。
〔註309〕〔唐〕孟郊：《寒溪九首》其四，華忱之校訂：《孟東野詩集》，卷五，頁88～89。
〔註310〕〔唐〕孟郊：《寒溪九首》其六，華忱之校訂：《孟東野詩集》，卷五，頁89。
〔註311〕〔唐〕孟郊：《寒溪九首》其九，華忱之校訂：《孟東野詩集》，卷五，頁90。
〔註312〕〔唐〕孔穎達疏：《毛詩正義》，卷十二（十二之二），《小雅·十月之交》，北京：北京大學出版社，1999年，頁427。
〔註313〕〔唐〕孟郊著，華忱之校訂：《孟東野詩集·前言》，頁15。

2. 接受詩教之負面後果

正如前幾章分析之詩人，思想之牽制猶如一把雙面刃，利中帶弊，弊中有利，傳統詩教規範底下的文學創作，往往呈現雙重性。孟郊崇信之儒道，近於迂腐，甚至偏激得令人難於接受。如其《堯哥二首》其一〔註314〕裏，詩人竟然贊成鄭氏休妻，因爲「娥女無禮數，污家如糞泥」。此外，詩人近一步地不贊成被休婦改嫁，「一女一事夫，安可再移天？」〔註315〕查《儀禮·喪服》云：「夫者，妻之天也。婦人不貳斬者，猶曰不貳天也」〔註316〕，詩中妻稱夫爲「天」，可見詩人貫徹了漢儒迂腐的「夫爲妻綱」的「三綱」思想，接收了漢儒主張之「婦德」訓誡。與此同時，孟郊甚至主張妻從夫而亡的「殉夫」思想，「貞婦貴殉夫，舍生亦如此」〔註317〕。該類詩歌體現了詩人執迂落後，必須加以批判的消極思想。幸好唐朝奉行詩教的詩人中，要似孟郊如斯極端詮釋儒家思想者相當罕見。

開元進士元德秀，行孝兼具德行，「士大夫高其行」〔註318〕。史載元德秀「誠性化人」，爲魯山令時曾感化強盜格虎自贖。〔註319〕此外，元德秀又曾遣派樂工數十人，於東都五鳳樓下，連袂歌頌自己的詩作《於蔿於》，玄宗聽了感動萬分，歎曰：「賢人之言哉！」〔註320〕此爲史書難得載述的詩教之諷刺功效。孟郊組詩《弔元魯山十首》，集中頌美元德秀之高德。詩人指出讚美對象的詩歌富於教化，「善教復天術，美詞非俗箴」〔註321〕及「誰能嗣教化，以此洗浮薄」〔註322〕，力贊元德秀詩歌可以一洗輕薄浮靡之世風。組詩寫來極

〔註314〕〔唐〕孟郊：《堯哥二首》其一，華忱之校訂：《孟東野詩集》，卷二，頁37。

〔註315〕〔唐〕孟郊：《去婦》，華忱之校訂：《孟東野詩集》，卷三，頁39。

〔註316〕〔漢〕鄭玄注，〔唐〕賈公彥疏：《儀禮注疏》，卷三十，《喪服》，北京：北京大學出版社，1999年，頁581。

〔註317〕〔唐〕孟郊：《列女操》，華忱之校訂：《孟東野詩集》，卷一，頁1。

〔註318〕〔後晉〕劉昫等：《舊唐書》，卷一百九十下，《元德秀列傳第一百四十下·文苑下》，頁5051。

〔註319〕〔後晉〕劉昫等：《舊唐書》，卷一百九十下，《元德秀列傳第一百四十下·文苑下》，頁5051。

〔註320〕〔宋〕歐陽修、宋祁：《新唐書》，卷一百九十四，《元德秀列傳第一百一十九》，頁5564。

〔註321〕〔唐〕孟郊：《弔元魯山十首》其六，華忱之校訂：《孟東野詩集》，卷十，頁178。

〔註322〕〔唐〕孟郊：《弔元魯山十首》其七，華忱之校訂：《孟東野詩集》，卷十，頁178。

度蘊涵美刺政教思想，可是它同時亦呈現了議論過度之審美弊病。

孟郊奉行身體力行，不但於詩歌創作中時時流露如「落落出俗韻，琅琅大雅詞」〔註323〕，以及「大雅難俱陳，正聲易漂淪」〔註324〕等追慕《大雅》之審美主張，連帶地《大雅》敘述中偏議論化的審美傾向亦明顯地給繼承了下來。《弔元魯山十首》其六：「言從魯山宦，盡化堯時心。……善教復天術，美詞非俗箴」，直指元德秀曾先後任南山尉與魯山令，仕宦時行聖人之道。同時指元德秀履行教化與天道，所著均為合道之文，非平庸的箴言。又《弔元魯山十首》之七：「誰能嗣教化，以此洗浮薄。君臣貴深遇，天地有靈橐。」讀者幾乎不需多解讀，該詩清楚指出元德秀富於教化之德，期待帝王之賞識。縱觀全組詩，孟郊未於詩中使用任何物象的烘託來塑造元德秀的崇高形象，詩人僅運用了單調得近乎枯燥的語言來表達。孟郊的詩歌常捨棄以感性具體的形象去把握審美對象之本質，僅運用極簡單之概念式推理來完成。此外，詩人又愛議論，賦予詩歌濃烈的說教色彩，忽略形象與語言之審美形式，使人讀來索然無味，無法引起太多的藝術共鳴。

類似以上偏向議論與說教式的詩歌例子還有很多，如《勸善吟》、《求仙曲》、《傷時》及《結交》等。試再看以下兩首：

> 獸中有人性，形異遭人隔。人中有獸心，幾人能真識？〔註325〕

> 心心復心心，結愛務在深。……始知結衣裳，不如結心腸〔註326〕

兩詩雖各使用外在物象為比喻，但過於傾向直接強說教的議論式詩句，無法讓讀者通過飽滿感性的形象，去感受或掌握審美對象中的審美理解，更罔論進一步體認詩歌之韻味與意境。孟郊該類詩作，不得不視為過度堅持詩教給帶來之負面後果。

3. 孟郊詩教接受之重估

孟郊詩作中愛使「古」字，如其《秋懷十五首》其十四：「忍古不失古，失古志易摧，失古劍上折，失古琴亦哀。夫子失古淚，當時落澶澶。詩老失古心，至今寒皚皚。古骨無濁肉，古衣如鮮苔。勸君勉忍古，忍古銷塵埃。」〔註327〕

〔註323〕〔唐〕孟郊：《答友人》，華忱之校訂：《孟東野詩集》，卷六，頁110。

〔註324〕〔唐〕孟郊：《答姚怤見寄》，華忱之校訂：《孟東野詩集》，卷七，頁124。

〔註325〕〔唐〕孟郊：《擇友》，華忱之校訂：《孟東野詩集》，卷三，頁44。

〔註326〕〔唐〕孟郊：《結愛》，華忱之校訂：《孟東野詩集》，卷一，頁10。

〔註327〕〔唐〕孟郊：《秋懷十五首》其十四，華忱之校訂：《孟東野詩集》，卷四，頁

詩中運用了一連串的「古」字，高調標榜恢復「古道」爲己任。詩人其他詩句如「收拾古所棄，俯仰補空文」〔註328〕、「自謂古詩量，異將新學偏」〔註329〕及「吟哦無滓韻，語言多古腸」〔註330〕等，體現心志。孟郊讀古書、行古道、仰慕古風，性格亦古直，表現得十足如韓愈之推譽：「古貌又古心」〔註331〕也。

爲何孟郊如此熱愛古詩？其一爲孟郊崇儒，連帶地接受先秦儒家推崇之復古文學觀攸關。關於儒家與文學復古論之糾葛，將會於第七章另有詳述，此先打住。

其次是孟郊有意以復古文學來矯正時風。唐人李肇《唐國史補》中曾指出「元和已後，……詩章學矯激於孟郊」〔註332〕，所謂「矯」，即含有糾正偏差之意。孟郊帶者一種比較「偏激」之態，嘗試矯正他不滿意的現實社會風氣，尤其是當時的詩歌審美取向。對時風之「不平則鳴」，已儼然形成中唐之社會時尚。本書分析之中唐詩人，包括杜甫、元結、韓愈、柳、劉，以及元、白之詩文理論與實踐，均在不同程度上針砭時弊，干預社會。其背後的推動力，乃是儒家兼濟天下之強烈社會責任感所主導。

孟郊堅持復興古詩，鄙視比較講究音調聲律之近體詩，「習樂莫習聲，習聲多頑聾」〔註333〕。孟郊於《商州客舍》〔註334〕中指出「識聲今所易，識意古所難」，所謂「聲」，即是「聲律」，也就是試帖詩或泛指深爲時人所接受之近體詩。反比下，注重「意」之古體詩，卻遭「聲意今詎辨」。當世不辨「聲」與「意」，僅重視講究聲律的近體詩，讓孟郊唯有徒呼「高明鑒其端」。

孟郊由此更進一步地抨擊時人寫詩動機僅爲應試，「豈獨蝌蚪死，所嗟文字捐。蒿蔓轉驕王，菱荇減嬋娟」〔註335〕。試帖詩被科場採用後，其盛況如

61～62。
〔註328〕〔唐〕孟郊：《奉報翰林張舍人見遺之詩》，華忱之校訂：《孟東野詩集》，卷七，頁127。
〔註329〕〔唐〕孟郊：《寄陝府鄧給事》，華忱之校訂：《孟東野詩集》，卷七，頁120。
〔註330〕〔唐〕孟郊：《弔盧殷十首》其七，華忱之校訂：《孟東野詩集》，卷十，頁191～192。
〔註331〕〔唐〕韓愈：《孟生詩》，錢仲聯集釋：《韓昌黎詩繫年集釋》，頁12。
〔註332〕〔唐〕李肇：《唐國史補》，卷下，《唐五代筆記小說大觀》，上海：上海古籍出版社，2000年，頁194。
〔註333〕〔唐〕孟郊：《秋懷十五首》其十，華忱之校訂：《孟東野詩集》，卷四，頁60。
〔註334〕〔唐〕孟郊：《商州客舍》，華忱之校訂：《孟東野詩集》，卷三，頁54。
〔註335〕〔唐〕孟郊：《夜憂》，華忱之校訂：《孟東野詩集》，卷三，頁44。

蒿草與菱荇般蔓延，而孟郊推崇的古詩，卻如蝌蚪文般遭遺棄。話雖如此，迫於功名及生計之誘迫，頑強如孟郊亦有不得不低頭之時，「強起吐巧詞，委曲多新裁。」〔註336〕無論如何，孟郊留世之作，絕大部分為古詩或樂府，少近體詩作，顯為詩人過度捍衛詩教之後果。

極端堅持以復古之五古形式來進行創作，為孟郊的審美藝術帶來不良影響。鍾嶸曾指出「五言居文詞之要，是眾作之有滋味者也。」〔註337〕孟郊雖亦存有語言古樸凝練、構思巧妙及發人深思的五言佳作，然而正如上揭《擇友》及《結愛》諸詩，其形象呆板，語言單調中欠缺自然流暢，詩歌質木無文，讀之實不易讓人產生如鍾嶸所稱「味之者無極，聞之者動心」〔註338〕之無窮餘味。韓愈曾評價孟郊詩：「橫空盤硬語，妥貼力排奡」〔註339〕，過度營造遒勁有力之語言，其後果正如華忱之指出孟郊詩作在遣詞用字方面「往往刻意追求奧折險僻，有時不免顯出一些刻削造作的痕跡，損壞了作品的單純自然的美感」〔註340〕。從審美形式層面來要求，該詩毫無疑問屬於失敗之作。也許我們無法將此完全歸咎於詩人受詩教的規範牽制，但也很難說不是詩人一昧倣古所帶來之不良後果。〔註341〕

孟郊極度抨擊貞元及元和年間，於京城盛行本為巴、渝一帶之《竹枝詞》樂府民歌。《教坊歌兒》〔註342〕一詩揭露由於善歌，「十歲小小兒，能歌得朝天」，反觀自己「六十孤老人，能詩獨臨川」。能歌者「供養繩床禪」，而未能跟上時代步伐者，徒落得「悵望三百篇」。詩人假借十歲小兒及六十孤老之懸殊待遇，表達對朝廷的不滿與失望之外，亦委婉諷刺朝廷不惜賢才，沉溺於較訴諸感官的《竹枝詞》。此外，孟郊於《自惜》〔註343〕中亦悲歎其詩歌主張不受歡迎，「自悲風雅老，恐被巴竹嗔」，詩中的「巴竹」，即指流行之《巴人》與《竹枝》民歌。兩首詩揭露了詩人輕視排斥流調，間接地闡發詩人裨益政

〔註336〕〔唐〕孟郊：《雪》，華忱之校訂：《孟東野詩集》，卷四，頁63。
〔註337〕〔梁〕鍾嶸，陳延傑注：《詩品‧總論》，北京；人民出版社，2001年，頁2。
〔註338〕〔梁〕鍾嶸，陳延傑注：《詩品‧總論》，頁2。
〔註339〕〔唐〕韓愈：《薦士詩》，錢仲聯集釋：《韓昌黎詩繫年集釋》，卷五，上海：上海古籍出版社，1998年，頁528。
〔註340〕〔唐〕孟郊著，華忱之校訂：《孟東野詩集‧前言》，頁15。
〔註341〕此主論點參考自謝建忠：《試論儒家詩教影響孟郊創作的得失》，《貴州文史論叢》，1988年，04期。
〔註342〕〔唐〕孟郊：《教坊歌兒》，華忱之校訂：《孟東野詩集》，卷三，頁46。
〔註343〕〔唐〕孟郊：《自惜》，華忱之校訂：《孟東野詩集》，卷三，頁49。

教之審美取向。

顏淵問爲邦。子曰：「行夏之時，乘殷之輅，服周之冕，樂則韶舞。放鄭聲，遠佞人。鄭聲淫，佞人殆。」（15.11）此外，孔子又有「惡鄭聲之亂雅樂也」（17.18）之評。所謂「鄭聲」，《禮記・樂記》裏解釋「鄭音好濫淫志」，認爲鄭、宋、衛及齊音等「皆淫於色而害於德」。〔註 344〕孔子把表現民間愛情者視爲有傷風雅，孟郊服膺詩教，自然繼承該思想。如今存世之《竹枝詞》極少，宋人郭茂倩《樂府詩集》亦僅能收錄顧況、劉禹錫、白居易、李涉及晉人孫光憲等共二十二首仿作，當中以劉禹錫之十一首爲最。〔註 345〕劉禹錫《竹枝詞九首》小序稱《竹枝詞》：「含思婉轉，有《淇澳》之豔。」〔註 346〕意思是該詩歌具《衛風・淇澳》那樣豔麗之音。此外，《竹枝詞九首》其二：「花紅易衰似郎意，水流無限似儂愁」〔註 347〕，語言流麗，直接傾吐男女戀情，故推測《竹枝詞》與鄭、衛之音的審美藝術及內容旨趣應該不會相距太遠。孟郊未於任何詩文中透露排斥《竹枝詞》之因，但可以推測《竹枝詞》與鄭衛之音相近，深與詩人心慕之「風雅」作風相違，故遭拒斥。

由於堅持詩教視角，致使孟郊不去正視《竹枝詞》之審美價值，未能敞開胸懷去接受新興民間詩歌的審美特徵，汲取不同類型的詩歌涵養來豐富創作。反觀同輩詩人劉禹錫卻能低下學習，模仿《竹枝詞》藝術風格，運用七言四句之近體格式，創作出一系列《竹枝詞》，風靡一時。從詩歌應往審美風貌之多元化發展角度來說，孟郊被道而馳，因此不得不指出此爲孟郊受詩教困囿，或詩教帶來之負面影響。〔註 348〕

至於說孟郊之倡，是「復古」或是「通變」之問題，爲歷代研究者的爭論熱點。「復古」即是主張恢復舊傳統，而「通變」卻是開拓新局面，兩者表面看來是對立的，然而本書則視之爲一道相對與相成題，彼此沒有矛盾衝突。

〔註 344〕〔唐〕孔穎達：《禮記正義》，卷三十七，《樂記第十九》，北京：北京大學出版社，1999 年，頁 1077。

〔註 345〕〔宋〕郭茂倩：《樂府詩集》，卷八十一，《近代曲辭三》，北京：中華書記，2003 年，頁 1140～1142。

〔註 346〕〔唐〕劉禹錫：《竹枝詞九首》並引，瞿蛻園箋證：《劉禹錫集箋證》，卷二十七，上海：上海古籍出版社，2005 年，頁 852。

〔註 347〕〔唐〕劉禹錫：《竹枝詞》之二，瞿蛻園箋證：《劉禹錫集箋證》，卷二十七，上海：上海古籍出版社，2005 年，頁 838。

〔註 348〕此主論點參考自謝建忠：《試論儒家詩教影響孟郊創作的得失》，《貴州文史論叢》，1988 年，04 期。

若從中國詩歌發展史的角度來看，孟郊違時風寫古詩，述古道，自然歸屬於「古」，該行爲爲「復」之表現；然而若擺在當時之詩歌審美時尚來審視，孟郊獨立脫俗的行爲乃是一種「變革」，其審美主張也就含有「新」的味道了。〔註349〕話雖如此，若從詩教「復變」〔註350〕層面來說，詩人僅單純復古詩教，未於題材或表現手法上有革新，故只能視爲「復古詩教」而已。

孟郊思奇苦澀，〔註351〕元好問目爲「詩囚」〔註352〕，蘇軾譏之「小魚空螯」〔註353〕，其性格卻是傲岸不群及挺立於流俗，「一生不愛囑人事，囑即直須爲生死。我亦不羨季倫富，我亦不笑原憲貧」〔註354〕。孟郊亦自稱「我有松月心，俗騁風霜力。貞明既如此，摧折安可得？」〔註355〕詩人詩風不與時俗同調，他曾自言「顧餘昧時調」，詩人視此獨異生僻之風爲「天疾難自醫，詩癖將何攻？」乃是無法根治的「天疾」。孟郊視己作「斗蟻甚微細，病聞亦清冷。小大不自識，自然天性靈」〔註356〕，以殷父把螞蟻當牛一樣來嘲己自視過高，實爲多麼地微渺。該缺乏自知之明的導因，詩人歸之爲天性使然。

「性孤僻寡合」〔註357〕及「性介，少諧合」〔註358〕之性格，過高的自識，加之屢試不第及長年沉淪下僚的遭遇，致使詩人對詩教的認識走向偏鋒。詩人持迂腐之儒家思想、充滿議論與說教的詩作、形式苦澀的五言古詩、以及派斥流行體等，都是詩教影響下的負面表現。

孟郊對自己不爲俗所容，亦感擔憂，「常恐新聲至，坐使故聲殘。」〔註

〔註349〕此主論點參考自張文蘋：《論孟郊的復古傾向》，首都師範大學碩士學位論文，2006 年 5 月 29 日，頁 19。
〔註350〕有關「復古」與「復變」，會在第七章詳細論述。
〔註351〕〔宋〕歐陽修、宋祁：《新唐書》，卷一百七十六，《孟郊列傳第一百一》，頁5265。
〔註352〕〔元〕元好問：《論詩絕句三十首》，郭紹虞箋釋：《元好問論詩三十首小箋》，北京：人民文學，1978 年，頁 71。
〔註353〕〔宋〕蘇軾：《讀孟郊詩二首》，〔清〕馬應榴輯注：《蘇軾詩集合注》，卷十六，上海：上海古籍，2001 年，頁 767。
〔註354〕〔唐〕孟郊：《傷時》，華忱之校訂：《孟東野詩集》，卷二，頁 30。
〔註355〕〔唐〕孟郊：《寓言》，華忱之校訂：《孟東野詩集》，卷二，頁 30。
〔註356〕〔唐〕孟郊：《老恨》，華忱之校訂：《孟東野詩集》，卷三，頁 49。
〔註357〕〔後晉〕劉昫等撰：《舊唐書》，卷一百六十，《孟郊列傳第一百一十》，北京：中華書局，2002 年，頁 4205。
〔註358〕〔宋〕歐陽修、宋祁：《新唐書》，卷一百七十六，《孟郊列傳第一百一》，頁5265。
〔註359〕〔唐〕孟郊：《古薄命妾》，華忱之校訂：《孟東野詩集》，卷三，頁 3。

359〕詩人堅持詩教，不隨波逐流，換來一輩子之窮困不達。要追問的是，詩人如斯堅定之信念，曾否動搖？《送淡公十二首》〔註360〕其十二：「詩人苦爲詩，不如脫空飛。一生空鷺氣，非諫復非譏。……倚詩爲活計，從古多無肥」，孟郊認爲己作無法發揮勸諫作用，亦未能養活自己，一生徒空歎，詩人似乎有變節之意。然而詩人卻於詩末指出「詩饑老不怨，勞師淚霏霏」，原來該僅爲詩人一時激憤之言，正如孔子周遊列國不遇時發出「道不行，乘桴浮於海」（5.6）的憤歎而已。

　　孟郊守死善道，堅持詩教精神，儒學浸熏下，具「雖千萬人吾往矣」（2a.2）的浩然之氣，將發揚儒學，視爲終生不悔之志業。

〔註360〕〔唐〕孟郊：《送淡公十二首》其十二，華忱之校訂：《孟東野詩集》，卷八，頁149。

第五章　唐詩對儒家詩教接受之高潮

　　安史之亂帶給唐朝社會巨大的負面影響，政治、經濟及文化等均遭空前破壞。親歷過天寶盛世之大曆詩人，大多對國勢失卻期望與信心，用世之心頓然消散，遁跡山水，轉寄情大自然間。中唐後期，社會經濟開始復蘇，湧現了一批復一批出世於世難後，成長於兵慌馬亂間，並活動於貞元中、後期及元和期間之志士仁人。他們或直接參與政治改革，或通過文學運動等，雄心勃勃地欲復興開元、天寶盛況，而元稹與白居易，正是其中兩位準備透過文學改革社會之扛鼎人物。

　　以杜甫及元結為代表的盛、中唐之際的詩人，開啓了中唐詩對傳統詩教的首個接受，而元稹與白居易，以他們精深又有系統的詩文理論，以及高品質的創作實踐，醞釀了唐朝美刺比興詩之高潮。

第一節　元、白對《詩》及杜甫之承傳與變革

　　中唐後期，詩壇崛起了詩歌以「尚坦易，務言人所共欲言」〔註1〕，以元稹及白居易為代表之元、白詩派。該詩派與本書第四章所評述韓、孟之「尚奇警，務言人所不敢言」〔註2〕，表面似乎為兩個截然不同之詩風流派。細審之，兩派卻在不同程度上接受了詩教的影響。

　　白居易與元稹交誼深厚，彼此寫下不少的唱和詩作，晚唐杜牧指出「嘗

〔註 1〕　〔清〕趙翼：《甌北詩話》，卷四，郭紹虞選編：《清詩話續編》上冊，上海：上海古籍出版社，2005 年，頁 1173。
〔註 2〕　〔清〕趙翼：《甌北詩話》，卷四，郭紹虞選編：《清詩話續編》上冊，頁 1173。

痛自元和以來，有元、白詩者纖豔不逞，非莊士雅人，多爲其所破壞」〔註3〕，可見唐時即有「元、白」之並稱。

一、元、白對《詩》之紹承

《詩》是中國最早之詩歌選集，它按風、雅及頌分類，收錄了三百五篇西周初至春秋中葉的詩歌。孔子稱之《詩三百》，並以之來進行教育，列爲孔門第子學樂或誦詩之教本。先秦時期，《詩》爲祭祀、朝聘及宴饗之儀禮歌辭。與此同時，各國諸侯、大臣及士人等在不同社交活動中也常稱引《詩》來表情達意，不過該賦詩言志方式，常被借題發揮或斷章取義，無視詩之本義，更忽略了詩歌本身之審美藝術。先儒偏重詩歌之社會實用性，由此發展了儒家功利主義文學觀，並奠定了後世現實主義文學理論之基礎。

以《詩大序》爲代表的漢代詩教觀，紹承先秦之功利主義，將之全面施於政教。《詩大序》認爲詩之用在於「上以風化下，下以風刺上，主文而譎諫，言之者無罪，聞之者足以戒。」而東漢大儒鄭玄則進一步地簡括：「論功頌德，所以將順其美；刺過譏失，所以匡救其惡」〔註4〕，以及「詩者，絃歌諷喻之聲也。……故作詩者以誦其美而譏其過。」〔註5〕漢儒明確地挑出詩之「美刺」說，並推喻爲詩之主要功能。漢朝儒學強調政治與道德的功用性，故《詩》也須配合政教，披上濃厚政教色彩，正如屈萬里指漢儒解釋《詩》，「硬要把每一首詩，都說成含有教訓或鑒誡的意義」〔註6〕。

元和元年（805），元、白爲了備考制舉，合寫了七十五篇《策林》，全面反映了中唐政教與經濟等之時弊。《策林·議文章》曰：「且古之爲文者，上以紉王教，系國風；下以存炯戒，通諷喻。故懲勸善惡之柄，執於文士褒貶之際焉；補察得失之端，操於詩人美刺之間焉。」〔註7〕該段文論，純從儒家文學實用角度來考量，體現了元、白承續先秦儒家的詩教精神。此外，《讀張

〔註3〕〔唐〕杜牧：《唐故平盧軍節度巡官隴西李府君墓誌銘》，〔清〕董誥等編：《全唐文》，卷七五五，北京：中華書局，2001年，頁7834。

〔註4〕〔漢〕鄭玄：《詩譜序》，〔唐〕孔穎達疏：《毛詩正義》，北京：北京大學出版社，1999年，頁6。

〔註5〕〔漢〕鄭玄：《六義論》，〔唐〕孔穎達疏：《毛詩正義》上冊，頁5。

〔註6〕屈萬里：《先秦說詩的風尚和漢儒以詩教說詩的迂曲》，羅聯添編：《中國文學史論文選集》第一冊，臺北：臺灣學生書局，1986年，頁88。

〔註7〕〔唐〕白居易：《策林·六十八·議文章》，朱金城箋校：《白居易集箋校》，卷六十五，上海：上海古籍出版社，2003年，頁3547。

籍古樂府》〔註8〕爲白居易哀歎詩人張籍不遇之作，當中亦可以窺探詩人的詩歌主張。「爲詩意如何？六義互鋪陳。風雅比興外，未嘗著空文。……上可裨教化，舒之濟萬民。下可理情性，卷之善一身」。詩人開章明義地以《詩》之「六義」來作爲評論詩歌的標準，並認爲好詩須蘊涵風雅興寄。

　　元和三年（808），白居易除授左拾遺，即上奏陳說朝廷設拾遺一職之本義「有闕必規，有違必諫。朝廷得失無不察，天下利病無不言」〔註9〕，並於元和四年（809），創作了十首《秦中吟》〔註10〕及部分《新樂府》〔註11〕，開始貫徹他的經世致用及美刺政教之現實主義詩論。白居易曾將其詩作依內容性質劃分爲四大類〔註12〕，而《秦中吟》與《新樂府》爲第一類「諷喻詩」中最重要之作。元和四年（809），元稹亦和李紳作《和李校書新題樂府十二首》，詩作亦多諷喻。元和十年（815），元、白分別發表了《敘詩寄樂天書》及《與元九書》等兩篇重要文論，強調作文必須裨益政教，影響後世深遠。

　　《與元九書》集中且具體地說明白居易繼承儒家論《詩》之精神內涵。詩人首先高舉《詩》爲「人之文《六經》首之。就《六經》言，《詩》又首之。何者？聖人感人心而天下和平。」此外，白居易亦闡述了詩歌以情感作爲基礎，以情感人，「感人心者莫先乎情，莫先乎言，莫切乎聲，莫深乎義。詩者：根情，苗言，華聲，義實」〔註13〕。該攸關詩歌之抒情本質，與本書欲論證者沒直接關係，權且擱置。白居易認爲三皇及五帝時期，以「六義」爲經，「五音」爲緯，內容與形式彼此互相協調融合，所以政治上能夠「直道而行，垂拱而理者，揭此以爲大柄，決此以爲大寶也。」由此「聞『元首明，股肱良』之歌，則知虞道昌矣」，而「聞『五子洛汭』之歌，則知夏政荒矣」。

〔註 8〕　〔唐〕白居易：《讀張籍古樂府》，朱金城箋校：《白居易集箋校》，卷一，頁 5。

〔註 9〕　〔唐〕白居易：《初授拾遺獻書》，朱金城箋校：《白居易集箋校》，卷五十八，頁 3324。

〔註 10〕　《秦中吟》十首約作於元和四年前後。參見〔唐〕白居易：《白居易年譜簡編》，朱金城箋校：《白居易集箋校》第六冊，頁 4013。

〔註 11〕　陳寅恪曾考證：《新樂府》非全部完成於元和四年，而是於是年之後陸續修改增刪。參見陳寅恪：《元白詩箋證稿・新樂府》，北京：三聯書店，2002 年，頁 133。

〔註 12〕　〔唐〕白居易：《與元九書》，朱金城箋校：《白居易集箋校》，卷四十五，頁 2794。

〔註 13〕　〔唐〕白居易：《與元九書》，朱金城箋校：《白居易集箋校》，卷四十五，頁 2790。

據此，白居易得出結論，「言者無罪，聞者足戒，言者聞者，莫不兩盡其心焉」。詩人該論調，爲不折不扣地沿襲或「復古」漢儒之詩教主張。《詩大序》曰：「上以風化下，下以風刺上，主文而譎諫，言之者無罪，聞之者足以戒，故曰風，至於王道衰，禮義廢，政教失，國異政，家殊俗，而變風變雅作矣。國史明乎得失之跡，傷人倫之廢，哀刑政之苛，吟詠情性，以風其上，達於事變而懷其舊俗者也」〔註 14〕。又東漢大儒鄭玄指出「論功頌德，所以將順其美；刺過譏失，所以匡救其惡。各於其黨，則爲法者彰顯，爲戒者明」〔註 15〕。看來由《詩大序》，至鄭玄，再傳至白居易，彼此之論調如出一轍，都在闡發孔子的詩教主張，差別只在於遣詞用字而已。

白居易緊接著指出，由周至秦，「采詩官廢，上不以詩補察時政，下不以歌泄導人情」，所以「六義始刓」；漢代則由於「去《詩》未遠，梗概尙存」，故「猶得風人之什二三焉」，然而「六義始缺」；至於晉、宋之後，則「得者蓋寡」，「六義浸微」；梁、陳間，「六義」陵夷，詩人認爲當時之創作徒具華詞麗藻，作品只不過是在「嘲風雪、弄花草而已」，而「六義盡去矣」。〔註 16〕

《詩》之「六義」何指，學者多集矢〔註 17〕。按照孔穎達之說法，「風、雅、頌」乃《詩》之體裁，而「賦、比、興」則爲其表現手法。〔註 18〕元、白承傳《詩》之精神，主要有反映社會現實及美刺政教等兩方面。

1.《詩》寫實主義之繼承

《詩》作爲中國最早之詩歌選集，包羅了諸多題材，其中居多爲反映民瘼。上古民瘼有二，其一爲勞動卻無法溫飽；二則征斂及天災人禍帶來之民疾。

《豳風·七月》〔註 19〕或寫農民採桑，或績麻及爲裳等，仔細描摹了豳國勞動農民之艱辛生活。《魏風·伐檀》曰：「坎坎伐檀兮，寘之河之干兮，河

〔註 14〕〔唐〕孔穎達：《毛詩正義》，卷一（一之一），《詩大序》，頁 13～15。

〔註 15〕〔漢〕鄭玄：《詩譜序》，〔唐〕孔穎達疏：《毛詩正義》，頁 6。

〔註 16〕〔唐〕白居易：《與元九書》，朱金城箋校：《白居易集箋校》，卷四十五，頁 2790～2791。

〔註 17〕本書第一章第二節稍有分析，可參見。

〔註 18〕《詩大序》：「故詩有六義焉：一曰風，……」句下正義曰：「賦、比、興是詩之所用，風、雅、頌是詩之成形，用彼三事，成此三事，是故同稱爲義，非別有篇卷也。」參見〔唐〕孔穎達：《毛詩正義》，卷一（一之一），《詩大序》，北京：北京大學出版社，1999 年，頁 13。

〔註 19〕〔唐〕孔穎達疏：《毛詩正義》，卷八（八之一），《豳風·七月》，頁 489～511。

水清且漣猗」〔註20〕，詩歌訴出百姓終年雖無休無止地進行伐木勞動，卻無法獲得飽暖，反而須挨餓受凍。《魏風‧陟岵》〔註21〕則藉親人思念行役者之諸種情狀，反映徭役帶給黎民家庭之痛苦。又如《小雅‧采薇》〔註22〕，從首章「不言憂」，次章「憂心烈烈」，至第三章則曰「憂心孔疚」，道盡征途勞苦，委婉斥責徭役之禍害，正如其《詩序》指出「遣戍役也」。

《詩》作為孔子指導學生之教本，蘊含儒家仁民愛物，重人道主義之傳統，元、白深深繼承了該精神。元、白筆底描盡無數百姓的苦難悲情，如《觀刈麥》〔註23〕一詩寫農民長年為耕種辛苦勞碌，鮮少有閒暇，「足蒸暑土氣，背灼炎天光，力盡不知熱，但惜夏日長」，然而農民最終還是無法溫飽，被迫拾麥穗充饑，肇因在於「家田輸稅盡」也。唐代黎民不但須應付不合理的兵役，尚有苛捐雜稅的壓迫，橫征暴斂下，帶給百姓無比之痛楚。

元、白論詩核心強調詩歌要能反映現實，要為現實而作，可以簡括為「文章合為時而著，詩歌合為事而作」〔註24〕。元、白的許多文學主張可以論證他們寫詩動機在於反映民瘼。

元稹指杜甫「率皆即事名篇」〔註25〕，而白居易則指出「貞元元和之際，予在長安，聞見之間，有足悲者。因直歌其事，命為《秦中吟》」〔註26〕，同時又與元稹共同「興諷當時之事」，以及「刺美見事」〔註27〕。元、白評論中的「事」，指向詩歌中反映之國事民生。

白居易於《新樂府序》中認為「其辭質而徑，欲見之者易諭。其言直而切，欲聞之者深誡也。……其體順而肆，可以播於樂章歌曲也」〔註28〕，主張詩歌語言表達的目的在於傳達內容意識。《寄唐生》中則進一步指出「非求宮律高，不務文字奇。唯歌生民病，願得天子知」〔註29〕，詩人強調詩歌主要內容在於

〔註20〕〔唐〕孔穎達疏：《毛詩正義》，卷五（五之三），《魏風‧伐檀》，頁369。
〔註21〕〔唐〕孔穎達疏：《毛詩正義》，卷五（五之三），《魏風‧陟岵》，頁367～368。
〔註22〕〔唐〕孔穎達疏：《毛詩正義》，卷九（九之三），《小雅‧采薇》，頁587～596。
〔註23〕〔唐〕白居易：《觀刈麥》，朱金城箋校：《白居易集箋校》，卷一，頁11。
〔註24〕〔唐〕白居易：《與元九書》，朱金城箋校：《白居易集箋校》，卷四十五，頁2792。
〔註25〕〔唐〕元稹：《樂府古題序》，冀勤點校：《元稹集》，卷二十三，北京：中華書局，2000年，頁255。
〔註26〕〔唐〕白居易：《秦中吟序》，朱金城箋校：《白居易集箋校》，卷二，頁80。
〔註27〕〔唐〕元稹：《樂府古題序》，冀勤點校：《元稹集》，卷二十三，頁255。
〔註28〕〔唐〕白居易：《新樂府序》，朱金城箋校：《白居易集箋校》，卷三，頁136。
〔註29〕〔唐〕白居易：《寄唐生》，朱金城箋校：《白居易集箋校》，卷一，頁43。

反映民生，甚至認爲若爲了內容思想服務，可以犧牲審美形式。白居易注重詩歌內容，主張內容高置於形式之上，此爲元、白之前罕見的論調。

正由於秉持內容至上之準繩，白居易認爲「俾辭賦合炯戒諷喻者，雖質雖野，探而獎之；碑誄有虛美愧辭者，雖華雖麗，禁而絕之。」詩人抨擊當代辭賦及碑碣「往往有虛美者矣，有愧辭者矣」，並認爲該風不可長，「若行於時，則誣善惡而惑當代；若傳於後，則混眞僞而疑將來」。〔註30〕詩人主張該類具懲戒褒貶功能之紀實性文學，不該徒具「虛美愧辭」，反而應該發揮反映客觀現實生活之功能。白居易從文章具改造社會風氣之能提出他的擔憂，可見詩人著重詩歌之現實功利性，此與孔子主張詩歌可以「興、觀、群、怨」有共通處。孔子論詩，未直接提及詩歌反映民瘼，漢儒亦忽略了這一點，白居易強調詩歌反映國事民生，筆者認爲這是深受了中唐務實尚德之風所影響，同時更是從傳統儒家仁民愛物之人文思想發展而來。

中國歷來多苦難，「興，百姓苦；亡，百姓苦」〔註31〕，漫漫歷史長河中，老百姓似乎永遠有訴不完之哀歌。唐朝經歷安史浩劫後，肅、代及德宗亂政，憲宗執政初期致力「中興」，興兵削藩，烽火頻仍。貞元與元和國勢不復開元之盛，雖不至於民不聊生，卻也疾苦連連。元和三年冬至四年春（808～809），長安周圍與江南廣大的地區，遭受嚴重旱災，白居易將該災禍表諸詩中，「三月無雨旱風起，麥苗不秀多黃死。九月降霜秋早寒，禾穗未熟皆青乾。」〔註32〕中國這塊天災與人禍頻仍的大地上，遭殃者永遠是廣大與無助之老百姓。

「憶昨元和初，忝備諫官位。是時兵革後，生民正憔悴。但傷民病痛，不識時忌諱」〔註33〕，元、白仗義直言，不畏權貴，詩歌極力渲染亂世之凄苦民生。

2.《詩》譏刺之承傳

白居易曾於《寄唐生》一詩中指出己作「篇篇無空文，句句必盡規」〔註34〕，據此詩人認爲執政者若「欲開壅蔽達人情」，就必須「先向歌詩求諷刺」

〔註30〕〔唐〕白居易：《策林·六十八·議文章》，朱金城箋校：《白居易集箋校》，卷六十五，頁3547。

〔註31〕〔元〕張養浩：《潼關懷古》，隋樹森編：《全元散曲》上冊，北京：中華書局，2000年，頁437。

〔註32〕〔唐〕白居易：《杜陵叟》，朱金城箋校：《白居易集箋校》，卷四，頁223。

〔註33〕〔唐〕白居易：《傷唐衢二首》，朱金城箋校：《白居易集箋校》，卷一，頁47。

〔註34〕〔唐〕白居易：《寄唐生》，朱金城箋校：《白居易集箋校》，卷一，頁43。

〔註 35〕。同時，詩人也曾奏議憲宗恢復上古「采詩官」制度，希望朝廷能再度「開諷刺之道，察其得失之政，通其上下之情」〔註 36〕，足見詩人多麼地看重詩歌裏的美刺政教內涵。

　　關於「美刺」說，傳統詩教論中最明確概括之《詩大序》有這樣的說法：「上以風化下，下以風刺上，主文而譎諫，言之者無罪，聞之者足以戒，故曰風。……雅者，正也，言王政之所由廢興也。……頌者，美盛德之形容，以其成功告於神明者也」〔註 37〕。該論指出之詩教，爲一道雙向的回饋過程。居上者借詩來教化民眾，而底下之臣民亦可透過詩歌反映民瘼，表達政治意見或規勸譏刺來。後者對古代專制集權之政治氣氛來說，肯定是非常挑戰統治者度量之難事。由此《詩大序》規定「故變風發乎情，止乎禮義」，並認爲「發乎情，民之性也；止乎禮義，先王之澤也」。漢儒主張譏刺者要保持一定限度，該理與孔子主張「《關雎》，樂而不淫，哀而不傷」（3.20），或宋大儒朱熹注釋「詩可以怨」爲「怨而不怒」〔註 38〕之儒家中庸思想原則一致。然而奇怪的是，「美」，則不在該限制內。既然強調中庸情感，詩歌裏就不能肆意地直陳其事，表達時要寓意託諷，婉曲出之，緊守「主文而譎諫」的規範。職是之故，講求鋪敘辭藻，無所避諱地直陳其事〔註 39〕之「賦」表現手法，多體現於《頌》而已。總之，「美刺比興」以及「主文而譎諫」，爲儒家論詩之兩大要涵，乃延續自《詩》之精神也。

　　《詩》裏有大量針砭時病，或揭露權貴與執政者醜陋面之作。如上文引述之《魏風·伐檀》，除反映百姓辛勞外，其主旨在於譏刺權貴不勞而獲，「不狩不獵，胡瞻爾庭有縣貆兮」，委婉反諷指出「彼君子兮，不素餐兮」，實乃斥之「真素餐」也。又《魏風·碩鼠》〔註 40〕，描繪一隻光會「食黍」、「食麥」及「食苗」之碩鼠，卻「莫我肯顧」、「肯德」及「肯勞」，嘲刺那些僅貪圖個人財利，卻吝於施德予老百姓之執政者，諷旨正如該詩序指之「《碩鼠》，刺重斂也」。

〔註 35〕　〔唐〕白居易：《采詩官》，朱金城箋校：《白居易集箋校》，卷四，頁 263。
〔註 36〕　〔唐〕白居易：《策林·六十九·采詩》，朱金城箋校：《白居易集箋校》，卷六十五，頁 3550。
〔註 37〕　〔唐〕孔穎達疏：《毛詩正義》，卷一（一之一），《詩大序》，頁 13～15。
〔註 38〕　17.9 章句下朱熹之注釋。
〔註 39〕　孔穎達：「賦者，直陳其事，無所避諱，故得失俱言。」參見〔唐〕孔穎達疏：《毛詩正義》，卷一（一之一），《詩大序》，頁 12～13。
〔註 40〕　〔唐〕孔穎達疏：《毛詩正義》，卷五（五之三），《魏風·碩鼠》，頁 372～374。

　　《詩》中不論反映民瘼，抒寫征伐戍守或書寫男女戀情，從《風》至《雅》，均跑不了一定程度之譏諷。我們可以透過詩小序來快速理解詩歌旨趣，如《齊風·南山》小序：「刺襄公也。……」〔註41〕；《鄘風·相鼠》小序：「刺無理也」〔註42〕；又如《小雅·正月》及《大雅·抑》的小序各別指出該詩旨爲「大夫刺幽王也」〔註43〕，以及「衛武公刺厲王，亦以自警也」〔註44〕等。無可否認詩小序本身夾雜不少漢儒之主觀臆測，爲歷代學者所詬，我們不能單憑之來解讀詩旨，然而《詩》內容怨刺之多，亦爲學界所公認。

　　根據學者朱東潤（1896～1988）統計，《風》一百六十篇中，刺詩居七十八篇，而《雅》的刺詩有五十一篇，所以扣除《頌》不計外，《風》與《雅》二百六十五詩篇裏，刺詩竟占一百二十九篇，幾乎達半數。〔註45〕而《詩》的頌美內涵主要集中於《頌》及部分《大雅》或《小雅》裏。朱東潤指出，《詩》含「美」題材者，風詩有十六首，大小雅詩有十一首，若再加所有之頌詩，也只得六十七首，〔註46〕從數量上來說遠遜於刺詩。

　　《詩》雖多譏刺權貴，但不直指其事，只以諷詞寄寓來含蓄地表達百姓之憤懣。縱觀《詩》三百五篇，受欺壓之庶民，並未採取什麼激烈行動，至多只是「逝將去女」〔註47〕，不與統治者正面對抗，也許這就是爲何《禮記·經解》要稱詩教爲「溫柔敦厚」的了。

　　相對於《頌》，《風》與《雅》多出於民間、臣子或士人之手，詩歌內容廣泛寫實，蘊含百姓情感，所以白居易在《風》、《雅》及《頌》三者中，強調前兩者，稱「六義」爲「風雅比興」。同時亦居於這點，白居易很自然地在「美刺」兩者中，著重「刺」詩，只創作一小部分之頌詩，體現了詩教承傳中的一項通變。

〔註41〕〔唐〕孔穎達疏：《毛詩正義》，卷五（五之二），《齊風·南山》，頁340。

〔註42〕〔唐〕孔穎達疏：《毛詩正義》，卷五（三之二），《鄘風·相鼠》，頁205。

〔註43〕〔唐〕孔穎達疏：《毛詩正義》，卷十二（十二之一），《小雅·節南山之什·正月》，頁706。

〔註44〕〔唐〕孔穎達疏：《毛詩正義》，卷十八（十八之一），《大雅·蕩之什·抑》，頁1154。

〔註45〕統計來源：朱東潤：《中國文學批評史大綱》，上海：古典文學出版社，1957年，頁12。

〔註46〕朱東潤：《中國文學批評史大綱》，上海：古典文學出版社，1957年，頁12。

〔註47〕〔唐〕孔穎達疏：《毛詩正義》，卷五（五之三），《魏風·碩鼠》，頁372～374。

二、元、白對杜甫之承傳與通變

　　元、白，包括張籍等中唐重寫實諷喻之詩派，遠祧了《詩》及漢樂府民歌反映現實與美刺比興之傳統，同時也承傳了《禮記・樂記》、《詩大序》及《詩譜序》等代表漢人的詩教觀念。近則追隨詩聖杜甫反映民瘼，直陳時病之儒家入世精神。

　　沈德潛指出「樂天忠君愛國，遇事託諷，與少陵相同」〔註 48〕，而愛新覺羅弘曆則認為「詩人詩篇什最富者，無如白居易詩。其源亦出於杜甫，而視甫為更多。」〔註 49〕杜甫與白居易是唐代現實主義詩人，彼此有前後繼承之關係，但白居易並非單純地紹承杜甫，而是在承傳中另有發展。

1. 寫實主義與譏刺比興之紹承

　　詩聖杜甫，一位人人熟知之偉大詩人，聞一多曾讚美之「中國有史以來第一個大詩人，四千年文化中最莊嚴，最瑰麗，最永久的一道光彩」〔註 50〕。然而詩人在世，甚至去世後二、三十年間，默默無聞，如其自稱：「百年歌自苦，未見有知音」〔註 51〕，詩名鮮少為人知。「唐人選唐詩」中專門收錄盛唐開元、天寶時期詩作之《河嶽英靈集》，與編選肅、代宗期間詩作的《中興間氣集》，均未輯錄杜甫的任何作品，而此時期詩人正活躍於詩壇。該偏差要待至元和年間，元、白首啟對杜甫之讚譽後，詩人才逐漸被時人重視，正如清人馮班指出「大曆之時，李杜詩格未行，至元和、長慶始變」〔註 52〕。

　　元稹杜撰的《唐故工部員外郎杜君墓係銘並序》，扭轉了之前學者對杜甫之忽略。「余讀詩至杜子美，而知小大之有所總萃焉。……至於子美，蓋所謂上薄風騷，下該沈宋，古傍蘇李，氣奪曹劉，掩顏謝之孤高，雜徐庾之流麗，盡得古今之體勢，而兼今人之所獨專矣。使仲尼考鍛其旨要尚不知貴，其多乎哉！苟以為能所不能，無可不可，則詩人以來，未有如子美者。」〔註 53〕

〔註 48〕〔清〕沈德潛：《唐詩別裁集》，長沙：嶽麓書社，1998 年，頁 76。

〔註 49〕〔清〕愛新覺羅弘曆：《御選唐宋詩醇》，卷十九，《文淵閣四庫全書》第 1488 冊，上海：上海古籍出版社，2003 年，頁 405。

〔註 50〕聞一多：《唐詩雜論》，上海：上海古籍出版社，2004 年，頁 135。

〔註 51〕〔唐〕杜甫：《南征》，〔清〕仇兆鰲注：《杜詩詳注》，卷二十二，北京：中華書局，1999 年，頁 1950。

〔註 52〕〔清〕馮班：《鈍吟雜錄》，卷五，《嚴氏糾謬》，《文淵閣四庫全書》第 886 冊，上海：上海古籍出版社，2003 年，頁 554。

〔註 53〕〔唐〕元稹：《唐故工部員外郎杜君墓係銘並序》，冀勤點校：《元稹集》，卷五十六，頁 600。

元稹高崇杜甫，譽之博大精深，儼然有歷代詩歌集大成者之勢。也許作爲誄碑誌銘之類的文體，其內容有誇飾功德等之必要，〔註 54〕我們不必太認眞看待。但無論如何，根據現存之資料顯示，此爲杜甫生前死後第一回所享有之高譽。

元稹又將杜甫與當時已享盛譽之李白並比。「時山東人李白，亦以奇文取稱，時人謂之李、杜。予觀其壯浪縱恣，擺去拘束，描寫物象及樂府歌詩，誠亦差肩於子美矣。至若鋪陳終始，排比聲韻，大或千言，次猶數百，詞氣豪邁而風調清深，屬對律切而脫棄凡進，則李尚不能歷其藩翰，況堂奧乎！」〔註 55〕詩風原本各有長短，以李白之短來比杜甫之長，明顯不合理，評論亦有失偏頗。不過元稹揚杜抑李，可謂空前，同時也開啓了往後「李、杜」詩歌之比較。

元稹對杜甫之賞識非僅停留於此，詩人曾向其親密戰友白居易透露：「又久之，得杜甫詩數百首，愛其浩蕩津涯，處處臻到。始病沈、宋之不存寄興，而訝子昂之未暇旁備矣」〔註 56〕。詩人未明言欣賞杜甫之因，不過從其指責沈、宋之弊看來，詩人喜愛的是杜甫詩歌風雅比興之蘊涵。爲此，元稹曾寫詩讚揚「杜甫天才頗絕倫，每尋詩卷似親情。憐渠直道當時語，不著心源傍古人。」〔註 57〕元稹推崇者正是杜甫詩歌反映現實、揭露時弊及「直道當時語」之寫實精神。

白居易也不吝於讚美杜甫。白居易《初授拾遺》曰：「杜甫陳子昂，才名括天下」〔註 58〕；又指「吟詠留千古，聲名動四夷。文場供秀句，樂府待新詞。天意君須會，人間要好詩」〔註 59〕。白居易讚揚杜甫背後，與元稹一樣，看重杜甫諷喻政教，反映民瘼之創作精神。

「又詩之豪者，世稱李、杜，李之作才矣奇矣，人不逮矣。索其風雅比

〔註 54〕 《文心雕龍‧誄碑第十二》：「標序盛德，必見清風之華；昭紀鴻懿，必見峻偉之烈：此碑之制也。」參見〔梁〕劉勰著，范文瀾注：《文心雕龍注》卷三，北京：人民文學出版社，2006 年，頁 214。

〔註 55〕 〔唐〕元稹：《唐故工部員外郎杜君墓係銘並序》，冀勤點校：《元稹集》，卷五十六，頁 601。

〔註 56〕 〔唐〕元稹：《敘詩寄樂天書》，冀勤點校：《元稹集》，卷三十，頁 352。

〔註 57〕 〔唐〕元稹：《酬李甫見贈十首》，冀勤點校：《元稹集》，卷十八，頁 208。

〔註 58〕 〔唐〕白居易：《初授拾遺》，朱金城箋校：《白居易集箋校》，卷一，頁 20。

〔註 59〕 〔唐〕白居易：《讀李杜詩集因題卷後》，朱金城箋校：《白居易集箋校》，卷十五，頁 956。

興，十無一焉。杜詩最多，可傳者千餘篇，至於貫串今古，覼縷格律，盡工盡善，又過於李。然撮其《新安吏》《石壕吏》《潼關吏》《塞蘆子》以及《留花門》之章，『朱門酒肉臭，路有凍死骨』之句，亦不過三、四十首。杜尚如此，況不逮杜者乎？」〔註60〕白居易以諷喻標準來抑李揚杜，但詩人卻又倒過來認為杜甫之諷喻詩亦不太多。該論調似乎矛盾，實可分兩點來理解。

首先必須要瞭解自開元中期，唐詩「聲律風骨始備」〔註61〕，王、孟、高、岑及李白諸詩人佳作迭出，各具特色，再加之杜甫之集大成後，唐詩「至開、寶之世，莫不推為千載之盛也。」〔註62〕盛唐詩人樹立唐詩藝術之高標後，中唐詩人紛紛以超越前輩為努力方向。白居易標榜諷喻詩〔註63〕，言論中自然是要稍微壓低杜甫該方面成就。其次則是美刺比興雖為杜甫詩歌之主要內容思想〔註64〕，但杜詩千餘首，題材豐富，風格多樣，可以推測白居易據此嫌棄杜甫未將美刺比興精神貫徹到底，雖然白居易本身之諷喻詩不只量少，更僅創作於一時。杜甫美刺政教詩歌自然不止於白居易所指之數，論者明顯有刻意壓低之意。

無論如何，白居易的諷喻詩作深承杜甫。《秦中吟十首》其三曰：「廚有臭敗肉，庫有貫朽錢」〔註65〕，又《秦中吟十首》其九曰：「豈知閿鄉獄，中有凍死囚」〔註66〕，與杜甫「朱門酒肉臭，路有凍死骨」〔註67〕句，彼此之語調與內容蘊含何等相似，差別只在於白居易將杜甫詩未言之意，具體道出而已。

〔註60〕〔唐〕白居易：《與元九書》，朱金城箋校：《白居易集箋校》，卷四十五，頁2791。

〔註61〕〔唐〕殷璠編：《河嶽英靈集‧序》，傅璇琮編：《唐人選唐詩新編》，西安：陝西人民教育，1996年，頁107。

〔註62〕〔清〕魯九皋：《詩學源流考》，郭紹虞編選：《清詩話續編》下冊，上海：上海古籍出版社，1999年，頁1355。

〔註63〕白居易：「今僕之詩，人所愛者，悉不過雜律詩與長恨歌已下耳。時之所重，僕之所輕。至於諷喻者，意激而言質，閒適者，思澹而詞迂。以質合迂，宜人之不愛也。」參見〔唐〕白居易：《與元九書》，朱金城箋校：《白居易集箋校》，卷四十五，頁2795。

〔註64〕此點已在本書第四章第一節中詳細評述，此不重贅。

〔註65〕〔唐〕白居易：《秦中吟十首》其三，朱金城箋校：《白居易集箋校》，卷二，頁85。

〔註66〕〔唐〕白居易：《秦中吟十首》其九，朱金城箋校：《白居易集箋校》，卷二，頁95。

〔註67〕〔唐〕杜甫：《自京赴奉先詠懷五百字》，〔清〕仇兆鰲注：《杜詩詳注》，卷四，頁270。

　　杜甫《兵車行》曰：「道旁過者問行人，行人但云點行頻。或從十五北防河，便至四十西營田」〔註68〕，而白居易《新豐折臂翁》〔註69〕則曰：「無何天寶大征兵，戶有三丁點一丁，點得驅將何處去，五月萬里雲南行。」兩者語言形式雷同，內容思想也均表達了詩人痛恨征戰，可見後者刻意模仿之痕跡。

　　此外，元、白貫徹「卒章顯其志」〔註70〕之主張，如白居易《新豐折臂翁》篇末表明詩旨在於「老人言，君聽取。……邊功未力生民怨，請問新豐折臂翁。」而元稹之著名長篇《連昌宮詞》〔註71〕，透過宮邊老人揭露安史世難前朝廷之敗政來探討亂因。「今皇神聖丞相明，詔書才下吳蜀平。……老翁此意深望幸，努力廟謀休用兵」，詩人於詩歌結束前借古諷今，勸誡執政者要勤務內政，減少用兵。元、白該作風與元結及杜甫常於詩篇後表達詩旨之結構特色無區別。杜甫《新安吏》前半表達戰爭之可惡以及流露詩人之悲憫，篇末則安慰征夫「就糧近故壘，練卒依舊京。……送行勿泣血，僕射如父兄」〔註72〕，揭示詩人保家衛國之積極入世精神。

　　雖然杜甫在世時未留下多少詩論，然而元、白十分膺服杜甫之創作藝術。元稹於《樂府古題序》中曾深切地指出杜甫之創作特色，「況自風雅，至於樂流，莫非諷興當時之事，以貽後代之人。……近代唯詩人杜甫《悲陳陶》、《哀江頭》、《兵車》、《麗人》等，凡所歌行，率皆即事名篇，無復倚傍。予少時與友人樂天、李公垂輩，謂是爲當，遂不復擬賦古題。」〔註73〕尋繹白居易的文學核心主張：「文章合爲時而著，歌詩合爲事而作」〔註74〕，實與杜甫該「率皆即事名篇」之本質互相吻合，彼此均倡導寫實主義之詩歌。與此同時，元稹「謂是爲當」句，更直接說明元、白對杜甫的深切認同，兩者都具有相同的審美價值觀。職是之故，若稱元、白承傳杜甫，非無的放矢。

〔註68〕〔唐〕杜甫：《兵車行》，〔清〕仇兆鰲注：《杜詩詳注》，卷二，頁113。

〔註69〕〔唐〕白居易：《新豐折臂翁》，朱金城箋校：《白居易集箋校》，卷三，頁165。

〔註70〕〔唐〕白居易：《新樂府序》，朱金城箋校：《白居易集箋校》，卷四十五，頁136。

〔註71〕〔唐〕元稹著，楊軍箋注：《元稹集編年箋注》，西安：三秦出版社，2002年，頁790

〔註72〕〔唐〕杜甫：《新安吏》，〔清〕仇兆鰲注：《杜詩詳注》，卷七，頁523～526。

〔註73〕〔唐〕元稹：《樂府古題‧序》，冀勤點校：《元稹集》，卷二十三，頁255。

〔註74〕〔唐〕白居易：《與元九書》，朱金城箋校：《白居易集箋校》，卷四十五，頁2792。

2. 元白與杜甫之比較

　　清人沈德潛曾指出「(白居易)特以平易近人，變少陵之沉雄渾厚，不襲其貌而得其神也」〔註75〕，杜甫與白居易詩歌表達形式迥異，乃不爭之事實，無須強辯。然而所謂白居易承續杜甫之「神」者，細審之亦有其異，筆者認為主要表現於彼此賦詩之動機。

　　自從天寶後期，杜甫窺探國勢危機，以及安史之亂後，詩人經歷社會混亂，民生凋敝，詩人不論任左拾遺、司功參軍或晚年之顛沛流離，莫不寫詩仗義直言，反映民瘼與揭露時弊。杜甫無時無刻不心存百姓與胸懷國家。換言之，杜甫貫徹「邦有道，如矢；邦無道，如矢」(15.6)之耿直無畏精神，以及儒家「君子有終身之憂」(4b.28)之憂患意識。相對下，白居易更傾向孔子主張之「不在其位，不謀其政」(8.14)。白居易存世的一百七十二首諷喻詩，一百五十首完成於元和十年(815)貶官江州前，該段時期也就是白居易任左拾遺，視詩歌為諫書，積極干政，體現其「兼濟」之大志。然而一旦詩人離開了「現實」之誘因，就開始大作大量抒懷或詠杯酒小景之閒適詩，開展其「獨善」〔註76〕之志，可見白居易詩歌創作目的深具「現實」之考量。

　　若從詩歌創作動機之角度來說，杜甫是「無意」為之，而白居易則是「有意」之作。〔註77〕白居易寫諷喻詩，貫徹其「為君、為臣、為民、為物、為事而作，不為文而作」〔註78〕之審美理念。詩歌在白居易筆底下，非獨立的文學藝術，而是諷諫執政者之工具。杜甫終生不懈關懷社稷，而白居易卻僅為之一時，所以兩人雖同為寫實主義者，但論人格卻有高下之別，正如研究者指出「白居易在詩歌創作上繼承了杜甫的現實主義精神，可是在人格上背叛了他」〔註79〕。

　　與此同時，必須補充說明的是元、白雖同為詩壇親密戰友，詩歌主張同一步調，但彼此對杜甫之理解有些許差距。如上文論及元稹讚揚杜甫詩歌題

〔註75〕〔清〕沈德潛：《唐詩別裁集》，長沙：嶽麓書社，1998年，頁76。

〔註76〕《與元九書》：「謂之諷喻詩，兼濟之志也。謂之閒適詩，獨善之義也。」參見〔唐〕白居易：《與元九書》，朱金城箋校：《白居易集箋校》，卷四十五，頁2794～2795。

〔註77〕有無意之說，參考自柏秀娟：《白居易、杜甫現實主義詩歌創作》，《語文學刊》2002年第6期。不敢掠美，特注明。

〔註78〕〔唐〕白居易：《新樂府・序》，朱金城箋校：《白居易集箋校》，卷三，頁136。

〔註79〕柏秀娟：《白居易、杜甫現實主義詩歌創作》，《語文學刊》2002年第6期。

材豐富，風格多樣性，白居易卻一味從杜甫美刺比興處著眼，故認爲杜甫諷喻詩「亦不過三、四十首」，論證了白居易比元稹更具現實功利主義思想。

白居易是有唐第一位將詩歌藝術與現實社會之間的關係，闡釋得最淋漓盡致者。詩人主張詩歌形式主要爲內容服務，甚至爲了能夠更好地表達內容思想，不惜犧牲文學藝術形式。本書第一章首節論述了孔子論《武》雖臻美境，卻未達善道，反而贊許《韶》盡善盡美，論證了孔子論詩著重道德之良善，藝術形式之美擺於其次。故據此追究起來，白居易詩論，其實頗契合孔子達道致德之審美理念，而置道德意識高於審美特徵，似乎爲詩以美刺比興論，發展至極端之必然後果。

據此極端文學觀念，元、白有些諷喻詩的語言表達得淺切通俗，旨趣直接袒露，傳統詩歌蘊藉含蓄之美，蕩然無存。《新樂府》裏的《七德舞》、《法曲歌》及《二王後》，《秦中吟十首》之《議婚》，以及《贈友五首》等，語言質樸平實得近乎直接地將詩歌旨趣說破，同時該內容亦充滿說教或議論味道，若視之爲「詩」，不如劃歸爲「敘述文」或「議論文」更妥。反觀杜甫雖強調詩歌之道德蘊涵，卻不偏廢文學之藝術性，可見元、白繼承杜甫中其實是另有發展。

杜甫雖寫諷喻教化詩，但未曾對之提出一個比較系統化之理論。然而元、白，尤其是後者，乃有唐甚至歷代詩人當中，首位明確高舉詩以美刺比興之旗幟者。也許白居易之詩教理論擺在今日來說，尚有許多不夠成熟圓融之處，但無可否認詩人將詩作實踐，提升至理論層面，豐富了詩教之內涵，讓該中國詩學的主流話語，具紮實及系統之理論依據。

第二節　元、白之諷喻詩與新樂府運動

《白氏長慶集》卷一至卷四劃歸爲「諷喻詩」之詩作共有一百七十二首，而《與元九書》則指出「自拾遺來，凡所遇所感，關於美刺興比者，又自武德訖元和，因事立題，題爲新樂府者，共一百五十首，謂之諷喻詩。」〔註80〕白居易的《與元九書》乃是揭示其文學主張之要著，著於元和十年（815），也即是詩人首遭政治重挫，貶逐江州之後。據此推算，白居易其餘二十二首

〔註80〕〔唐〕白居易：《與元九書》，朱金城箋校：《白居易集箋校》，卷四十五，上海：上海古籍出版社，2003 年，頁 2794。

諷喻詩，當完成於其政治失意後。換言之，白居易被貶後之四十餘年創作生涯中，絕少諷喻詩作。雖說詩人其他類型詩歌也許亦蘊涵些許的諷喻意味，但詩人被貶江州後詩歌題材轉向閒適，卻是無可否認之事實。話說回來，白居易是頗看重其諷喻詩，至少在他被貶江州前，或詩人前期創作中，諷喻詩是其主要之創作題材，正如詩人自稱「今僕之詩，人所愛者，悉不過雜律詩與長恨歌已下耳。時之所重，僕之所輕。至於諷喻者，意激而言質，閒適者，思澹而詞迂。以質合迂，宜人之不愛也。」〔註81〕

一、諷喻詩之淵源與創作動機

「諷喻」一詞，根據《漢語大辭典》的解釋爲「用委婉的言語進行勸說」〔註82〕，指向以一種蘊藉迂迴，不坦言直露的語言來進行規勸、譏刺，甚至譴責。它的運用，往往在於諷旨不便明說，或者爲了讓敍述對象更具體與形象化。

1. 諷喻詩之歷史淵源

早於中國最古老之詩歌選集《詩》中，即存有諷喻題材之作。先秦諷喻詩之大量創作，集中於周室敗壞與王道衰微之社會紊亂時期，即於西周末年至平王東遷之際。《詩經・魏風・葛屨》曰：「維是褊心，是以爲刺」〔註83〕，詩篇本身即指出寫詩的動機在於嘲諷譏刺。《大雅》中的《民勞》與《板》，還有《小雅》之《節南山》與《正月》等，皆規諷勸諭統治者，或針砭社會的不平。

至於使用「諷喻」一詞來進行文學評論，濫觴於西漢。漢大家班固於《兩都賦序》裏指出「或以抒下情而通諷喻，或以宣上德以盡忠孝」〔註84〕，又南朝梁人鍾嶸評論左思（253？～305？）的《詠史詩》：「文典以怨，頗爲精切，得諷喻之致」〔註85〕。歷來寫詩以諷喻者固眾多，然而以「諷喻」來作

〔註81〕〔唐〕白居易：《與元九書》，朱金城箋校：《白居易集箋校》，卷四十五，頁2795。

〔註82〕羅竹風主編：《漢語大辭典》，第 11 冊，上海：漢語大詞典出版社，1994 年，頁 349。

〔註83〕〔唐〕孔穎達疏：《毛詩正義》，卷五（五之三），《葛屨》，北京：北京大學出版社，1999 年，頁 363。

〔註84〕〔漢〕班固：《兩都賦序》，〔梁〕蕭統編，〔唐〕李善注：《文選》，卷一，上海：上海古籍出版社，1997 年，頁 3。

〔註85〕〔梁〕鍾嶸著，陳延傑注：《詩品注》，卷上，北京：人民文學出版社，2001

爲詩歌分類之標準，並直接命之爲「諷喻詩」者，則創始自中唐白居易。

社會生活是文學創作之主要泉源。劉勰指出「歌謠文理，與世推移」，又曰：「文變染乎世情，興廢繫乎時序」〔註86〕，該論調揭示所謂文學創作，非全然爲文人孤立與主觀的情感宣洩，而是受所處之時代背景制約。中唐經代、德宗朝之一連串失德敗政後，憲宗甫登基即積極改良政治，實施了一連串的佳措良策，頓時帶給中唐一股「中興」希望。白居易提倡諷喻詩，除了對國家前途一片看好，躍躍上言進諫之外，其中不可忽略因素，是接受了歷來唐執政者重視納諫思想之影響。

武德元年（618），李淵受隋禪即帝位，馬上思索前朝迅速亡國之因，並以隋煬帝杜絕勸諫爲鑒。〔註87〕唐太宗登基後，非常誠懇虛心地聽取重臣如房玄齡、杜如晦（585～630）及魏徵等之告誡。《貞觀政要》一書，共十卷，詳載太宗與重臣相互探尋執治之道，是掌握初唐政治的一部重要且可靠之巨著。該著卷二里的三篇文章，即《任賢》、《求諫》及《納諫》，直接論述太宗之善納諫。

《求諫》篇伊始即指出「太宗威容嚴肅，百僚進見者，皆失其舉措。太宗知其若此，每見人奏事，必假借顏色，冀聞諫諍，知政教得失。」太宗又曾向公卿大夫解釋納諫對國家、人君及爲人臣之重要性，「人欲自照，必須明鏡；主欲知過，必藉忠臣。主若自賢，臣不匡正，欲不危敗，豈可得乎？故君失其國，臣亦不能獨全其家」。〔註88〕太宗「每見人奏事，必假借顏色，冀聞諫諍，知政教得失」〔註89〕，從善如流的問政態度，爲往後樹立良好理政模範。白居易《新樂府》開篇即頌揚太宗功業，其理爲太宗「速在推心置人腹」〔註90〕。君主誠心接納下臣之勸諫，爲君臣之間推心置腹的最具體表現。

年，頁28。

〔註86〕 〔梁〕劉勰：《時序第四十五》，范文瀾注：《文心雕龍注》，卷九，北京：人民文學出版社，2006年，頁671、675。

〔註87〕 《貞觀政要·求諫第四》：貞觀初，（太宗）嘗謂公卿曰：「……至如隋煬帝暴虐，臣下鉗口，卒令不聞其過，遂至滅亡。」參見〔唐〕吳兢著，謝保成集校：《貞觀政要集校》，卷三，北京：中華書局，2003年，頁83。

〔註88〕 〔唐〕吳兢：《貞觀政要·求諫第四》，謝保成集校：《貞觀政要集校》，卷三，頁83。

〔註89〕 〔唐〕吳兢：《貞觀政要·求諫第四》，謝保成集校：《貞觀政要集校》，卷三，頁83。

〔註90〕 〔唐〕白居易：《七德舞》，朱金城箋校：《白居易集箋校》，卷三，頁140。

史載「初，帝（文宗）在藩時，喜讀《貞觀政要》，每見太宗孜孜政道，有意於茲」〔註91〕，足見太宗之治道，已深為後世執政者所追隨。「國家立諫諍之官，開啟沃之路久矣」〔註92〕，納諫似乎已成為有唐之政治傳統。

2. 元、白諷喻詩之創作動機

憲宗初登基，即廣納諫言，急於徵求理國之道，「是時皇帝初即位，宰府有正人，屢降璽書，訪人急病。……上以廣宸聰，副憂勤；次以酬恩獎，塞言責」〔註93〕。元和三年（808），白居易任負責進諫之左拾遺，「身是諫官，手請諫紙，啟奏之外，有可以救濟人病，裨補時闕，而難於指言者，輒詠歌之」〔註94〕，詩人試圖以詩歌來輔佐諫書之不足。白居易更於《策林》裏闢專章討論納諫之重要性，「開獻替啟沃之道，俾乎補察遺闕，輔助聰明」〔註95〕，詩人指出君主納諫乃以天下之耳、目及心識來聽視與思謀，那麼理政時就會「無不聰」、「無不明」與「無不聖神」了。與此同時，詩人亦進一步建議恢復上古立樂府，行「采詩」制，「今欲立采詩之官，開諷刺之道，察其得失之政，通其上下之情。」〔註96〕據此，有學者認為詩人該主張，深切地體現了「唐代君王重視納諫思想在文學理論批評領域的反映」〔註97〕。

諷喻題材之詩作，多為白居易創作於擔任左拾遺一職間。詩人諷喻詩裏的主要組詩，即《新樂府》與《秦中吟》，即分別完成於元和七年前後。白居易諷喻詩，研究者依其內容性質，大體可分五類：對君主的諷諫、對權貴豪近的鞭撻、對黷武開邊及擁兵玩寇的批判、對人民疾苦的深切同情，以及對

〔註91〕〔後晉〕劉昫等撰：《舊唐書》，卷十七下，《文宗本紀論第十七下》，頁580。

〔註92〕〔唐〕白居易：《策林七十·納諫》，朱金城箋校：《白居易集箋校》，卷六十五，頁3552。

〔註93〕〔唐〕白居易：《與元九書》，朱金城箋校：《白居易集箋校》，卷四十五，頁2792。

〔註94〕〔唐〕白居易：《與元九書》，朱金城箋校：《白居易集箋校》，卷四十五，頁2792。

〔註95〕〔唐〕白居易：《策林七十·納諫》，朱金城箋校：《白居易集箋校》，卷六十五，頁3552。

〔註96〕〔唐〕白居易：《策林六十九·采詩》，朱金城箋校：《白居易集箋校》，卷六十五，頁3550。

〔註97〕王運熙、顧易生主編：《中國文學批評通史·三·隋唐五代卷》，上海：上海古籍出版社，1996年，頁387。

婦女命運的關注。〔註98〕要之,前三類可歸之爲上揭之「諷喻規勸」,而後兩者則爲「反映民生」類,該兩大類題材,皆不離詩教主要精神。

士人視詩歌爲諫書,自先秦即已有之,漢則將之載入史冊。漢昭帝(公元前94~公元前74)崩後無子,昭帝侄昌邑王劉賀(生卒年不詳)即位,荒淫無道。王式(生卒年不詳)爲昌邑王師,治事使者責問王式何以無諫書,王式答之「臣以《詩》三百五篇朝夕授王,……臣以三百五篇諫,是以諫書。」使者認爲有理,王式亦因此得減死。〔註99〕又有記載劉賀不行王道,在位時常見不祥物。郎中令龔遂(?~公元前62)乘機進諫「大王誦詩三百五篇,人事浹,王道備,王之所行中詩一篇何等也?」〔註100〕兩史例可以論證漢人已視《詩》等同勸諫之書。白居易非首創,乃復古道也。

二、「新樂府運動」之爭議

元白其中最爲人津津樂道者是他們領導之「新樂府運動」,而最早稱元、白以詩歌進行文學改革爲一場「運動」者,要追溯至民國初之胡適。胡適於《白話文學史》中指出「白居易與元稹都是有意作文學改(革)新運動的人。」〔註101〕學者如斯定位,容易讓人聯繫起他是爲當時之「新文學運動」尋找歷史依據,況且胡適本身作爲該運動主要宣導者,更難逃脫嫌疑。

陳寅恪也使用「新樂府運動」的概念,並將之與「古文運動」匹比。「樂天作新樂府,實擴充當時之古文活動,而推及之於詩歌」,並解釋其爲「以樂府古詩之體,改良當時民俗傳誦之文學」,同時推崇白居易之新樂府爲「洵唐代詩中之鉅製,吾國文學史上之盛業也。」〔註102〕

直至上世紀八十年代中期之前,「新樂府運動」仍舊被學界公認爲中唐一場重要之文學運動。然而,此後的研究者陸續從多角度對之提出質疑。要之,爭論劃分支持與反對兩派。反對者從「新樂府」之詩體區界不明、運動時限過短、參與者稀少、實踐作品份量不足,以及缺乏時人迴響等角度來否定該

〔註98〕蹇長春:《白居易評傳》,南京:南京大學出版社,2002年,頁464~479。

〔註99〕〔漢〕班固著,〔唐〕顏師古注:《漢書》,卷八十八,《儒林傳・王式傳第五十八》,頁3610。

〔註100〕〔漢〕班固著,〔唐〕顏師古注:《漢書》,卷六十三,《武五子傳・昌邑王賀傳第三十三》,頁2766。

〔註101〕胡適:《白話文學史》,合肥:安徽教育出版社,1999年,頁340。

〔註102〕陳寅恪:《元白詩箋證稿》,北京:新華書局,2002年,頁125;121。

場「運動」。〔註103〕

　　當中亦有堅持舊說者。葛曉音認爲由於郭茂倩《樂府詩集‧新樂府辭》與元、白對新樂府之標準不一，引致長久以來學界對「新樂府」之區界不明。葛曉音從新樂府的淵源角度切入探討，認爲新樂府與《詩》之傳統精神，漢魏古樂府以及初唐以來大量創作之新題歌行體中，以「行」、「詞」、「怨」、「曲」，以及三字題爲詩題的興諷作品，彼此在內容與形式上具有相當程度之承傳性，論者稱之爲「廣義的新樂府」，而元和初經李紳、元稹及白居易確立之新樂府，符合諷喻規刺標準，被視爲「狹義的新樂府」。〔註104〕

　　有學者反駁新樂府由於區界不明，否定有新樂府運動之論調，〔註105〕認爲彼此間沒必然或邏輯之關係。〔註106〕此外，也有研究者認爲該運動雖算不上是成熟之文學運動，但它「確實具備了『運動』在目的、進行形式、結果諸方面有較強社會性的基本要素」。元、白以詩歌爲服務社會之工具，揭露時弊、刺痛權貴，深切地「體現了『運動』具有激烈對抗性和鬥爭性的特性」。〔註107〕

　　論者中不乏持修正主義者。王運熙從樣式、參加人員以及影響力等三個角度來探討，認爲新樂府僅是諷喻詩中的一個重要樣式，詩人也透過五言古詩及七言律詩來進行諷喻，與此同時，新樂府亦可以表現非諷喻之思想內容。況且所謂中唐之「新樂府運動」，僅有白居易、元稹及李紳等三人在互相唱酬之活動而已，而張籍與王建只是遙相呼應，未眞正投入。再說其影響力零碎，不似人多勢盛之「古文運動」，據此王運熙主張應更名爲「諷喻詩

〔註103〕主要反對者：1.裴斐：《再論關於元白的評價》，《光明日報》，1985 年 9 月 10 日；2.羅宗強：《因緣集──羅宗強自選集‧「新樂府運動」種種》，天津：南開大學出版社，頁 186～190；3.周明：《論唐代無新樂府運動》，中國唐代文學學會、西北大學中文系、廣西師範大學出版社主編：《唐代文學研究》，桂林：廣西師範大學出版社，1990 年，頁 35～40。

〔註104〕葛曉音：《詩國高潮與盛唐文化‧新樂府的緣起和界定》，北京：北京大學出版社，1998 年，頁 178～196。

〔註105〕周明乃此論調之濫觴，詳參周明：《論唐代無新樂府運動》，中國唐代文學學會、西北大學中文系、廣西師範大學出版社主編：《唐代文學研究》，頁 35～40。

〔註106〕詳參朱炯遠：《論新樂府運動爭議中的幾個問題》，《文藝理論研究》，2000 年 02 期。

〔註107〕劉學忠：《「新樂府運動」辨》，《衡陽師專學報》（社會科學），1995 年第 3 期第 16 卷。

運動」。〔註 108〕

　　「新樂府運動」是一道復合式合成詞，由「新樂府」與「運動」兩個名詞組成。「新樂府」指詩體，其區界歷來紛紛擾擾，筆者認爲以廣、中及狹三層定義來區界大致合理。廣義者乃《樂府詩集》所指之「唐代之新歌」；中義者爲繼承《詩》及漢魏樂府「采詩以諷」、「緣事而發」，同時「即事名篇」之唐代新題樂府。狹義者當指向李紳、元稹及白居易等互相唱和，內容反映民生疾苦，又富諷喻之詩作。〔註 109〕職是之故，新樂府作爲「詩體」是足以成立的，其歧義點僅在於指涉層面之差異而已。

　　本書認爲新樂府成不成一場「運動」，宜先審視「運動」之定義。根據《漢語大辭典》，「運動」一詞有十二解，最貼近者爲「指政治、文化、生產等方面有組織、有目的而規模聲勢較大的群眾性活動」。元、白提倡之新樂府運動，高揭旗幟，動機鮮明。至於說組織或規模聲勢，李紳首作《新題樂府》二十首，元稹和之《和李校書新題樂府十二首》，白居易續之創《新樂府》五十首，所謂「新樂府運動」，僅是三位詩人，八十二首詩作之文人唱酬活動，該談不上什麼大組織或大規模。若加諸張籍與王建參用樂府新舊題之作，以及唐衢（生卒年不詳）、鄧鲂（生卒年不詳）、李余（生卒年不詳）與劉猛（生卒年不詳）等所謂新樂府運動詩派的第三層次，〔註 110〕亦依舊力單勢薄。由此來說，其尚不夠資格被稱爲「運動」。如果堅持該稱號，更大程度胥視論者對「運動」一詞之定義。《唐詩大辭典》則從其創作目的鮮明角度，承認其爲「唐代的詩歌運動」。〔註 111〕故筆者認爲若以後世之「運動」觀念來墨繩之，則大失公允。「新樂府」創作能否成其一場「運動」，僅是一個見仁見智之「概念性」問題。再者，此非本書探討重點，是該繞過的。

　　新樂府之作旨，白居易一早即已表明，「其辭質而徑，欲見之者易喻也；其言直而切，欲聞之者深誡也。……爲君、爲臣、爲民、爲物、爲事而作，

〔註 108〕此論似乎自相矛盾：一方面否定「新樂府」與「運動」，另一方面卻復以「運動」之稱號名之。王運熙：《漢魏六朝唐代文學論叢·諷喻詩與新樂府的關係與區別》（增補本），上海：復旦大學出版社，2002 年，頁 449～457。

〔註 109〕葛曉音將新樂府之界定分廣狹義；劉學忠則分三等，本論採後者。詳見 1.葛曉音：《詩國高潮與盛唐文化·新樂府的緣起和界定》，頁 178～196；2.劉學忠：《「新樂府運動」辨》，《衡陽師專學報》（社會科學），1995 年第 3 期第 16 卷。

〔註 110〕蹇長春：《白居易評傳》，南京：南京大學出版社，2002 年，頁 479～488。

〔註 111〕周勳初主編：《唐詩大辭典》，南京：鳳凰出版社，2003 年，頁 462～463。

不爲文而作也。」〔註112〕諷喻規刺，反映民生等爲白居易創作信念，與詩教強調詩歌俾益教化之主旨契合。「新樂府運動」反對者周明，亦不排斥元、白詩作蘊涵詩教精神，「元稹、白居易的詩歌主張實質上是《詩大序》以來的儒家詩論在中唐這個特定的繼續發展，即主張爲詩教服務，爲補察時政服務」〔註113〕。羅宗強認爲元、白新樂府，從體現民生疾苦的角度來說，具積極意義。〔註114〕元、白百餘首創作，集中關注現實，以及嘲諷規刺，乃是任何學者均無法否認之文學創作傾向。

三、元、白之實踐與詩論

　　白居易諷喻詩共一百七十二首，其中完成於元和七年之《新樂府》，共五十首，高度集中了詩人規諷勸誡意識之作。詩中一面對現實社會作客觀描寫，一面帶出詩人對政治之主觀議論，透露出「救濟人病，裨補時闕」，極度濃厚之詩教意識。

　　陳寅恪指出白居易新樂府之體例，不折不扣地仿擬《詩經》，「樂天新樂府五十首，有總序，即摹毛詩之大序。每篇有一序，即仿毛詩之小序。又取每篇首句爲其題目，即效關雎爲篇名之例」，故推譽其爲一部「唐代詩經」。〔註115〕

　　《新樂府》五十首，爲詩人於元和七年，在長安除左拾遺暨翰林學士時之作。序言明顯表達其作旨，序曰：「凡九千二百五十二言，斷爲五十篇。篇無定句，句無定字，繫於意不繫於文。首句標其目，卒章顯其志，《詩》三百之義也。其辭質而徑，欲見之者易諭也。其言直而切，欲聞之者深誡也。其事核而實，使採之者傳信也。其體順而肆，可以播於樂章歌曲也。總而言之，爲君、爲臣、爲民、爲物、爲事而作，不爲文而作也。」〔註116〕白居易於元和十年發表的《與元九書》中，提及「文章合爲時而著，歌詩合爲事而作」，是該思維之延續。

　　《新樂府》五十首，每首詩前皆附上小序揭明主旨，除第一篇《七德舞》

〔註112〕〔唐〕白居易：《新樂府·序》，朱金城箋校：《白居易集箋校》，卷三，頁136。
〔註113〕周明：《論唐代無新樂府運動》，中國唐代文學學會、西北大學中文系、廣西師範大學出版社主編：《唐代文學研究》，桂林：廣西師範大學出版社，1990年，頁39。
〔註114〕羅宗強：《因緣集──羅宗強自選集·「新樂府運動」種種》，頁188。
〔註115〕陳寅恪：《元白詩箋證稿》，頁124。
〔註116〕〔唐〕白居易：《新樂府·序》，朱金城箋校：《白居易集箋校》，卷三，頁136。

至第九篇《新豐折臂翁》寫太宗及玄宗外，第十篇始至第四十七篇，多反映德宗貞元及憲宗元和初，約三十年間之國事民生，其內容牽涉雖廣泛，可約略歸類爲五大重點。〔註117〕

1. 揭露腐敗與反映民瘼

首先是《新樂府》五十首中，反映及諷刺最多者是權貴奢靡腐敗之生活。始自第八首《胡旋女》〔註118〕暗諷玄宗沉溺楊貴妃，「祿山胡旋迷君眼，兵過黃河疑未反」，詩人就將詩歌當諫書，篇篇嘲諷譏刺，首首貫徹序言揭櫫創作主旨。

《杏爲梁》〔註119〕序曰：「刺居處僭也」。詩歌內容譏刺權貴住宅「高其牆，大其門」，一幢幢均「窮奢極麗越規模」。詩末並以唐初重臣魏徵住宅「屬他人，詔贖賜還五代孫」，作鮮明對比，譴責長安朝貴居處之奢靡僭越。唐人愛賞牡丹，尤以貞元及元和間最盛。《牡丹芳》〔註120〕一詩道盡時人過度迷醉於牡丹，「花開花落二十日，一城之人皆若狂」。詩序雖指「美天子憂農也」，然而該詩卻充滿譏刺貴族奢靡之意。《兩朱閣》〔註121〕亦反映了時人佞佛，廣建佛寺，「不聞歌吹聞鐘磬」。詩人於詩末特指「漸恐人間盡爲寺」，充滿諷意。此外，詩人亦借詠史來反諷執政者或權貴，如《李夫人》一詩〔註122〕諷玄宗貪迷女色，並勸誡「尤物惑人忘不得」，而《草茫茫》〔註123〕一詩，則刺執政者之厚葬〔註124〕。

其次是《新樂府》也多反映了民瘼，《賣炭翁》〔註125〕是典型例子。《賣

〔註117〕五大重點主要參考自王運熙：《漢魏六朝唐代文學論叢・白居易的《新樂府》》（增補本），頁206～215。

〔註118〕〔唐〕白居易：《胡旋女》，朱金城箋校：《白居易集箋校》，卷三，頁161～162。

〔註119〕〔唐〕白居易：《杏爲梁》，朱金城箋校：《白居易集箋校》，卷四，頁243～244。

〔註120〕〔唐〕白居易：《牡丹芳》，朱金城箋校：《白居易集箋校》，卷四，頁218～219。

〔註121〕〔唐〕白居易：《兩朱閣》，朱金城箋校：《白居易集箋校》，卷四，頁208。

〔註122〕〔唐〕白居易：《李夫人》，朱金城箋校：《白居易集箋校》，卷三，頁236～237。

〔註123〕〔唐〕白居易：《草茫茫》，朱金城箋校：《白居易集箋校》，卷三，頁254。

〔註124〕陳寅恪認爲此詩乃泛說，未有確指對象。詳參陳寅恪：《元白詩箋證稿》，頁124。

〔註125〕〔唐〕白居易：《賣炭翁》，朱金城箋校：《白居易集箋校》，卷四，頁227。

炭翁》生動地寫出德宗貞元時期為朝廷採辦之所謂「宮市」，實乃強盜式掠奪人民財產。「一車炭重千餘斤，官使驅將惜不得。半匹紅紗一丈綾，繫向牛頭充炭直」，結果只留下「滿面塵灰煙火色，兩鬢蒼蒼十指黑」及「可憐身上衣正單，心憂炭賤願天寒」之賣炭翁。詩歌反映黎民之無助，直斥橫暴官吏，詩人真正欲譏刺之背後肇禍者，呼之欲出。《新豐折臂翁》〔註126〕則揭露黎民為免作「雲南望鄉鬼」，「夜深不敢使人知，偷將大石鎚折臂」，竟以自殘方式來逃避兵役。詩人「卒章顯其志」，以開元賢相宋璟「不賞邊功防黷武」對比天寶奸臣楊國忠「欲求恩倖立邊功」，該詩旨在於希冀執政者勿窮兵黷武，「戒邊功也」。

　　《杜陵叟》〔註127〕描繪了元和四年（809）長安大旱，農民歉收之苦。「三月無雨旱風起，麥苗不秀多黃死。九月降霜秋早寒，禾穗未熟皆青乾」，遭逢如斯困厄，官吏卻不體恤，「長吏明知不申破，急斂暴徵求考課」，可憐農民需尚應付急斂暴徵，實百上加斤。於是善良之農民不得不控訴，「剝我身上帛，奪我口中粟。虐人害物即豺狼，何必鉤爪鋸牙食人肉？」可現統治者如何魚肉人民。詩人雖於該詩後半道出執政者憐恤老百姓，「帝心惻隱知人弊。白麻紙上書德音，京畿盡放今年稅」，似乎有頌美執政者之意，可是細審詩人的《新樂府》，大部分內容在譏刺與譴責權貴或執政者。

　　《紅線毯》〔註128〕與《繚綾》〔註129〕亦反映勞作人民之辛勤，正如其小序指出「憂蠶桑之費也」及「念女工之勞也」，但詩人背後卻譏諷權貴不憐恤人民辛苦，「一丈毯，千兩絲」及「細絲繰多女手疼，扎扎千聲不盈尺」。「披香殿廣十丈餘」之紅線毯，目的僅是為「美人踏上歌舞來，羅襪繡鞋隨步沒」，而繚綾製成，舞者穿上之春衣雖「一對直千金」，最後下場卻是「汗沾粉污不再著，曳土踏泥無惜心」。致使勞動百姓困苦之禍首，追根究底，前者是「自謂為臣能竭力」，為討好執政者而不惜犧牲黎民之「宣州太守」，後者卻是「昭陽舞人恩正深」，委婉指出由於執政者之恩崇，才有如斯之奢侈浪費。兩詩之

〔註126〕〔唐〕白居易：《新豐折臂翁》，朱金城箋校：《白居易集箋校》，卷三，頁165～166。

〔註127〕〔唐〕白居易：《杜陵叟》，朱金城箋校：《白居易集箋校》，卷四，頁 223～224。

〔註128〕〔唐〕白居易：《紅線毯》，朱金城箋校：《白居易集箋校》，卷四，頁頁 221～222。

〔註129〕〔唐〕白居易：《繚綾》，朱金城箋校：《白居易集箋校》，卷四，頁225。

最終諷旨，爲最高之統治者也。此外，白居易亦有專寫宮女之悲哀者如《上陽白髮人》〔註130〕及《陵園妾》〔註131〕等，礙於篇幅，就不再細剖了。

2. 表達音樂觀點與頌美內容

第三類內容則是詩人借詩表達音樂觀點，該類詩作有《法曲歌》、《立部伎》、《五弦彈》與《華原磬》。除第一篇作旨爲「美列聖正華聲也」〔註 132〕外，其餘皆有所譏刺。《立部伎》〔註133〕：「立部又退何所任？始就樂懸操雅音，雅音替壞一至此，長令爾輩調宮徵」，詩歌譏刺朝廷重外國音樂與俗樂，卻忽視傳統雅樂。《五弦彈》〔註134〕則譏刺時人愛今樂唾棄古雅樂，「人情重今多賤古，古琴有弦人不撫」，故詩序言：「惡鄭之奪雅也」。《華原磬》〔註135〕則雖指「刺樂工非其人也」，詩旨與《五弦彈》卻相類似。詩人欲眞正告知世人者乃「宮懸一聽華原石，君心遂忘封疆臣。果然胡寇從燕起，武臣少肯封疆死。」詩人於詩中解釋「始知樂與時政通，豈聽鏗鏘而已矣？」音樂與理政之道相通論，早於春秋時孔夫子即有「文之以禮樂，亦可以爲成人矣」（14.13）之說，而《禮記·樂記》更直指「聲音之道與政通」〔註136〕，白居易該類詩作表面雖論樂，卻折射了詩人之詩教思想。

「美」與「刺」是詩教的主要內涵。白居易《新樂府》五十首譏刺之餘，亦具頌美，其讚美對象爲居上之執政者。如開章篇《七德舞》〔註137〕，即一一歌頌了太宗的諸多功業，體現了「儒家陳述祖宗功業垂誡子孫的正統思想」〔註138〕。《昆明春水滿》〔註139〕爲對德宗之贊詩。蓋貞元十三年（797），德

〔註130〕〔唐〕白居易：《上陽白髮人》，朱金城箋校：《白居易集箋校》，卷三，頁 156。

〔註131〕〔唐〕白居易：《陵園妾》，朱金城箋校：《白居易集箋校》，卷四，頁 238～239。

〔註132〕〔唐〕白居易：《法曲歌》，朱金城箋校：《白居易集箋校》，卷三，頁 145。

〔註133〕〔唐〕白居易：《立部伎》，朱金城箋校：《白居易集箋校》，卷三，頁頁 150～151。

〔註134〕〔唐〕白居易：《五弦彈》，朱金城箋校：《白居易集箋校》，卷三，頁 188。

〔註135〕〔唐〕白居易：《華原磬》，朱金城箋校：《白居易集箋校》，卷三，頁 153～154。

〔註136〕〔唐〕孔穎達：《禮記正義》，卷三十七，《樂記第十九》，北京：北京大學出版社，1999 年，頁 1077。

〔註137〕〔唐〕白居易：《七德舞》，朱金城箋校：《白居易集箋校》，卷三，頁 140～141。

〔註138〕王運熙：《漢魏六朝唐代文學論叢·白居易的《新樂府》》（增補本），頁 213。

〔註139〕〔唐〕白居易：《昆明春水滿》，朱金城箋校：《白居易集箋校》，卷三，頁 176。

宗命京兆尹修繕漲池，又「詔以昆明近帝城，官家不得收其徵。菰蒲無租魚無稅」，結果「近水之人感君惠」，詩歌謳歌「皇澤如春無不被」。《城鹽州》〔註140〕一詩則曰：「自築鹽州十餘載，左衽氈裘不犯塞」，讚美德宗於貞元九年（793）築鹽州城拒外晦之功。《驪宮高》〔註141〕則贊許憲宗不似玄宗頻頻遊幸驪山之行宮，「吾君修己人不知，不自逸兮不自嬉，吾君愛人人不識，不傷財兮不傷力」，省卻許多人力與財力。此外，上述之《杜陵叟》，亦稱讚憲宗「帝心惻隱知人弊」，體恤百姓，大減租稅。

　　白居易亦多讚美君主任用賢臣之德舉。詩人認為執政者若要治理好國家，必須倚靠良臣之輔弼，此亦為詩人之政治理想。如上文論及的《七德舞》指出「魏徵夢見天子泣，張謹哀聞辰日哭」，以及「剪須燒藥賜功臣，李勣嗚咽思殺身」，體現太宗與賢臣之密切關係。此外，《道州民》〔註142〕一詩揭露明主與賢臣互相配合之實例。元和時，道州多產矮民，「市作矮奴年進送，號為道州任土貢」，致使「不聞使人生別離，老翁哭孫母哭兒」。道州刺史陽城上疏論罷，結果「吾君感悟璽書下，歲貢矮奴宜悉罷」。詩歌一方面讚美了一位體恤百姓之長官，另一方面亦表揚賢明之君主，故詩序稱「美臣遇明主也」。

　　詩教路徑有相對應的兩方面，而下對上則蘊含「美」與「刺」兩道內涵。漢詩有頌贊，亦有譏刺君主，而唐人繼承詩教傳統，卻極力發揮其譏刺弊政精神。白居易之「頌美」，實為唐詩中少見之例。

　　《太行路》〔註143〕則從反面來論及君臣關係。詩人以妻子慘遭丈夫無理拋棄來諷寄執政者不能信用賢臣，「不獨人間夫與妻，近代君臣亦如此」。詩人於詩末寄慨「君不見，左納言，右納史。朝承恩，暮賜死」，道出下臣與君主相處之難，最後更明言「行路難，不在水，不在山；只在人情反復間！」白居易要求執政者信用賢臣，臣亦要盡忠於君主，子曰：「君使臣以禮，臣事君以忠」（3.19）該政治理念與先秦儒家之政治思想完全契合。

　　為此，白居易抨擊居官者不能盡為臣之道，尤以御使及拾遺等身負勸諫之職者。自中唐前期韋應物開啟寓言詩後，唐詩人多以該題材入詩。《秦吉了》

〔註140〕〔唐〕白居易：《城鹽州》，朱金城箋校：《白居易集箋校》，卷三，頁179～180。
〔註141〕〔唐〕白居易：《驪宮高》，朱金城箋校：《白居易集箋校》，卷四，頁頁 202～203。
〔註142〕〔唐〕白居易：《道州民》，朱金城箋校：《白居易集箋校》，卷三，頁183。
〔註143〕〔唐〕白居易：《太行路》，朱金城箋校：《白居易集箋校》，卷三，頁頁170～171。

〔註144〕爲白居易著名之寓言詩作，該詩假借一隻「耳聰心慧舌端巧，鳥語人言無不通」之能言鳥，卻「吾聞鳳凰百鳥主，爾竟不爲鳳凰之前致一言」，諷喻諫官失職，以致冤民無告。白居易頗重視諫官對改革政治之作用，此或許與他曾於元和三年（808）間任右拾遺一職攸關。《新樂府》最末首《采詩官》〔註145〕，則表達了詩人希冀執政者恢復上古採集地方歌謠來瞭解民情之制。詩人認爲君主「欲開壅蔽達人情，先向歌詩求諷刺」。此外，詩人亦譏刺當今朝廷「若求興諭規刺言，萬句千章無一字。不是章句無規刺，漸及朝廷絕諷議」，致使「諍臣杜口爲冗員，諫鼓高懸作虛器」。勸諫路徑阻塞，「上不以詩補察時政，下不以歌泄導人情」，是君臣雙方之責也。〔註146〕

此外，《新樂府》中亦不乏論及唐朝與外族關係，如《西涼伎》及《陰山道》，由於非本書討論重點，宜略過。

四、李紳、張籍及王建對元、白創作「新樂府」之影響

杜甫「即事名篇」，自創了不少新題樂府，往後能夠承續該創作特色者卻絕少。元結爲其中一位佼佼者，可惜創作量不多，且有論者甚至認爲其創作比前者更早，所以未能眞正被視爲杜甫之繼承者。直至貞元末及元和初，幾乎隔了近半個世紀，該以社會現實事件爲題材，反映國事民生爲要之新題樂府，才再度爲詩家拾起，並以雷霆萬鈞之勢迸發。關於杜甫影響了元、白有關教化之詩論及創作《新樂府》，本章第一節已有詳論，茲不重贅。

1. 李紳對元、白之啓迪

李紳早於元、白前，即賦《新題樂府》二十首。元稹在《和李校書新題樂府十二首》序中指出「予友李公垂貺予樂府新題二十首，雅有所謂，不虛爲文，予取其病時之尤急者列而和之，蓋十二而已。」〔註147〕可知元稹之新樂府，居李紳實踐之後，而白居易擴充之。〔註148〕可惜李紳原詩已佚，我們無法一窺其

〔註144〕〔唐〕白居易：《秦吉了》，朱金城箋校：《白居易集箋校》，卷四，頁259～260。

〔註145〕〔唐〕白居易：《采詩官》，朱金城箋校：《白居易集箋校》，卷四，頁263。

〔註146〕〔唐〕白居易：《與元九書》，朱金城箋校：《白居易集箋校》，卷四十五，頁2790。

〔註147〕〔唐〕元稹：《和李校書新題樂府十二首序》，冀勤點校：《元稹集》，卷二十四，頁277。

〔註148〕朱金城：「《新樂府》蓋李紳所首唱，元稹所擇和，居易復擴充之爲五十首，蔚成有唐一代之鉅製。」參見〔唐〕白居易：《新樂府·序》箋，朱金城箋校：《白居易集箋校》，卷三，頁137。

具體內容。元稹論之「雅有所謂，不虛爲文」及「病時之尤急」，可推知其主要內容思想在於直陳時病，契合樂府「緣事而發」以及詩教之經世精神。此外，元稹既「列而和之」，該詩內容，必與李紳的創作具有一定程度的共同點。元稹的《和李校書新題樂府十二首》，計有《上陽白髮人》《華原磬》《五弦彈》《西涼伎》《法曲》《馴犀》《立部伎》《驃國樂》《胡旋女》《蠻子朝》《縛戎人》及《陰山道》，詩序裏有轉述李紳之言。如《陰山道》序曰：「李傳云：元和二年，有詔悉以金銀酬回鶻馬價」〔註149〕，由此可推知李紳反對朝廷耗重資購胡馬，對朝政表達意見；又《立部伎》序曰：「李傳云：太常選坐部伎，無性靈者退入立部伎。又選立部伎，無性靈者退入雅樂部，則雅樂可知矣。李君作歌以諷之」〔註150〕，可推測李紳嘲刺並慨歎雅樂之式微。元稹創作之內容思想，多反映民瘼或對執政者進行譏諷規勸，其中有感歎時人重俗樂胡音，提出要尊雅音正調；有對朝廷處理宮女事進行規勸；也有論及唐邊防與少數民族問題，此均爲當時唐皇朝之困擾。在此同時，白居易《新樂府》五十首，當中十二首均採取與李紳同一詩題，可見李紳對元、白之影響痕跡。

　　元稹的十二首和詩，其中占半數論及對胡樂新聲之不滿，白居易多首《新樂府》亦揭露此課題。先秦儒家重樂教，「治世之音安以樂，其政和；亂世之音怨以怒，其政乖；亡國之音哀以思，其民困」〔註151〕，主張音樂與政治興衰以及道德人心息息相關。當時上至朝廷，下至民間「女爲胡服學胡妝，伎進胡音進胡樂」〔註152〕，到處彌漫胡音胡樂。李紳、元稹及白居易提倡經世文學，自然極度關注該課題。

　　此外，李紳首於詩題上標示「新題樂府」〔註153〕，雖元、白留下之詩文皆未提及該事，但相信對元、白拋捨「沿襲古題，唱和重複」之舊題樂府，開創新題樂府，深具啓迪作用。

2. 張籍與王建對元、白之影響

　　張籍與王建，時人共稱「張、王」或「張、王樂府」，彼此分別創作了四

〔註149〕　〔唐〕元稹：《陰山道序》，冀勤點校：《元稹集》，卷二十四，頁290。
〔註150〕　〔唐〕白居易：《立部伎序》，朱金城箋校：《白居易集箋校》，卷三，頁150。
〔註151〕　〔唐〕孔穎達：《毛詩正義》，卷一（一之一），《詩大序》，頁8。
〔註152〕　〔唐〕元稹：《法曲》，冀勤點校：《元稹集》，卷二十四，頁282。
〔註153〕　〔宋〕郭茂倩引元稹序曰：「李公垂作樂府新題二十篇」。參見〔宋〕郭茂倩編：《樂府詩集》，卷九十六，北京：中華書局，2003年，頁1349。

百多首及五百多首詩歌,一部分創作是以時事爲題材之新樂府,充滿諷喻規勸,以及對社會之關注,顯示詩人美刺政教之思想。張、王之創作高峰比元、白稍早,所以有理由相信元、白從中獲得體會。

白居易曾公開表示十分讚賞張籍富於教化之詩作:「讀君《學仙》詩,可諷放佚君;讀君《董公詩》,可誨貪妄臣;讀君《商女詩》,可感婦仁;讀君《勤齊詩》,可勸薄夫敦」。〔註154〕詩人之述,深切地將張籍詩歌的現實功效突顯出來。姑且不論張籍的詩作是否眞正具有如斯的功效,觀白居易從「可諷」、「可誨」、「可感」,以及「可勸」等角度來解讀,已經足以證明白居易對詩歌經世作用之理解與期待,正契合了詩人早幾年前提出「上以紉王教,系國風,下以存炯戒,通諷喻」〔註155〕之審美取向。可見白居易受到張籍的影響,並進一步地鞏固了其審美主張。不久,白居易遭貶謫,完成其重要文論——《與元九書》。〔註156〕

張、王雖不似元、白般提出鮮明的文學主張,然而分析他們創作之樂府詩歌,與元、白之審美主張大致相符,故可被視爲間接開啓了元、白。例如在譴責執政者大肆搜括佳麗入宮,導致家庭悲劇之詩作裏,彼此即展示了一些共同點。張籍古題樂府《白頭吟》〔註157〕:「請君膝上琴,彈我白頭吟。……宮中爲我起高樓,更開花池種芳樹。春天百草秋始衰,棄我不待白頭時」,詩人寫白頭宮女細數從得幸至失寵之悲慘遭遇。元、白同題之《上陽白髮人》,亦爲假借上陽宮白髮宮女,娓娓地哭訴出其悲涼。三者皆從憐憫宮女的角度出發,並以譴責執政者爲目的。他們的差別僅在於前者以第一人稱,而後者以客觀之第三人角度來敘述而已。

又張籍《涼州詞三首》其三〔註158〕:「邊將皆承主恩澤,無人解道取涼州」,被學者指爲「譏刺時事而意不淺露」〔註159〕,而白居易《西涼伎》〔註160〕:「遺

〔註154〕 〔唐〕白居易:《讀張籍古樂府》,朱金城箋校:《白居易集箋校》,卷一,頁5。
〔註155〕 〔唐〕白居易:《策林第六十八·議文章》,朱金城箋校:《白居易集箋校》,卷六十五,頁3547。
〔註156〕 白居易作《讀張籍古樂府》於元和十年,在長安除太子左贊大夫,而《與元九書》則發表於元和十年七月被貶謫江州,任司馬之後。
〔註157〕 〔唐〕張籍:《白頭吟》,〔宋〕郭茂倩編:《樂府詩集》,卷四十一,頁603。
〔註158〕 〔唐〕張籍:《涼州詞三首》其三,〔宋〕郭茂倩編:《樂府詩集》,卷七十九,頁1118。
〔註159〕 〔明〕黃克纘:《全唐風雅》:「譏刺時事而意不淺露,可以風矣」。轉引自陳伯海:《唐詩匯評》中冊,頁1920。

民腸斷在涼州，將卒相看無意收」，彼此不但意思相同，連語調也相近。上述兩顯例論證元、白對張、王有所接受與承續。張、王留世著作雖不少，但論詩歌成就，尤其是新樂府創作，略遜於元、白，然而他們上承杜甫及元結，下啟元、白，他們成功地扮演了元、白承續杜甫之橋樑角色，卻是無可否認的事實。

五、白居易之直切與儒家權變

　　白居易被晚唐張爲推譽爲「廣大教化主」〔註161〕，突顯出了詩人在推動詩教方面廣泛被接受之特色。元、白樂府詩內容強調裨補時闕的政教功能，已在本章前幾節諸多論述。

1. 語言直切，旨趣顯露

　　至於白居易之詩歌語言，則多顯得淺顯平實〔註162〕，因此詩歌諷喻對象或詩旨往往表達得太過顯露，「其辭質而徑，欲見之者易諭也。其言直而切，欲聞之者深誡也。」〔註163〕缺乏《詩大序》主張譎諫之道，〔註164〕更短少了「溫柔敦厚」之色，似乎去詩教的運用原則遠矣。白居易也瞭解本身之病，他給元稹的《和答詩十首》序中即指出：「……其意太切而理太周。故理太周則辭繁，意太切則言激。……稍刪其繁而晦其義焉。」〔註165〕詩人坦白承認創作的詩句過於繁複表達，以致諷旨盡露，失去詩歌應有的蘊藉。

　　白居易《上陽白髮人》〔註166〕寫上陽宮白髮老宮女之悲境。詩人同情宮女，揭露遴選宮妃制度之不當，同時也刺諷楊貴妃因妒而作孽，然而其詩外之意，實爲指責當時君王玄宗之失德敗政。「臉似芙蓉胸似玉」，二八年華之宮女，卻遭「玄宗末歲初選入」，明確說破作者欲諷喻之對象。宮女本以爲「入內便承恩」，豈料「未容君王得見面，已被楊妃遙側目」，得寵之楊貴妃「妒令潛配上陽宮」，使之「一生遂向空房宿」，從此「一閉上陽多少春」。該詩不

〔註160〕〔唐〕白居易：《西涼伎》，朱金城箋校：《白居易集箋校》，卷四，頁210。
〔註161〕〔唐〕張爲：《詩人主客圖》，〔清〕丁福保輯：《歷代詩話續編》，頁70～72。
〔註162〕《唐詩品彙‧總敘》：「元、白序事，務在分明」。參見〔明〕高棅：《唐詩品彙‧總敘》，上海：上海古籍出版社，1982年，頁9。
〔註163〕〔唐〕白居易：《新樂府‧序》，朱金城箋校：《白居易集箋校》，卷三，頁136。
〔註164〕《詩大序》：「上以風化下，下以風刺上，主文而譎諫，言之者無罪，聞之者足以戒，故曰風。」〔唐〕孔穎達疏：《詩譜序》，《毛詩正義》上冊，頁13。
〔註165〕〔唐〕白居易：《和答詩十首序》，朱金城箋校：《白居易集箋校》，卷二，頁105。
〔註166〕〔唐〕白居易：《上陽白髮人》，朱金城箋校：《白居易集箋校》，卷三，頁156。

做任何委婉曲折之隱諱，直切表達旨趣，揭露控訴對象與鞭斥之事。

《新豐折臂翁》〔註167〕一詩裏，白居易借詩中主人公——新豐斷臂老翁之口，諷喻天寶年間征兵南伐給人民帶來之悲慟。「千萬人行無一回」，唯留「萬人冢上哭呦呦」。詩人於詩歌結尾揭露罪魁禍首是橫蠻跋扈之楊國忠。「老人言，君聽取。君不聞開元宰相宋開府，不賞邊功防黷武；又不聞天寶宰相楊國忠，欲求恩倖立邊功」，白居易將開元賢相宋璟（663～737）之作風與奸相楊國忠做比較，直斥後者之逕自貪求個人勳榮，棄置百姓安危。雖說楊國忠弄權事離白居易已百餘年，但當朝人寫當朝事，直書無諱，畢竟還是相當罕見，大違中國詩歌，甚至中國古代文學作品裏不直接指名道性，講究隱諱之傳統。〔註168〕試比較戰國時忠而被謗之屈原，他的長詩《離騷》，三百七十三行中未見片言隻語提至抒懷或譴責對象；杜甫詩中雖出現「肅宗」或「代宗」，但未曾如斯直斥其非，白居易詩歌之直切表現是前所未見者。此外，該詩歌結尾句，亦顯得詩人表達得過於繁複，欠缺簡練含蓄，袁行霈指出此爲白居易詩歌概念化或公式化之處，是詩人詩歌藝術之缺陷。〔註169〕

毫無疑問，白居易是詩教之忠實信仰者，可是他並非簡單承傳詩教委婉表現手法，「質、直、急、切」爲其毛病，亦爲獨特表現風格。上揭《和答詩十首》序中，詩人自認詩歌之弊病後，卻說「然與足下爲文，所長在於此，所病亦在於此。」看來詩人似乎未眞正視之爲缺點，還自豪地自認爲長處矣。

「非求宮律高，不務文字奇，唯歌生民病，願得天子知」〔註170〕，詩人不追求詩歌宮調旋律或語言形式上之奇僻，只希望能貼切反映民生疾苦，讓居上者得以聞戒，達下流上通之效。白居易《新樂府》五十首，一篇一主題，並於詩題下附記簡略之「詩序」來說明詩歌主旨，如《新豐折臂翁》，曰「戒邊功也」；《上陽白髮人》，曰「憫怨曠也」。其實若無該小序，僅憑其淺白直切之表達手法，相信一般讀者均不難通曉其旨意，不會產生闡釋上之歧義。

〔註167〕〔唐〕白居易：《新豐折臂翁》，朱金城箋校：《白居易集箋校》，卷三，頁165～166。

〔註168〕「教六詩：曰風，曰賦，曰比，……」箋注：「比，見今之失，不敢斥言，取比類以言之」。參見〔漢〕鄭玄箋注：《周禮》，卷第二十三，《春官·大師》，北京：北京大學出版社，1999年，頁610。

〔註169〕袁行霈：《中國詩歌藝術研究·白居易的詩歌主張與詩歌藝術》，北京：北京大學出版社，2002年，頁262。

〔註170〕〔唐〕白居易：《寄唐生》，朱金城箋校：《白居易集箋校》，卷一，頁43。

2. 白居易之權變思想

　　要追問的是白居易爲何選擇該非傳統之表達方式？難道委婉表現手法無法遂其目的嗎？詩人作品頗豐富，卻不曾明確地解釋該點，我們唯有從他創作中仔細抽引推論。詩人曾爲《新樂府》自擬一篇序文以表明作旨，當中可略窺探其語言選擇動機，「其辭直而徑，欲見之者易喻也；其言直而切，欲聞之者深誡也。」〔註171〕詩人認爲採取直切之語言，主要在於讓見聞者，也即是執政者比較「容易」通曉，進而達至美刺勸誡目的。換言之，過於委婉之手法，不易讓人明瞭其旨趣。詩人言下雖沒直接否定傳統「主文而譎諫」或「溫柔敦厚」式之表達，然而其意卻已不言而喻。清人趙翼認爲元、白體較勝於韓、孟之因在於「元、白尚坦易，務言人所共欲言。試平心論之，詩本性情，當以性情爲主。……坦易者多觸景生情，因事起意，眼前景、口頭語，自能沁人心脾，耐人咀嚼」〔註172〕，此言正道出了詩人語言直切所欲達至之藝術效果。

　　劉華民則指出白居易賦諷喻詩，乃出自一種「文體自覺」。該「文體自覺」深刻地體現了三項重點，即是「把官員兼濟天下的政治熱情和詩人『美刺比興』的社會責任感與具有『美刺比興』功能和傳統的《新樂府》很好地結合在一起」。劉華民總結出白居易於《新樂府》表現之「文體自覺」是「特定時期的特殊產物」。論者提出之論據乃居於詩人之作並非皆蘊含諷喻性質，尤其於元和十年遭貶官後，詩人絕少創作諷喻詩，反而集中於「閒適」類作品。〔註173〕

　　從白居易之諷喻詩僅爲其四類詩之一，而且創作時期僅集中在元和初幾年等因素看來，詩人寫諷喻詩的確是審時度勢下，一種靈活性之選擇。但無論如何，該僅能解釋詩人爲何選擇以諷喻方式來表現對黎民之關懷，卻未能解答詩人何以選擇直切之表達手法。

　　明人許學夷頗能體察出白居易「通變」之道，「樂天七言古，《長恨》、《琵琶》，敘事詳明；《新樂府》議論痛快，亦變體也。」〔註174〕「變體」者，指向詩人將傳統隱諱委婉筆法，變易爲直切顯露，意爲詩人深具「復變詩教」

〔註171〕〔唐〕白居易：《新樂府·序》，朱金城箋校：《白居易集箋校》，卷三，頁136。
〔註172〕〔清〕趙翼：《甌北詩話》，卷四，郭紹虞選編：《清詩話續編》上冊，頁1173。
〔註173〕整理自劉華民：《文體選擇與文體自覺——白居易《新樂府》創作之再認識》，《中山大學學報》（社會科學版），2000年第6期第40卷。
〔註174〕〔明〕許學夷：《詩源辯體》，卷二十八，北京；人民文學出版社，1998年，頁274。

之意識。筆者認爲詩人該現象，與論文第四章討論杜甫類似，即是彼此爲達目的而捨棄經道，採取儒家權衡變通之法。簡言之，白居易之直切，是儒家權道於文學上之體現。

白居易雖捨棄隱諱曲折之表達，但詩作仍扣緊一個「諷」字，爲其變化中堅持不變之道。詩人評詩或賦詩，重視「諷」之內涵，「晉宋以還，得者蓋寡……麗則麗矣，吾不知其所諷焉」〔註175〕。探討白居易「諷喻」之背後，與杜甫或元結一樣，深係君主也。沈德潛曾指出「樂天忠君愛國，遇事託諷，與少陵相同」〔註176〕，白居易之忠君思想，無需再多辯解的了。

考察白居易七十餘年之生活，其思想充滿「權變」。葛培嶺於《論白居易思想的權變品格》〔註177〕中有深入闡釋。作者從白居易一生中雖對儒、佛、道三家皆採信，然而卻在信仰中另有變革，論斷詩人思想中蘊含儒家之權道主張。有關白居易之權變思想，將在論文第七章第一節與杜甫一起詳細探討，故此不再深究。

小結

誠如本章開章即明言，要瞭解唐詩對儒家詩教之接受，不得不先瞭解元、白，尤其是後者之詩歌理論與實踐，而要掌握白居易的詩論與創作，就必須先清楚其諷喻詩作，《新樂府》五十首是白居易諷喻詩作之精髓。《新樂府》是白居易詩歌中最能夠集中體現其教化思想之作，詩人繼承傳統詩教中具通變特色。

白居易曾自稱注重諷喻詩作，其《與元九書》裏云：「大丈夫所守者道，所待者時。……古僕志在兼濟，行在獨善。奉而始終之則爲道，言而發明之則爲詩。謂之諷喻詩，兼濟之志也。謂之閒適詩，獨善之義也。故覽僕詩，知僕之道焉」。〔註178〕將「諷喻詩」與奉行之「道」作比勘，詩人之重視諷喻詩可見一斑。雖研究者常舉白居易自元和十年貶江州後，開始轉往「感傷」

〔註175〕〔唐〕白居易：《與元九書》，朱金城箋校：《白居易集箋校》，卷四十五，頁2791。

〔註176〕〔清〕沈德潛：《唐詩別裁》，長沙：嶽麓書社，1998年，頁76。

〔註177〕葛培嶺：《論白居易思想的權變品格》，《唐代文學研究（第十輯）——中國唐代文學學會第十一屆年會暨國際學術討論會論文集》，2002年。

〔註178〕〔唐〕白居易：《與元九書》，朱金城箋校：《白居易集箋校》，卷四十五，頁2794。

或「雜律」詩作發展作爲反對理由，然而百餘首「諷喻詩」之品質，充分支
持論證其詩教思想，至少作爲詩人早年（元和十年前）重要的創作傾向，是
無法推翻之事實。

第六章　晚唐：詩教復變之餘響

　　自文宗大和起，唐國勢日益凋敝，時局也逐漸緊張尖銳。朝廷外有向朝廷攻伐又彼此併吞的藩鎮，宮內復有窮極奢侈兼跋扈弄權之宦官群小，內外夾攻下，引發藩鎮或地方官吏之重徭苛賦，以及土地併吞等一連串弊政。加之晚唐統治者是非顛倒，奢侈無度，無德無能又無權，[註1] 導致天下大亂。大和二年（828），劉蕡（？～842？）於策試賢良中激切痛陳：「今海內困窮，處處流散，饑者不得食，寒者不得衣，……加以國之權柄，專在左右，貪官聚斂以固寵，奸吏因緣而弄法。……官亂人貧，盜賊並起，土崩之勢，憂在旦夕」[註2]。如斯惡劣之局勢延至懿宗咸通年間（860～874），各種社會問題全面激化，史載：「懿、僖以來，王道日失厥序，腐尹塞朝，賢人遁逃，四方豪英，各附所合而奮。……」[註3]，大唐皇朝崩潰在即，大有「山雨欲來風滿樓」[註4] 之勢。學者指出從懿宗開始，進入「唐朝之滅亡期」[註5]，本章從此論述起。

〔註1〕　唐懿宗「削軍賦而飾伽藍，困民財而修淨業，以諫佞爲愛己，謂忠諫爲妖言」，
　　　　參見〔後晉〕劉昫等撰：《舊唐書》，卷二十一，《懿宗本紀第十九上・史臣曰》，
　　　　北京：中華書局，2002年，頁695。

〔註2〕　〔後晉〕劉昫等撰：《舊唐書》，卷一百九十下，《劉蕡列傳第一百四十下》，
　　　　頁5071。

〔註3〕　〔宋〕歐陽修、宋祁：《新唐書》，卷一百八十三，《韓偓列傳第一百八十三・
　　　　贊曰》，頁5390。

〔註4〕　〔唐〕許渾：《咸陽城西樓晚眺》，又作《咸陽城東樓》，〔清〕彭定求等編：《全
　　　　唐詩》，卷五百三十三，北京：中華書局，1999年，頁6130。

〔註5〕　〔英〕崔瑞德：《劍橋中國隋唐史》，第十章，北京：中國社會科學出版社，
　　　　1994年，頁691～803。

第一節　晚唐美刺政教詩的橋頭堡

　　晚唐詩依其詩風,可劃分前後兩期。前期指文宗大和初至宣宗大中末(827
～859);而懿宗咸通至哀帝天祐末(860～907),哀帝下詔「禪位」於朱全忠
(852～912),大唐正式宣告滅亡,乃爲後期。晚唐前期約三十年間,出現了
李商隱與杜牧兩位傑出詩家。「小李、杜」繼盛、中唐之後,再造唐詩之另一
座高鋒,惜兩者詩作較少美刺政教,姑且擱論。該時期亦出現了一些元、白
新樂府詩歌之繼承者,他們同時也是晚唐後期美刺政教詩歌高潮的先聲,這
些詩人包括劉駕(823～871?)、曹鄴(816～875?)及司馬箚(?～?)等,
學者稱之爲「中晚唐之間存在著一根詩歌現實主義的線索」〔註6〕,爲中唐詩
教接受之高潮後,過渡至晚唐後期之中繼與維繫者。該詩人雖詩風樸質,有
揭弊與譏刺內容,可惜存詩不多,且藝術造詣不高,就此略過不究。

　　來至唐朝的最後四十餘年,詩壇約略劃分兩大類詩人群:其一是對時局
及國家前途失望,遁跡深林山水者,詩歌盡顯淡泊閒情與消極避世之意;其
二則爲積極入世,具兼濟天下抱負者。後者在儒家思想薰陶下,內心充滿憂
患意識與社會責任感,促使他們部分的詩歌,尤其是早期之作針對國危時艱,
或直陳時弊,或託物以諷,嘗試以詩歌扶狂瀾於既倒,高度發揮儒家以詩文
干預社會之本色。可惜由於國勢迅速衰朽,騷亂之勢日熾,引致詩人原本悲
愴激切之音,欲中興國家,拯救生民之滿腔熱血,漸轉沖淡冷涼。他們的詩
風逐趨抒寫個人之苦悶與哀愁,或憤慨以至對國家未來絕望悲觀,或著意錘
文鍊字,追求僻澀之詩境,避世心態盡露。皮日休(834?～883?)、陸龜蒙
(?～882?)、羅隱(833～909)、杜荀鶴(846～904)以及聶夷中(837～?)
等皆可歸類爲該典型詩人。無論如何,該群詩人早年之作,的確合力掀起了
晚唐詩教接受的另一個小高潮。

　　皮日休與陸龜蒙爲當中之佼佼者,兩者合稱「皮、陸」〔註7〕。魯迅認爲
皮、陸之小品文「沒有忘記天下」,並譽之爲「一塌糊塗的泥塘裏的光彩和鋒
芒」〔註8〕。皮、陸前期詩作與小品文一樣,亦多蘊涵美刺政教來補時救世之

〔註6〕吳庚舜、董乃斌主編:《唐代文學史》下冊,北京:人民文學出版社,2006
　　　　年,頁412。
〔註7〕皮日休與陸龜蒙生前即享「皮陸」之稱。當時他倆的一位詩友張賁即有詩:《和
　　　　皮陸酒病偶作》,見〔清〕彭定求等編:《全唐詩》,卷六百三十五,頁7285。
〔註8〕魯迅:《南腔北調集・小品文的危機》,北京:人民文學出版社,1991年,頁
　　　　575。

意。本書從皮、陸，兩位濟世之志最熾熱，亦爲文學成就最高者論起，之後再評述羅隱、杜荀鶴及聶夷中等詩家。

一、皮日休：自我反省與實際建議

詩人皮日休（834？～883？），以及與他常詩酒酬唱，並互相推重的詩友——陸龜蒙，被後世視爲晚唐後期詩教之忠實貫徹者。皮、陸的文學主張與早期作品實踐，乃續元、白之後，於唐末咸通年間豎立起的另一座堅固之詩教橋頭堡。傳統詩教培育士大夫感時憂國，履行孟子主張「欲治平天下，當今之世，捨我其誰也？」（2b.13）的社會責任。他們以詩歌爲武器，對亂世敗政進行美刺諷喻。該舉對瀕臨崩潰之大唐帝國來說，深具繫家國興亡於一身之特殊意義。

1. 詩教主張以及對時風之抨擊

皮日休存世作品有詩歌四百餘首，而文章約百篇，依其文風可分前後兩階段。皮日休於咸通七年（866）落第後，退隱壽州，親編《文藪》十卷，其中詩歌僅占一卷，共四十六首，內容多干預社會及反映民瘼，爲前期之作。至於後期則主要指向皮、陸以及與其他詩友於蘇州，互相應酬唱和之近七百首詩作，被輯爲《松陵唱和集》，內容多體現詩人群的隱逸閒適生活，絕少涉及政教風雅，故本書之分析主要聚焦於詩人前期之作。

皮日休於《文藪序》中指出他欲傚仿元結編《文編》的精神來編輯《文藪》。其序曰：

> 賦者，古詩之流也。傷前王太佚，作《憂賦》；慮民道難濟，作《河橋賦》；念下情不達，作《霍山賦》；憫寒士道壅，作《桃花賦》。……
> 其餘碑、銘、贊、頌、論、議、書、序，皆上剝遠非，下補近失，非空言也。較其道，可在古人之後矣。〔註9〕

該序中釋放出詩人兩個重要之文學理念。「賦者，古詩之流也」出自漢人班固的《兩都賦序》，將賦視爲古詩之延續，乃漢儒的文學觀點。皮日休引述此觀點，並創作了《憂賦》等賦篇，體現了他以風雅爲準之復古主義創作傾向。其次是「上剝遠非，下補近失，非空言」之論，說明詩人尚務實，有詩教美刺政教的文學思想。

〔註9〕　〔唐〕皮日休：《皮子文藪序》，上海：上海古籍出版社，1981年，頁2。

皮日休的詩教主張於其代表作《正樂府》十篇之序言裏闡述得更明確。「樂府，蓋古聖王採天下之詩，欲以知國之利病，民之休戚者也。……詩之美也，聞之足以觀乎功；詩之刺也，聞之足以戒乎政。……」〔註10〕序言開章明義地將「樂府」與詩教相繫，強調古之執政者采詩來觀風察俗，以及詩歌具美刺政治之能。將該序言相比於漢儒在《詩大序》中強調之「主文而譎諫，言之者無罪，聞之者足以戒」〔註11〕，其筆調及內涵，似乎沒兩樣。看來詩人似乎將傳統詩教「詩可以觀」及「美刺」等兩道重要內涵，完完本本地繼承了下來。

皮日休一方面提出契合詩教之論，另一方面則對時下流行之樂府詩進行抨擊，該舉與本書前幾章中評述之主張詩教者，如元結及孟郊等詩人如出一轍。《正樂府》序曰：「今之所謂樂府者，唯以魏、晉之侈麗，梁、陳之浮豔，謂之樂府詩，眞不然矣。故常有可悲可懼者，時宣於歌詠，總十篇，故命曰：『正樂府』」〔註12〕。此論一來可察知六朝綺麗華豔之遺風，於晚唐再度復萌，二則可知詩人主張樂府詩不應浮誇豔麗，宜質樸古拙。

羅宗強指出唐朝詩歌發展有兩道軌跡，一從反綺豔走向風骨，然後復歸於綺豔清麗；而另一則從反綺豔走向寫實，並進一步發展至諷喻規勸，最後又復歸於綺豔清麗，並總括唐朝的詩歌思想爲「從反綺豔開始，最後在某種程度上復歸於綺豔」。〔註13〕晚唐時李商隱、溫庭筠，以及稍後之韓偓、吳融與唐彥謙等，創作了不少綺靡豔麗詩歌，蔚爲風氣。皮日休反對時尚，親自創作了語言質樸的十篇《正樂府》，大有以詩歌來矯正視聽，橫制頹波之勢。

皮日休支持詩教的作品內容可約略歸劃兩大類：其一生動地敘述戰爭、征斂及災荒等天災人禍對災黎之施虐摧殘；其次則大肆揭露統治者的黑暗面，詩人或勾勒官吏貪婪濫權嘴臉、直陳官場的傾軋殺戮，或抨擊朝廷遺棄賢才等敗德失政。

2. 亂世之反省

晚唐後期烽火四起，兵燹浩劫頻仍。戰爭爲害黎庶，早爲文人騷客筆下

〔註10〕 〔唐〕皮日休：《皮子文藪》，卷十，《正樂府·序》，頁107。
〔註11〕 〔唐〕孔穎達：《毛詩正義》，卷一（一之一），《詩大序》，北京：北京大學出版社，1999年，頁13。
〔註12〕 〔唐〕皮日休：《皮子文藪》，卷十，《正樂府·序》，頁107。
〔註13〕 羅宗強：《隋唐五代文學思想史·引言》，北京：中華書局，2003年，頁5。

常見題材。咸通七年，皮日休落第後作《三羞詩三首》，組詩其二〔註14〕曰：「昨朝殘卒回，千門萬戶哭。哀聲動閭里，怨氣成山谷」，詩歌代人民對戰爭發出憤怨。詩人又直言不諱地抨擊朝廷窮兵黷武，以及揭露將領靠戰爭大發不義之財，「儒者鬥即退，武者兵則黷。軍庸滿天下，戰將多金玉。刮得齊民瘢，分爲猛士祿」。歷來反映戰亂之詩文屢見，文人或直斥或委婉出之，可惜言者諄諄，聽者藐藐，「聞之者足戒」似乎已成爲儒家一種可望不可及之崇高理想。

可憐處於底下階層之百姓，不僅頻遭人爲之禍害，有時連老天亦未給予憐惜。《三羞詩》其三〔註15〕具體生動地描繪了咸通七年（866），淮西地區發生之旱災及蝗蟲禍害，「父捨其子，夫捐其妻，行哭立丐，朝去夕死」〔註16〕。天災讓人忘卻親情，拋妻別子，流離病喪，慘絕人寰。皮日休以沉重的筆調來渲染遭天災洗劫後之荒景，「荒村墓鳥樹，空屋野花籬。兒童齧草根，依桑空羸羸。斑白死路邊，枕土皆離離」。同時，詩人對比自己山居溫飽之生活，與災黎形成巨大反差，「羞不自容」下立詩寄予苦難中的黎庶深度之同情，並於詩末云：「扶己愧穎民，奚不進德爲？」詩人自我反省後認爲應該努力增進德行。

先秦儒家思想頗強調人類要時時自我解剖反省，檢討自身不足之處。孔子曰：「見賢思齊焉，見不賢而內自省也。」（4.17）孔子弟子曾參（公元前505～公元前432）亦提出有關反省之著名論述：「吾日三省吾身。……」（1.4）孟子更具體指出若遇上一切之不是，首先要反躬自省，好好檢討自己，「愛人不親反其仁，治人不治反其智，禮人不答反其敬。行有不得者，皆反求諸己，其身正而天下歸之。」（4a.4）儒家強調道德之實踐中要時刻反思省察，「君子求諸己」（15.20），唯有通過此才能認識自己，進而提升道德，自我完善人格。皮日休素受儒學之浸熏，以其眞摯之情感，仁民愛物，以及具有強烈之反省意識，才能寫下該首既能體現哀恤黎庶，又能自我反省之作。其實揭開本書評述之唐美刺政教詩，它們皆不同程度地對政治社會進行自我反省，如杜甫、柳宗元與劉禹錫等，只是要似皮日休如此坦然揭櫫於詩句中者較少見而已。

〔註14〕〔唐〕皮日休：《皮子文藪》，卷十，《三羞詩三首》其二，頁102。
〔註15〕〔唐〕皮日休：《皮子文藪》，卷十，《三羞詩三首》其三，頁103。
〔註16〕〔唐〕皮日休：《皮子文藪》，卷十，《三羞詩三首》其三序，頁103。

3. 直陳時病

　　皮日休《正樂府》十篇，集中體現美刺比興之詩歌觀念。《正樂府》第二首《橡媼歎》〔註17〕，是組詩中藝術成就最高者。該詩主要描寫「傴僂黃髮」老婦，遭統治者苛稅剝削之慘狀，以及被逼得靠撿拾橡實維生之坎坷生活。老婦因糧食已被官吏掠奪，逼得於深秋「踐晨霜」，到「榛蕪岡」去拾橡實來充饑。「移時始盈掬，盡日方滿筐」，一把一筐的橡實，得來不易，體現其生存之艱辛。好不容易待至老婦栽種的稻米成熟了，卻一點也不值得欣喜，原來所有收成都要「持之納於官」，反顧老婦卻「私室無倉箱」，且還要遭受無理剝削，「如何一石餘，只作五斗量」。詩人不禁要質疑，難道「狡吏不畏刑，貪官不避贓」嗎？詩歌表達得委婉迂迴，答案卻早已了然於讀者心中。最後，詩人唯有「吁嗟逢橡媼，不覺淚沾裳」，無奈地寄予老婦深切之悲憫。

　　《正樂府》的最末首《哀隴民》〔註18〕，生動描寫了甘肅省東部一帶之百姓，竟然爲了滿足統治者之奢侈玩樂，被迫至「窮危又極險」之山巔去捕抓統治者賞玩的鸚鵡，而不幸喪命之人間悲劇。「百禽不一得，十人九死焉」，意即死者比活抓得來的鳥要來得多。詩人運用了該強烈之對比句，突出了貴賤之間的矛盾衝突，具體與深化了詩歌主題。皮日休於詩中尖銳地質問：「胡爲輕人命，奉此玩好端」，狠狠地鞭笞了統治者草芥人民的殘酷心態。然而處於君權至上之古代社會裏，可憐老百姓又能奈之何？最後，皮日休只好以「吾聞古聖王，珍禽皆捨旃」來進行勸誡。先秦儒家言必稱堯、舜，主張效法上古聖王的言行與制度，詩人依古風，嘗試規勸統治者要效做古聖賢，放棄該踐民之殘酷行徑。

　　與此同時，皮日休亦不忘將譴責之矛頭指向官吏。《正樂府》其三《貪官怨》〔註19〕詩序曰：「國家省闈吏，賞之皆與位。素來不知書，豈能精吏理。大者或宰邑，小者皆蔚吏。」明確了當地告訴讀者該詩之旨趣。詩歌起始即直斥造成貪官濫權之禍首，是省闈吏濫賞官位。省闈中之吏員，包括「不知書」者，一律獲賞官位，造成「愚者若混沌」或「毒者如雄虺」之貪官遍地。詩人亦具體勾勒官差濫權之行徑，「有人自天來，將避荊棘叢。獰呼不覺止，推下蒼黃中」〔註20〕，自京城來的官差竟公然地搶奪路人之馬匹，而藉口竟

〔註17〕　〔唐〕皮日休：《皮子文藪》，卷十，《橡媼歎》，頁108。
〔註18〕　〔唐〕皮日休：《皮子文藪》，卷十，《哀隴民》，頁111。
〔註19〕　〔唐〕皮日休：《皮子文藪》，卷十，《貪官怨》，頁108。
〔註20〕　〔唐〕皮日休：《皮子文藪》，卷十，《路臣恨》，頁109。

為「軍期方似雨，天命正如風」。朝廷濫權官員的醜惡嘴臉，簡直與荒山中剪徑強盜沒兩樣。皮日休語言質樸無華，對欲抨擊之對象或事件，一點也不隱諱留情。此外，詩人還很特殊地，不僅光抨擊選官制度之弊，尚於詩中給予一些富有建設性之建議，「國家選賢良，定制兼拘忌。……何不廣取人？何不廣歷試。」〔註21〕比較本書評述之眾多美刺比興詩，此為特例。

在詩人直訐無諱之詩筆下，官場之互相傾軋殺戮亦一一現形，《三羞詩三首》其一〔註22〕即為實例。詩歌敘述了某位朝廷官吏因言論得罪了權貴，致使「蒼惶出班行，家室不容別。玄鬢行為霜，清淚立成血」，發配南越。詩中雖未表達官吏所犯何罪，但皮日休指出「君臣一看膳，家國共殘殺」，推測所犯者僅為小事，而由此更反射了官場傾軋之嚴重度。

最後，皮日休也抨擊了朝廷捨棄賢才等失當舉措，如《賤貢士》〔註23〕：「南越貢珠璣，西蜀進羅綺。到京未晨旦，一一見天子。如何賢與俊，為貢賤如此」，詩人以朝廷注重各地之貢品對比漠視賢俊之貢士，抨擊統治者貴物賤視人才的態度。詩人於該詩末感歎自己身不逢時，「歎息幾編書，時勢又何異」，詩歌旨趣卻更直訐朝廷之無能。又皮日休《農父謠》（608／7074～7075）〔註24〕曰：「難將一人農，可備十人徵。如何江淮粟，挽漕輸咸京？」詩人借一農夫之口，揭露了所謂「均輸制」之不合理性，間接地批評施政之失當。皮日休於詩末稱讚農父「美哉農父言，何計達王程？」可見詩人著詩來「證王教之所由興廢」，規諷勸諭執政者之動機，無非「覬望自悔其心，更遵正道」〔註25〕，正如詩人於《皮子文藪序》中自認己之各體著作，是「皆上剝遠非，下補近失，非空言也。」〔註26〕

4. 詩教承傳中的三項特點

縱觀之，晚唐皮日休建構之詩教橋頭堡，具有袒露直陳、攻訐弊政中有建議，以及向外美刺之餘，不忘反思等三點特色。

首項特點指向詩人借詩來規諷勸諭，其語言直接，不加隱諱，大有繼承

〔註21〕〔唐〕皮日休：《皮子文藪》，卷十，《貪官怨》，頁108。
〔註22〕〔唐〕皮日休：《皮子文藪》，卷十，《三羞詩三首》其一，頁101。
〔註23〕〔唐〕皮日休：《皮子文藪》，卷十，《賤貢士》，頁109～110。
〔註24〕〔唐〕皮日休：《皮子文藪》，卷十，《農父謠》，頁109。
〔註25〕〔唐〕孔穎達：《毛詩正義》，卷一（一之一），《詩大序》，北京：北京大學出版社，1999年，頁15。
〔註26〕〔唐〕皮日休：《皮子文藪·序》，頁2。

元、白直切特色。清人胡壽芝曾論皮日休的《正樂府》：「雖不及樂天《新樂府》深透沉痛，而指抉利弊，何讓《諷喻》！時無忌諱，乃得此稗世之作。」〔註27〕皮日休詩作沒白居易表現之深邃沉痛，也許是筆力所致，但無庸質疑地，彼此都是唐朝秉直筆之詩教堅實發揚者。詩教接受來至中、晚唐，其旨趣淺露，詩人常勇敢直訐，少做委婉曲折表達。不過話說回來，皮日休非首位背離詩教「溫柔敦厚」者，其袒露直陳，經中唐諸詩人之創作，晚唐時蔚爲風氣，故算不上什麼特別之處。

羅宗強曾舉實例來論證所謂詩人之剝非補失文觀，只是泛泛之言，實乃「空言明道」。〔註28〕上述皮日休於《貪官怨》中提出選官制度之具體建議，可視爲對該指責之一點小反駁，可惜詩人就僅於該詩中如此表現，故嚴格來說無法形成詩人美刺政教之特色。

至於詩中直接體現之反省精神，契合儒家主張之人格理想，表現了詩人崇高品德。一般詩人表現的政治反省，多透過詩歌內容之蘊涵來讓讀者間接體會，而皮日休的《三羞詩》，則直接訴諸出來。不過它的問題亦一樣，詩人之反思僅於一首詩中閃現，所以不適宜視爲眞正擁有的特色，只能指出詩人具些反省意識而已。無論如何，此爲難能可貴之表現，比起其他將亂世民瘼當背景來敘述之作，皮日休哀恤災黎之心顯得眞摯誠懇得多。

二、陸龜蒙：簡單承傳詩教精神

陸龜蒙（？～882？）之早期文學主張與創作，深切地體現出傳統詩教精神，詩人《村夜二首》其一（619／7178）曰：「無名升甲移，有志扶荀孟。守道希昔賢，爲文通古聖」；《村夜》其二（619／7178）則進一步指出「平生守仁義，所疾唯狙詐。上誦周孔書，沉湎至酣藉。啓無致君術？堯舜馳上下。豈無活國方？頗牧齊教化」。該兩首帶有自傳式味道之詩歌，揭示了詩人平生素守儒家之仁義道德，沉浸於儒家典籍，同時也主張詩歌等文章功用，主要在於宣揚儒家推崇古聖賢之思想。詩人雖終其一生未於朝廷裏擔任高職，卻在詩歌中強調自己從政目的有二：一是希望能輔佐國君，俾追隨古聖賢之跡；二是幫忙整頓政教風化，可見詩人實爲晚唐儒家詩教之堅實信仰者。

〔註27〕〔清〕胡壽芝：《東目館詩見》卷一，轉引自陳伯海：《唐詩匯評》下冊，杭州：浙江教育出版社，1996年，頁2707。

〔註28〕羅宗強：《隋唐五代文學思想》，頁249～251。

1. 推崇美刺政教之文學評論

考察與鑒定文人思想歸屬之最佳理據，莫過於依據詩人提出之文學主張、詩文創作，以及對他人文學作品或文風之評論。陸龜蒙之詩文評論，體現出與他的文學主張及創作一致的審美取向。

陸龜蒙不滿南朝大家江淹（444～505）之《青苔賦》，而另作《苔賦》一篇，其序言指江淹之作「盡苔之狀則有之，懲勸之道，雅未聞也，如此則化下風上之旨廢」。〔註29〕詩人認爲江淹的創作局限於窮形盡相地描摹莓苔之情狀，缺乏詩教懲戒勸誡，以及諷上化下之功能內涵。熟悉詩教者應會指出，詩人是以儒家的文學觀角度來審視。江淹乃堂堂一代著名辭賦與駢文大家，《南史·江淹列傳》載：「（江）淹少以文章顯，晚節才思微退」〔註30〕；《詩品》稱江淹「善於摹擬」〔註31〕；而明人胡應麟更美譽之「文通諸擬，乃遠出齊、梁上」〔註32〕。如今在陸龜蒙眼中竟落得此等劣評，姑且擱論其評論之合理性，該判斷體現評論者執詩教一端，態度有欠客觀。

此外，陸龜蒙《和過張祜處士丹陽故居詩並序》（626／7239～7240）裏批評張祜（785？～849？）早年做「宮體小詩」，詩風「豔發」與「輕薄」，後期才「稍窺建安風格，誦樂府錄，知作者本意，短章大篇，往往間出，諫諷怨譎，時與六義相左右」。經由陸龜蒙對張祜從貶低轉至褒揚之評論中，顯示詩人與唐朝其他信仰詩教之前輩如出一轍，推崇建安詩歌，而將齊、梁宮體詩視爲抨擊對象，此深切揭露了詩人支持文學復古，以及詩歌要具有風雅教化之思想。「諫諷怨譎」句，乃化自《詩大序》「主文而譎諫」，同時詩人對張祜之讚美，又再度論證其秉持儒家文學觀之標準。

現代學者王錫九考察了陸龜蒙的詩文集《笠澤叢書》後，指出其詩作具有以下四特點：尊經明道、堅持美刺說、重視反映民瘼之樂府詩論，以及主張質樸自然的詩風等，〔註33〕該特點均指向詩人深受詩教影響。第一點於本節前即論及，以下再逐一分析其餘特點。

〔註29〕 〔唐〕陸龜蒙：《苔賦》，〔清〕董誥等編：《全唐文》，卷八百，北京：中華書局，2001年，頁8392。

〔註30〕 〔唐〕李延壽：《南史》，卷五十九，《江淹列傳第四十九》，北京：中華書局，2002年，頁1451。

〔註31〕 〔梁〕鍾嶸著，陳延傑注：《詩品注》，北京：人民文學出版社，2001年，頁49。

〔註32〕 〔明〕胡應麟：《詩藪》，外編卷二，北京：中華書局，1969年，頁144。

〔註33〕 王錫九：《皮陸詩歌研究》，合肥：安徽大學，2004年，頁315～321。

2. 直斥或委婉之美刺政教詩歌

誠如本書前章之分析，中、晚唐的美刺政教詩已有祖露淺切之趨向，陸龜蒙的詩歌矛頭不乏直斥朝廷。詩人組詩《雜諷》九首，是其直訐時政之代表作。《雜諷》其一及其二（619／7175）強烈地刻畫朝廷官吏之貪婪醜態，「得非佐饗者，齒齒待啜汁？羈維豪傑輩，四駭方少縶」，詩歌諷刺官吏不擇手段地斂財聚富，甚至不顧國家安危，作出放縱叛亂之行徑，而《雜諷》其三、四、六及九則各有所諷。《雜諷》其三（619／7175）譴責朝廷沉溺於享樂，排斥貧賤之士，「只今侯門峻，日掃貧賤跡。朝趨九韶音，暮列五鼎食」；而《雜諷》其四（619／7175～7176）則譏刺朝廷讒邪群小「無木亦無風，笙簧由喜怒」，小人「非是既相參，重瞳亦爲瞽」，其危害如「赤舌可燒城」。《雜諷》其六、其八及其九（619／7176）則分別諷喻朝廷選拔人才常有失誤，以及表達了人才遭埋沒之不滿與憤慨。《雜諷》九首，每一首均對統治者各有所刺，集中發揮了「下以風刺上」之精神。

陸龜蒙《算山》（625／7232）一詩曰：「何如今日家天下，閶闔門臨萬國開」，詩歌譏刺李唐雖家天下，卻未能堅守藩籬，國門反向割據之藩鎮及一些地方叛亂勢力大開。詩人以詩歌爲武器，針砭晚唐紛亂時局。

陸龜蒙又於樂府古題《築城詞》其二（627／7245）指出「莫歎將軍逼，將軍要卻敵。城高功亦高，爾命何勞惜！」詩歌以質直簡樸之語言，直訐將軍爲了個人之建功，不顧屬下死活。自杜甫與元結不留情直訐對象之後，該變革傳統詩教的表達手法，元、白繼之發揚光大。晚唐皮、陸兩者之譏刺政治詩以直露不諱者居多，深承該復變傳統詩教精神，爲直切詩風另釀一個小高潮。

儒家講求仁愛，信仰該思想之詩人，斷不會對處於水深火熱之中的蒼生無動於衷，所以假借詩歌來反映民瘼，亦爲教化詩重要之表現題材。《五歌》五首是陸龜蒙一面歌詠隱居生活，一面寫實民生疾苦之組詩。《五歌》其二《刈穫》（621／7194）曰：「自春徂秋天弗雨，廉廉早稻才遮畝。芒粒稀疏熟更輕，地上禾頭不相拄。」詩歌敘述了大旱災導致農民歉收，百姓疾苦。「古者爲邦須蓄積，魯饑尚責如齊糴。今之爲政異當時，一任流離恣徵索。」詩人將古執政者應付旱災與當今作一強烈對比，直接抨擊如今之執政者不體恤災民，除任由其四處流離外，尙落井下石，乘機勒索。《五歌》五首並序（621／7193）裏詩人自謙詩歌拙劣，「不足稱詠且謠」，而自稱「而歌其事者，非吾而誰？」揭示詩人具有爲勞動者反映生活疾苦之自信。

　　與此同時，陸龜蒙亦有一小些詩作不忘發揮詩教委婉曲折之道。《築城詞》二首其一（627／7245）：「城上一抔土，手中千萬杵。築城畏不堅，堅城在何處？」詩中指出歷來之執政者唯恐城牆不夠牢固結實，只曉得努力修造最堅固的圍牆，然而歷史告訴世人再怎麼堅不可摧之城堡，最終也是要傾倒湮滅。清人范大士（生卒年不詳）指出該詩「諷刺不露」〔註34〕，體會該詩旨，詩人創作目的在於規勸執政者要努力修身養性，促進德行，發揮孟子指出的人人具備之「不忍人之心」（2a.6）。執政者唯有「以不忍人之心，行不忍人之政」（2a.6），輕繇薄役，放棄勞民傷財之修砌城牆活動，那麼「治天下可運之掌上」（2a.6）。「行仁政而王，莫之以御」（2a.1），詩人欲揭示長久維持城池不倒之根本繫於此。該詩除了委婉譏刺敗政外，同時也體現出儒家「仁政王道」之至高政治理想。

　　此外，陸龜蒙之《樵人十詠》，表面雖描繪山中之清幽環境，以及讚頌樵夫生活，但暗地裏卻迂迴地將意見指向時勢，如組詩其五（620／7187）曰：「爭推好林浪，共約歸時節。不似名利途，相期覆車轍」，詩歌前兩句敘述樵夫禮讓好樹林，後兩句則寓意官場為名利，互相傾軋惡鬥。詩人運用妙筆，將譏諷之意從兩者之對比反差中折射出來。

3. 質樸的語言與欠缺通變之詩教承傳

　　從盛、中唐之交的杜甫、元結，再至中唐後期之孟郊、元稹與白居易等所謂推展詩教精神者，幾乎都在不同程度上實踐了古拙直實，以及自然無華之詩風。陸龜蒙詩歌古樸平實，同時亦在言論中不諱言對該詩風之追求。如主要表達作者人生態度之《江湖散人歌》（621／7192）裏，詩人曾這麼自我形容：「手提孤篝曳寒繭，口誦太古滄浪詞。詞云太古萬萬古，民性甚野無風期。」詩歌裏之「野」，即指作風質樸，具不加修飾之氣，詩人明白表達了他對古樸自然之愛尚。又如《二遺詩》（624／7214）裏表示「幸與野人俱散誕，不煩良匠更雕鐫」，筆者認為此為接受儒家主張渾樸高古審美語言影響之必然結果，其因前論已多，且將於下一章另有敘述，此按下不表。

　　總而言之，陸龜蒙雖有繼承傳統詩教之意，然而詩人體現之美刺比興詩歌，卻沒多大特色。或可以說詩人只是在簡單復古詩教，不作任何變通。論詩歌的表達形式，詩人或委婉曲之，或直陳時病，這些前人業經多運用。再

〔註34〕〔清〕范大士：《歷代詩發》，轉引自陳伯海主編：《唐詩匯評》下冊，頁2741。

說詩人表現詩教精神之題材，沿襲舊有，沒什麼開拓性，顯示其創意不高。或指肇因在於詩人未銳意於詩教，而此又或許與其生性攸關。《新唐書》將詩人列入《隱逸傳》，指出他「不喜與流俗交，雖造門不肯見。……時謂『江湖散人』，或號『天隨子』、『甫里先生』。……後以高士召，不至。」〔註35〕所謂『江湖散人』，詩人曾自解「散人者，散誕之人也。心散，意散，形散，神散。既無羈限，爲時之怪民。」〔註36〕可見詩人以疏散自處，積極干政，用世之心僅能維持一時，晚期即隱居松江，過著與詩友飲酒唱和，閒適愜意之生活。

第二節　末代詩人之美刺比興

　　羅隱、聶夷中與杜荀鶴三位是唐皇朝滅亡前才高位卑的詩家，然而卻不失關注國運的熱切。本書將他們擺在一起作一個簡潔明快式之演繹歸納，一方面爲本書「唐詩與儒家詩教」之探討作個有始有終之交代，同時也可藉此觀照末代詩人面臨滅國前，如何以詩教美刺政教精神指導下的創作，努力地爲國家獻出最後一份之努力。

一、羅隱：尖銳潑辣地美刺政教

　　據史載十試不弟的羅隱（833～909），存詩約五百首，文約一百篇。多年科舉蹭蹬之故，詩人詩文多抒發個人官場失意，同時揭露朝廷腐敗，辛文房稱之「詩文凡以譏刺爲主，雖荒祠木偶，莫能免者。」〔註37〕

　　羅隱《謁文宣王廟》（657／7608）一詩曰：「九仞蕭牆推瓦礫，三間茅殿走狐狸。雨淋狀似嗟麟泣，露滴還同歎鳳悲」，該詩爲詩人拜謁孔廟，目睹一片殘破凋敝後，有感儒學乃至國運，竟與該廟宇一樣敗落而作。唐玄宗雖於開元二十七年（739）追封孔子爲「文宣王」，然而統治者表面崇儒，底下通道佞佛，已是公開之事。〔註38〕如今唐末局勢混亂失序，儒道更式微。《代文

〔註35〕〔宋〕歐陽修、宋祁：《新唐書》，卷一百九十六，《陸龜蒙列傳第一百二十一》，頁5613。
〔註36〕〔唐〕陸龜蒙：《江湖散人歌》，〔清〕彭定求等編：《全唐詩》，卷621，頁7192。
〔註37〕〔元〕辛文房著，傅璇琮主編：《唐才子傳校箋》，卷九，北京：中華書局，2002年，頁123。
〔註38〕有關唐之三教思想，已在第三章有詳細闡發，此不贅述。

宣王答》（657／7608～7609）一詩中羅隱竟指「三教之中儒最尊」，又認爲「若教顏閔英靈在，終不羞他李老君」，但詩人欲復興儒道，將「儒」與「道、釋」一較長短之志，看來僅能是詩人之一廂情願而已。

羅隱有少量反映民瘼之寫實詩，其《雪》（659／7626）曰：「盡道豐年瑞，豐年事若何？長安有貧者，爲『瑞』不宜多」。傳統認爲天降「瑞雪」是豐年之佳兆，然而常年失意之詩人，卻從貧困飢寒者之角度觸發思考，認爲所謂「瑞雪」，對貧寒者來說卻爲一場大災害。無論如何，羅隱不似主張美刺教化之先輩，大量創作反映民瘼作品，詩人的創作多集中於攻訐統治者之敗德失政。

《黃河》（655／7589）一詩寫黃河彎曲混濁而具通天之特點，該詩卻有隱喻，譏刺天祐三年（906），朱溫爲爭權，大肆殺戮宰相裴樞等忠臣，以致朝廷混亂失序。又《汴河》（655／7589）一詩，表面譴責隋煬帝窮奢極侈，其實詩人借古諷今，曲指當朝統治者荒淫無道。詩人常發揮該類表面窮形盡相地吟詠客觀事物，內地裏另有所指之作。

「蠻箋象管夜深時，曾賦陳宮第一詩。宴罷風流人不見，廢來蹤跡草應知」（《清溪江令公宅》（656／7601），詩歌表面鞭笞陳後主與江總君臣因荒淫而導致亡國之事，可該詩實欲更進一步規誡唐王朝若未改善，最終將步隨陳之後塵，詩歌有以史爲鑒之意。

清人沈德潛曾讚譽羅隱之《登夏州城樓》爲「唐末昭諫詩，猶棱棱有骨」〔註39〕，其實羅隱之作，更常以尖刻潑辣的語言，極盡其嘲諷之能事。試看詩人這首《感弄猴人賜朱紱》（665／7681）：「十二三年就試期，五湖煙月奈相違。何如買取胡孫弄，一笑君王便著緋」。詩歌以極度尖酸又刻薄之言辭，譏刺唐昭宗於黃巢（？～884）攻入京城，逃難四川時，因愛猴及人，竟輕易賞賜弄猴人五品緋袍。詩人將弄猴人之厚遇，與自己文才兼備，卻屢試不第，作一個鮮明又具諷刺性的反差對比。詩人借詩自憐坎坷仕途，諷刺了執政者之昏庸，同時亦賞了汲汲求取官名者火辣辣的一巴掌。

廣明元年（880），黃巢攻破潼關，唐僖宗（862～888）倉皇出逃四川，詩人賦詩書寫該事。《帝幸蜀》（664／7666）曰：「馬嵬山色翠依依，又見鑾輿幸蜀歸。泉下阿蠻應有語：這回休更怨楊妃。」此詩與上一首內容同爲敘述皇帝的逃難，不過這回的主角換了僖宗。詩歌語言直接爽利，除嘲諷僖宗的狼狽外，更辛辣地譏刺眾人將「安史之亂」之責任錯誤地推至楊貴妃身上。

〔註39〕〔清〕沈德潛：《唐詩別裁集》，長沙：嶽麓書社，1998年，頁367。

羅隱詩作語言多尖銳潑辣，憤世嫉邪態度鮮明，其詩句中不時顯露一股激憤之氣，感染力強烈，可說大違傳統詩教「溫柔敦厚」之道。可是若論詩歌旨趣，羅隱卻不似皮、陸般淺露，直接說破欲嘲刺之事件或對象。

二、聶夷中：鄙俚質樸的政教詩

聶夷中（837～？）出身微寒，「奮身草澤，備嘗辛楚」〔註40〕，雖於咸通十二年（871）中進士，然而時局混亂，執政者無暇處理官位之分配，致使詩人滯留京城良久。後經奔走，方獲得一小小之華陰尉。由於一生坎坷，詩人作品裏多抨擊統治者荒淫無道及對廣大百姓，尤其是農民之災難寄予無限同情。

《全唐詩》存聶夷中詩歌三十二首，除一小部分飲酒遣懷之作外，其餘均體現詩人維護詩教之作。明人胡震亨指出「夷中語尤關教化」〔註41〕，而元人辛文房又稱之「含蓄諷刺，亦有謂焉。古樂府尤得體，皆警省之辭，裨補政治，樂而不淫，哀而不傷，正《國風》之義也」〔註42〕。論者將孔子美譽《詩》具中庸思想之辭，〔註43〕借喻於詩人身上，同時又指其詩作具規諷勸誡，攸關政教風化，契合風雅比興之義，可見研究者心目中，聶夷中是傳統詩教不折不扣的繼承者。

晚唐詩壇風行諷刺詩，聶夷中依隨時尚創作中蘊含不少譏刺的味道。《公子家》（635／7344）一詩曰：「種花滿西園，花發青樓道。花下一禾生，去之爲惡草」，所謂的公子，因不事勞作，以致不辨「禾」與「草」。該詩委婉嘲諷富貴人家養尊處優，不曉得莊稼之艱苦。詩句淺顯平泛，卻蘊含諷意。

聶夷中《公子行》二首（636／7348），極盡嘲諷之本事。「漢代多豪族，恩深益驕逸。走馬踏殺人，街吏不敢詰。」鑒於唐詩多以漢喻唐，該詩可理解爲詩人直斥當時豪族之驕橫跋扈作風，連公差亦無法奈之何。聶夷中又於詩中進一步迂迴地譏刺這些貴族：「一行書不讀，身封萬戶侯」，攻訐該社會怪象。讀者若追問到底是誰胡亂封賜該目不識丁之公侯？答案即呼之欲出，詩人真正欲嘲刺的對象爲執政者也。

〔註40〕 〔元〕辛文房著，傅璇琮主編：《唐才子傳校箋》，卷九，《聶夷中》，北京：中華書局，2002年，頁12。
〔註41〕 〔明〕胡震亨：《唐音癸籤》，卷八，《評匯四》，上海：上海古籍出版社，1981年，頁78。
〔註42〕 〔元〕辛文房著，傅璇琮主編：《唐才子傳校箋》，卷九，《聶夷中》，頁12。
〔註43〕 「關雎，樂而不淫，哀而不傷。」（3.20）。

　　聶夷中《田家二首》其一（636／7351）：「六月禾未秀，官家已修倉」。官家修倉，絕非體恤稼穡艱辛，實乃準備奪取農家辛勤之收成。詩人借詩揭露居上者不顧黎庶之猙獰面貌。沈德潛解讀該詩時指出「唐時尚有采詩之役，故詩家每陳下民苦情」〔註44〕。采詩觀風，裨補政教之說爲儒家理想之仁政。元和二年（806），白居易於其《進士策問五道》中即倡議居上者「遣觀風之使，復采詩之官」〔註45〕，可惜美刺政教詩歌貫徹整個唐朝，卻未見任何皇帝「恢復」設置采詩官一職，不曉得沈德潛該說據何而來。

　　聶夷中《詠田家》（636／7347）亦爲悲憫農家之作。該詩斥責官吏橫征暴斂，農民「二月賣新絲，五月糶新穀。醫得眼前瘡，剜卻心頭肉」，忍痛廉價預售蠶絲與穀糧，然而最後還是得在不堪重重剝削下，逼得捨棄家園，四處流亡。作者唯有於詩歌結束前衷心祈願「我願君王心，化作光明燭。不照綺羅筵，只照逃亡屋」，顯示詩人嘗試借詩來規勸統治者，關注苛捐雜稅，以及農民土地遭受兼併等帶來之嚴重社會問題。史載五代十國中執政比較清明，革除不少時弊之後唐明宗（867～933），曾於天成四年（929）問宰相馮道（882～954）攸關豐凶年之稼穡事，宰相推薦聶夷中《詠田家》一詩，並曰：「語雖鄙俚，曲盡田家之情狀」，結果「上悅，命左右錄其詩，常諷誦之」。〔註46〕史書此載大有恢復上古執政者采詩以「觀風俗，知得失，自考正」〔註47〕之餘風，論證詩教之「詩可以觀」乃確切可以實踐之道。

　　總之，聶夷中堅守詩教傳統，鄙俚質樸之語言表達中，委婉地美刺政教。

三、杜荀鶴：爲詩愁苦，悉干教化

　　唐末詩人杜荀鶴（846～904），今存詩三百二十六首。詩人於《自敘》一詩中稱己「詩旨未能忘救物」（692／8043），主張詩文創作「言論關時務，篇章見國風」（《秋日山中寄李處士》691／8009），並自認「吾宗不謁謁詩宗，常仰門風繼國風」（《投從叔補闕》692／8019）。景福元年（892），太常博士顧雲（？～894？）於《杜荀鶴集序》中指出詩人之詩歌「能使貪吏廉，邪臣

〔註44〕　〔清〕沈德潛：《唐詩別裁集》，長沙：嶽麓書社，1998年，頁103。
〔註45〕　〔唐〕白居易：《進士策問五道·第三道》，朱金城箋校：《白居易集箋校》，卷四十七，上海：上海古籍出版社，2003年，頁2865。
〔註46〕　〔宋〕司馬光：《資治通鑑》，卷二百七十六，《後唐紀五》，頁9032。
〔註47〕　〔漢〕班固：《漢書》，卷三十，《藝文志第十》，北京：中華書局，2002年，頁1708。

正，父慈子孝，兄良弟悌，人倫之紀備矣。」〔註48〕此論與《詩大序》「經夫婦，成孝敬，厚人倫，美教化，移風俗」之基本內涵相近，可見時人眼中的杜荀鶴詩歌深具風雅教化之功能。

杜荀鶴晚年投靠朱溫，詩風大變，「頓移教化之詞，壯志清名，中道而廢。」〔註49〕研究者往往以此爲詩人詩風之分界線，將此後之詩文歸爲詩人創作後期，並貶責其爲「衰落」期。〔註50〕但無論如何，詩人早期寫詩反對苛稅重徭、抨擊藩鎮叛亂、揭露貪官污吏，甚至統治者之黑暗面，「爲詩愁苦，悉干教化」〔註51〕，貫徹的正是傳統詩教思想。

杜荀鶴早期哀恤民瘼，尤其集中關注農民莊稼事之作頗多，本書列舉一、二來評述。

> 八十衰翁住破村，村中何事不傷魂！
>
> 因供寨木無桑柘，爲點鄉兵絕子孫。
>
> 還似平寧徵賦稅，未曾州縣略安存。
>
> 至今雞犬皆星散，日暮西山獨倚門（《亂後逢村叟》692／8026）

詩人以八十衰翁之口吻，訴出農村因戰亂而導致「無桑柘」及「絕子孫」，雞犬四散，到處一片零落。詩歌具體刻劃出一幅民生凋敝之殘景，詩人質樸又不失流暢的語言中，抨擊藩鎮叛亂，以及居上者之失政。

《山中寡婦》（692／8025）是杜荀鶴之傑作，詩歌主要反映苛捐雜稅逼人，取材雖是文人筆下之老課題，詩人卻表達得委婉有致，叫人閱之惻然。

> 夫因兵死守蓬茅，麻衣衫鬢髮焦。
>
> 桑柘廢來猶納稅，田園荒後尚征苗。
>
> 時挑野菜和根煮，旋斫生柴帶葉燒。
>
> 任是深山更深處，也應無計避征徭。

詩歌生動地描繪了一位寡婦因丈夫戰死，孤苦無依，田園荒廢，逼迫下唯有遠避深山，過著居茅廬、著麻衣、坎柴及摘野菜之艱辛生活。即便如此，寡

〔註48〕〔唐〕顧云：《杜荀鶴集序》，轉引自胡嗣坤、羅琴：《杜荀鶴及其〈唐風集〉研究》，頁12。

〔註49〕〔五代〕何光遠：《鑒戒錄》，轉引自胡嗣坤、羅琴：《杜荀鶴及其〈唐風集〉研究》，成都：巴蜀書社，2005年，頁382。

〔註50〕吳庚舜、董乃斌主編：《唐代文學史》上冊，頁457。

〔註51〕〔五代〕何光遠：《鑒戒錄》，轉引自胡嗣坤、羅琴：《杜荀鶴及其〈唐風集〉研究》，頁382。

婦尚逃不過朝廷之課稅。詩歌具體地反映了唐末繁重的賦稅與徭役，無所不在，叫人無計亦無處可逃避，直接給無良之暴政者迎頭重擊。宋人蔡正孫指出「備言民生之憔悴，國政之煩苛，可謂曲盡其情矣。採民風者觀之，其能動心否乎？」〔註 52〕論者意思是該詩是否足以「證王教之所由興廢」，讓居上者「知得失」？答案史無所載，但歷史告訴我們唐末之苛賦重徭，只有日益加劇，沒有任何消減，執政者執迷不悟，痛苦者唯有老百姓。看來詩歌寫得再如何動人亦爲徒然矣。

五代何光遠（生卒年不詳）的《鑒戒錄》指《亂後逢村叟》與《山中寡婦》是杜荀鶴早期屢試不第後遊大梁，上獻朱溫《時世行十首》中之兩首。詩人動機在於勸告對方「省徭役、薄賦斂」，結果「不洽上意，遂不見遇」。〔註 53〕杜荀鶴詩歌寫實，卻不獲接納。此後杜荀鶴轉寫一些專歌功頌德之詩，遂取悅朱溫。野心勃勃，準備篡位之朱溫爲何不接納該類美刺政教詩作是可以理解，而杜荀鶴首次獻詩之目的也很了然，詩人是抱持欲「聞之者足戒」之心理，嘗試復古詩教，恢復采詩觀俗之功。

由盛、中唐之際杜甫之「憂黎元」〔註 54〕、元結的「救時勸俗」〔註 55〕，至元和時期柳宗元主張「輔時及物」〔註 56〕、白居易強調「唯歌生民病」〔註 57〕，再至皮日休的「剝非」與「補失」〔註 58〕，以及杜荀鶴之「救物」（692／8043），彼此一脈相承，堅持詩歌反映民瘼，有補於政教之信念，承傳美刺政教之詩教傳統。這些詩人之創作深切體現了憂國憂民意識，而背後支持者無他，乃是儒家積極入世與仁民愛物之精神。

按元、白至皮、陸直接說破詩歌旨趣的藝術形式，美刺政教詩似乎有脫

〔註 52〕〔宋〕蔡正孫：《詩林廣記》卷九，轉引自胡嗣坤、羅琴：《杜荀鶴及其〈唐風集〉研究》，頁 143。

〔註 53〕〔五代〕何光遠：《鑒戒錄》，轉引自胡嗣坤、羅琴：《杜荀鶴及其〈唐風集〉研究》頁 382。

〔註 54〕〔唐〕杜甫：《自京赴奉先詠懷五百字》，〔清〕仇兆鼇注：《杜詩詳注》，卷四，北京：中華書局，1999 年，頁 265。

〔註 55〕〔唐〕元結：《文編序》，孫望校：《元次山集》，卷十，北京：中華書局，1960 年，頁 154。

〔註 56〕〔唐〕柳宗元：《答吳武陵論〈非國語〉書》，〔清〕董誥等編：《全唐文》，卷五七四，北京：中華書局，2001 年，頁 5801。

〔註 57〕〔唐〕白居易：《寄唐生》，朱金城箋校：《白居易集箋校》，卷一，上海：上海古籍出版社，2003 年，頁 43。

〔註 58〕〔唐〕皮日休：《皮子文藪序》，上海：上海古籍出版社，1981 年，頁 2。

離傳統詩教之跡象，往袒露直訐路線發展。唐末聶夷中與杜荀鶴的詩歌語言基本上皆屬質直簡樸，詩歌的表面意思讀來還清楚，不太迂迴含蓄，然而他們詩歌的眞正旨趣卻非那麼直接，不似元、白、皮、陸般意切言激，看來末代詩人創作似乎有意向傳統詩教靠攏，具回歸之意。

羅隱詩歌不時呈露尖刻潑辣語調，歷來論者多指其不合傳統詩教「溫柔敦厚」之道，正如《唐音審體》曰：「然唐人蘊藉婉約之風，至昭諫（羅隱）而盡；宋人淺露叫囂之習，至昭諫而開。」〔註59〕本書分析之實例頗能體現該現象。

無論如何，末代三位詩人美刺政教的詩歌題材與表現手法，延續傳統，復古詩教中沒多大開拓性。詩人之努力，對垂危之皇朝，已經起不了什麼作用，可他們依然堅持關注社會，揭露時弊，深護傳統詩教之精神。

〔註59〕〔清〕錢良擇：《唐音審體》，轉引自陳伯海：《唐詩匯評》下冊，杭州：浙江教育出版社，1996年，頁2801。

第七章　儒家詩教影響下的唐代詩歌

　　本書自第二章始，考察了初唐至晚唐廿八位詩人的美刺比興詩作。若論詩歌的審美藝術，這些詩人各具特色，有者甚至自成一家。歷代研究者往往依據他們的詩歌藝術特色，或內容題材，冠以淺切、險怪、山水田園，抑或邊塞詩派之名，絕少從詩歌之內在思想著眼，把受詩教精神影響者稱爲「美刺比興詩派」。若論詩人的作品風貌，固然無法擺脫政治社會等客觀因素的牽制，但筆者認爲思想精神主導創作，而傳統詩教精神即是變易唐詩風的主因之一。

　　本章分兩大節來論述。第一節含蓋三個部分，全面討論唐詩風貌與儒家詩教之間的關係。首部分先廓清「文學復古論」與「儒學」之瓜葛，然後再進一步探索文學「復古」與「通變」的內涵。筆者認爲文學復古論與儒學關係密切，而文學復古論往往非單純地提出，它常蘊含著革新，形成文學「復變」的特色。唐詩對詩教之接受，有簡單地復古，也有通變的成分，故本書稱之爲「詩教復變」。

　　筆者簡略綜合全唐詩對詩教之接受，探索唐人對傳統詩教之復變，嘗試整理出「唐詩」與「詩教復變」之風貌。最後，再回探「文學復古論」與「儒學」之間的關係，對照「儒家權變」觀與「詩教復變」，指出它們之間的互融共通處，以及前者對後者之影響。

　　本章第二節則論述「詩教復變」給唐詩發展帶來的三項利弊。本章作爲論文末章，亦可被視爲論文之總結。

第一節　詩教復變與唐詩風貌

攤開一部唐詩發展史，發覺它與「復古」脫離不了關係。從初唐貞觀君臣復古文學提倡，至晚唐詩人回歸詩教，唐詩中處處蘊含復古以與通變之觀念。董乃斌主編的《中國文學史學史》裏指出，隋唐五代的文學史觀經歷了隋及初唐之「寓變於復」，盛唐之「質文半取」，再至中唐的「意古而詞新」，以及晚唐五代之「通變」觀等幾個發展階段，〔註1〕可見唐朝兩百八十餘年間，充滿了復古與通變的思潮。

陳伯海則從宏觀的角度來俯瞰中國詩史觀，指出中國詩歌經歷了「風雅正變」、「質文代變」以及「詩體正變」等三大衍化。〔註2〕其中「質文代變」，指向漢魏至唐朝對詩文重視內容或崇尚形式之爭論，而其提倡文學作品質樸無華之「質」，帶有復歸第一階段的風雅比興之意。

一、文學復古論與詩教復變

中國文學發展史中，「文學復古論」乃常象。漢人的復古主張不明顯，晉人摯虞的《文章流別論》，則以強烈的厚古薄今觀念來評論各類文體之演變，如論詩歌發展，「古詩率以四言爲體……然則雅音之韻，四言爲正，其餘雖備曲折之體，而非音之正也。」〔註3〕論者崇尚以四言體爲主之《詩》，視爲雅音或正音，議論中蘊含恢復上古之意。梁人劉勰於《文心雕龍》裏提出的主要命題之一即是文學復古；中唐古文運動推展向先秦或兩漢文學習；明前後七子、胡應麟、許學夷及胡震亨等文士提倡的復古詩論，更已成爲明文學之主流。

「復古」改革大旗之祭出，往往在於時代忽視內容思想，文學過於追求形式。如劉勰指責齊、梁文壇尚「競今疏古」〔註4〕，所逐之「新」，不過是「儷採百字之偶，爭價一句之奇，情必極貌以寫物，辭必窮力而追新」〔註5〕，

〔註1〕董乃斌、陳伯海等主編：《中國文學史學史》，第一卷，《第一編・第三章・傳統文學史的初步綜合》，天津：河北人民出版社，2003年，頁210～272。

〔註2〕陳伯海：《中國詩學之現代觀》，下編，《釋「詩體正變」——中國詩學之詩史觀》，上海：上海古籍出版社，2006年，頁371。

〔註3〕〔晉〕摯虞：《文章流別論》，郭紹虞主編：《中國歷代文論選》，第一冊，上海：上海古籍出版社，2005年，頁191。

〔註4〕〔梁〕劉勰：《文心雕龍》，卷六，《通變第二十九》，范文瀾注：《文心雕龍注》，北京：人民文學出版社，2006年，頁520。

〔註5〕〔梁〕劉勰：《文心雕龍》，卷二，《明詩第六》，范文瀾注：《文心雕龍注》，

雕章琢句，刻意爲詩，以文辭爲務。「宋初訛而新」〔註6〕，劉勰歸咎於文人不知「建言修辭，鮮克宗經」〔註7〕，所以宣導「矯訛翻淺，還宗經誥」〔註8〕，以古制新。此外，明前七子李夢陽與何景明等，則以「復古」爲武器，對抗文風綺靡之「太閣體」。這些都論證了文學復古之倡，衝著文勝於質而來。

1. 文學復古與儒學之關係

　　詩、文是復古文學論者推崇之文類，而儒家主張的政教文學已成復古的主要內涵。「文學復古」與「儒家思想」，關係密切，可從以下三方面來分析。

　　首先在於文學復古論之淵源。歷來該論雖屢出不窮，然而若要眞正去追索其創始者，倒非易事。子曰：「周監於二代，郁郁乎文哉，吾從周」（3.14），又曰：「甚矣吾衰也！久矣吾不復夢見周公。」（7.5）孔子認爲古聖王治理之天下，充滿良好秩序、禮樂和諧、以及美好的道德意識，所以視之爲效法良模。孔子的主張爲復古論之最早可溯源者，我們可視之爲文化，乃至於文學復古論的濫觴。由於提出者爲儒家創始人孔子，因此似乎注定文學復古論一早就與儒家思想攀上了關係。其實中國文學與儒學並沒有什麼天然的關係，《詩》顯示中國古典詩歌，早於孔子前已高度發展，其四言詩體爲公認的成熟之作〔註9〕。然而自從孔子將《詩》施之於教，詩教重規諷美刺，強調詩歌的社會功能後，儒家詩教已成中國詩學之主流話語，深刻地烙印於歷代文士腦海。《詩》彷彿已成爲儒家專屬，所以文學復古論就很自然而然地與孔子詩論扯上了關係。

　　其次是儒家崇古精神之影響。子曰：「述而不作，信而好古」（7.1），體現了孔子追復古代之精神。孔子一方面尚古，同時又對時人作出諸多批評，如「古者言之不出，恥躬之不逮也」〔註10〕（4.22），又指責「古之學者爲己，今之學者爲人」（14.25）。此外，言必稱古聖王堯、舜之孟子，抨擊當時權貴

頁 67。

〔註 6〕　〔梁〕劉勰：《文心雕龍》，卷六，《通變第二十九》，范文瀾注：《文心雕龍注》，頁 520。

〔註 7〕　〔梁〕劉勰：《文心雕龍》，卷一，《宗經第三》，范文瀾注：《文心雕龍注》，頁 23。

〔註 8〕　〔梁〕劉勰：《文心雕龍》，卷六，《通變第二十九》，范文瀾注：《文心雕龍注》，頁 520。

〔註 9〕　章太炎：「《三百篇》者，四言之至也。」參見章太炎：《國故論衡·辨詩》，中卷，上海：上海古籍出版社，2006 年，頁 72。

〔註10〕　（4.22）下朱熹注釋：「言古者，以見今之不然。」

之諸種惡狀，而認爲自己若得志，則皆所不爲，因爲「在我者，古之制也。」
（7b.24）言論充分體現先秦儒學強烈之貴古賤今觀念。「古」與「今」相較，
先儒堅持前者，因貴古所以賤今，而因賤今所以提倡復古。儒學爲中國文化
思想的主流，影響中國文人深遠，故儒家的崇古賤今觀，不時浮現於歷代有
志革新文風者。論文前幾章評述初唐及中唐詩人提倡復古，並抨擊時風，他
們均在不同程度上，接受了儒家崇古之影響。

　　最後一項因素是儒家「重質輕文」論之審美傾向，導致它與復古主張緊
密聯繫。孔子雖有「質勝文則野，文勝質則史。文質彬彬，然後君子」（6.16）
之說，但「文」與「質」兩者若無法並舉，孔子主張捨「文」就「質」，正如
子曰：「先進於禮樂，野人也；後進於禮樂，君子也。如用之，則吾從先進。」
（11.1）而孔門四教「文、行、忠、行」（7.24）中，後三者牽涉個人之道德修
爲。此外，孔子比較評論舜樂與周武王之樂時，認爲《韶》盡善盡美，而批
評《武》「盡美矣，未盡善也」〔註11〕，顯示孔子注重內容道德意識多於文學
藝術形式。「質」爲內容之尙質樸，而它往往指向符合儒學之道德尺規，所以
儒家傳統復古論，常以「言之有物」爲出發點，強調文學的社會寫實功能，
以及美刺政教之作用，展現其道德教化之力量。他們不太關心詩歌之自然演
進，排斥尙文華，徒具審美特徵，而內容貧乏，尤其是匱乏道德意識之作。
據此難怪乎歷代的復古論者，往往向儒學靠攏，因彼此的理念相契合之故。
強調文學復古之劉勰，即指出文學應往「恒久之至道，不刊之鴻教」之「宗
經」路線發展，認爲「經」有六義，乃「群言之祖」也。〔註12〕

　　雖道、釋對復古也有不同程度地表述，然而無可否認儒學畢竟爲中國文
化思潮的主流，影響面既廣且深。本書論述焦點之唐朝，雖有儒、釋、道三
教融一之特色，可絕大部分的詩人自小接受儒學之浸熏。孫昌武即指出唐士
大夫階層，主要在儒家學術和思想傳統中培養起來，〔註13〕所以「文學復古
論」與「儒學」自然地關係密切，而作爲儒學於文學具體表現之「儒家詩教」，
就毫無疑問地列入爲復古文學中重要之一環。

〔註11〕孔子：《論語・八佾第三》，〔宋〕朱熹：《四書章句集注》，北京：中華書局，
　　　　頁69。
〔註12〕〔梁〕劉勰：《文心雕龍》，卷一，《宗經第三》，范文瀾注：《文心雕龍注》，
　　　　頁21。
〔註13〕孫昌武：《道教與唐代文學》，北京：人民文學出版社，2001年，頁472。

2. 文學復古與通變

提起文學復古，很容易讓人想起臨摹與複製、因襲守舊或倒退之文學觀。歷來學者頗多集矢於文學復古與通變。筆者認為劉勰體大慮精的《文心雕龍》，早把該疑慮解釋得很清楚，故借之來說明。

劉勰《文心雕龍》之《原道》《徵聖》《宗經》與《通變》等篇，反復揭示要向聖人學習，宗法經典之文學主張。作者的目的在於「矯訛翻淺」，試圖改變「魏晉淺而綺，宋初訛而新」〔註14〕之歪風。此外，作者也指出了文學具有它的歷史傳統，發展文學之餘，也應照顧其延續性，不可隨意切割。換言之，作者傳達了文學承傳之重要性。

「文體有常」，劉勰於《通變》開篇即指文章有一定的體裁形式。「凡詩賦書記，名理相因，此有常之體也」〔註15〕，來自同一源頭之文體，其名稱乃至創作規格，互相承傳，具一定之共通性。由此來推論，後代衍生的許多不同文學體制，都有一定的源頭，所以作者指出「《古》《論》《說》《辭》《序》，則《易》統其首；《詔》《策》《章》《奏》，則《書》發其源；《賦》《頌》《歌》《贊》，則《詩》立其本；……。」〔註16〕據此，作者主張文學「體必資於故實」〔註17〕，創作須借鑑過往作品，所以就產生了「復古」之議。

劉勰宣示「文體有常」後，馬上接言：「變文之數無方」。「變文」指何？作者指出「文辭氣力，通變則久，此無方之數也。」同時又表示「通變無方，數必酌於新聲」。「變文」指向文辭的氣勢與力量，它們要能「通變」才能久傳，而該通變變易無窮，所以有必要參酌當世新作，從時代風氣中汲取營養。

馬茂元曾給「通變」下過精要之詮釋：「就其不變的實質而言則為『通』；就其日新月異的現象而言則為『變』」〔註18〕。「不變的實質」指向同源頭之文體，不管何時，或衍生為任何體裁，它們依然保持一定的規矩法度與精神

〔註14〕　〔梁〕劉勰：《文心雕龍》，卷六，《通變第二十九》，范文瀾注：《文心雕龍注》，頁 520。

〔註15〕　〔梁〕劉勰：《文心雕龍》，卷六，《通變第二十九》，范文瀾注：《文心雕龍注》，頁 519。

〔註16〕　〔梁〕劉勰：《文心雕龍》，卷一，《宗經第三》，范文瀾注：《文心雕龍注》，頁 23。

〔註17〕　〔梁〕劉勰：《文心雕龍》，卷六，《通變第二十九》，范文瀾注：《文心雕龍注》，頁 520。

〔註18〕　馬茂元：《馬茂元說唐詩・〈說通變〉》，上海：上海古籍出版社，2000 年，頁 156。

特質，而創作者若認清楚了該實質，就能達至「會通」之境。劉勰提出「《賦》《頌》《歌》《贊》，則《詩》立其本」，意思是《賦》《頌》《歌》《贊》等文體雖異，然而它們均源於《詩》〔註19〕，都保有《詩》之特質，只要能掌握《詩》的本色，即可瞭解餘者。

可是與此同時，劉勰也承認因文章辭藻與文氣一直在變，導致文學風格面貌時刻更易。劉勰援引該「變」之觀念來觀照歷代文學特色，「黃唐淳而質，虞夏質而辨，商周麗而雅，楚漢侈而豔，魏晉淺而綺，宋初訛而新」，並總結「從質及訛，彌近彌淡」〔註20〕，認爲文學由淳厚質樸，漸趨詭異荒誕，時代愈近，滋味則愈薄了。

依據上述之分析，可知「通」與「變」意蘊截然有異，所以馬茂元認爲「『通』與『變』對舉成文，是一個問題的兩面」，而如今若把它視爲一個復合式合成詞，似乎有要讓它「對立統一」之意。〔註21〕那麼該如何達至「通變」？劉勰總結《通變》篇時指出「文律運周，日新其業。變則其久，通則不乏。趨時必果，乘機無怯，望今制奇，參古定法。」〔註22〕世間萬物都在不停地發展變化，因爲其善於運變，才能夠持久。話雖如此，變化當中卻有它不變之「文律」，唯有掌握文學發展之規律，才能「通則不乏」。劉勰一方面強調要繼承傳統，但傳統有時僅是參考斟酌之對象，創造者還需懂得「趨時」，要能「望今制奇」的革新。簡言之，就是要有機地結合「會通」與「變易」，讓「復古」中有「通變」。

只要把持文體之發展源頭，也就是傳統中的規矩法度與精神特質，以它爲發展之基礎，然後再不斷地參酌汲取新涵養，隨時代加強壯大原有特質，貫徹「變中不失其通」之道，最後就會達到「斯斟酌乎質文之間，而櫽括乎雅俗之際，可以言通變矣」〔註23〕。易言之，「通變」即是不泥古，也不盲目

〔註19〕班固：「賦者，古詩之流也。」參見〔漢〕班固：《兩都賦序》，〔梁〕蕭統編，〔唐〕李善注：《文選》，第一卷，上海：上海古籍出版社，1997年，頁1。
〔註20〕〔梁〕劉勰：《文心雕龍》，卷六，《通變第二十九》，范文瀾注：《文心雕龍注》，頁520。
〔註21〕馬茂元：《馬茂元說唐詩‧〈說通變〉》，頁156。
〔註22〕〔梁〕劉勰：《文心雕龍》，卷六，《變通第二十九》，范文瀾注：《文心雕龍注》，頁520。
〔註23〕〔梁〕劉勰：《文心雕龍》，卷六，《變通第二十九》，范文瀾注：《文心雕龍注》，頁520。

求新，而是各汲所長，正如陳伯海指出它看來「通達而全面」，不過卻帶有「調和折衷」之意味。〔註24〕

　　劉勰開啓「通變」之論後，後代學者似乎紛紛追隨其說。中唐詩僧皎然《詩式》的詩史觀以「復古通變爲中心」，強調「作者須知復、變之道，反古曰復，不滯曰變。……能知復、變之手，亦詩人之造父也。」〔註25〕而明代許學夷的《詩源辯體》，即是從復變之道來分析歷代詩歌的衍化。清人吳喬則進一步總括：「詩道不出變復。變、謂變古；復、謂復古。變乃能復，復乃能變，非二道也。漢、魏詩甚高，變《三百篇》之四言爲五言，而能復其淳正。盛唐詩亦甚高，變漢魏之古體爲唐體，而能復其高雅；變六朝之綺麗爲渾成，而能復其淳正。」〔註26〕諸學者具體指出後代詩歌雖變革前朝，但仍能保持前代詩歌的特色，眞正達至變易中不失會通之「通變」也。

　　劉勰切要地剖析文學的「通變」觀，然而我們是否就可將此橫移來詮釋唐人對傳統詩教的接受？筆者認爲下此論斷前，得先讓我們對唐美刺政教詩歌作一個快速之回顧。

二、唐朝之儒家詩教復古與通變

　　本書共剖析了廿八位詩人，察覺唐詩人採「傳統」與「革新」並取共存的方式來復古詩教。一乃延續傳統，委婉地美刺政教；其二則堅持「思無邪」特質之餘，卻進行非本質性之變革，如突破委婉手法，直揭時弊，或開拓了詩教之表現領域，等等。唐人對詩教之接受，充滿了「復古」與「通變」之色。

1. 初唐：寓變於復〔註27〕

　　唐朝的詩教復古論是在貞觀初，由唐太宗以及朝廷一批具政治與歷史學家身份之重臣掀幕。貞觀君臣普遍支持文質並舉的南北文學調和論，他們一

〔註24〕陳伯海：《中國詩學之現代觀》，下編，《釋「詩體正變」——中國詩學之詩史觀》，頁 379。

〔註25〕〔唐〕皎然：《詩式》，卷五，《有事無事情格俱下第五格·復古變通體》，李壯鷹校注：《詩式校注》，北京：人民文學出版社，2003 年，頁 330。

〔註26〕〔清〕吳喬：《圍爐詩話》，卷一，郭紹虞編選：《清詩話續編》，下冊，上海：上海古籍出版社，1999 年，頁 471。

〔註27〕本節之第一、二與三小標題，均參考董乃斌、陳伯海等主編：《中國文學史學史》，第一卷，《第一編·第三章·傳統文學史的初步綜合》，頁 210～272。

方面推行儒家政教政策，要求文學爲政教服務，而另一方面卻肯定前朝的注重文學之抒情本質，希望文學達至「各去所短，合其兩長」〔註 28〕，文質彬彬之理想。董乃斌指出該觀點距離盛唐人所概括的「質文半取」已經不太遠，並認爲此爲貞觀君臣對唐代文學史觀的最大影響處，同時也是他們成功之所在。〔註 29〕

不過該朝廷君臣的心目中，包括《毛詩正義》的編者孔穎達，他們調和折衷中卻偏重文學的政教作用。此外，貞觀君臣畢竟是理政良才，或卓越之史學家，非文壇高手，所以他們只有復古詩教之調，沒能提出什麼新變見解，當然更沒多少相關之詩歌實踐。

直至初唐四傑，開始於復古儒家政教論之基礎上，提出了以「風骨」來改革文風，且他們也稍爲創作了些美刺比興之作品。不過持平而論，四傑只是往前踏一小步，初步形成「質文半取」的文學史觀而已。〔註 30〕

陳子昂的詩教復古論卻有了品質上的飛躍。陳子昂論詩並舉「風骨」與「興寄」，揭示了他有詩歌內容意識與藝術形式必須統一之審美觀念。「風骨」指漢末建安間慷慨激昂風格的詩歌；而「興寄」是指《詩》的比興傳統，強調詩歌要有美刺教化。它們各別來說是一項「復古」，不過兩者結合起來卻呈現一種既有政治興寄，又有清勁剛健，昂揚氣勢的新詩風。

陳子昂本身雖未完全捨離綺靡之時風，但詩人一些社會寫實，犯顏敢諫地美刺政教之詩作，爲其審美主張具體實踐之顯例。從詩教角度來說，詩人的文學理論與實踐，已讓傳統政教內容獲得蓬勃昂揚精神之新血注入，體現文質並茂的審美風貌，突破了儒家詩教長期忽略審美特徵之窠臼，以及教化美刺的傳統局限。換言之，陳子昂「寓變於復」，引領詩風至盛唐「質文半取」之境。

2. 盛唐：質文半取中的詩教繼承

盛唐無論山水田園或邊塞詩派，基本往「風骨」方向發展。比較唐詩四期，盛唐詩人之詩教意識是最薄弱者。從詩教於唐朝之發展角度來說，盛唐

〔註 28〕 〔唐〕魏徵等：《隋書》，卷七十六，《文學序列傳第四十一》，北京：中華書局，2002 年，頁 1729。

〔註 29〕 董乃斌、陳伯海等主編：《中國文學史學史》，第一卷，《第一編・第三章・傳統文學史的初步綜合》，頁 225。

〔註 30〕 董乃斌、陳伯海等主編：《中國文學史學史》，第一卷，《第一編・第三章・傳統文學史的初步綜合》，頁 226。

詩人的詩歌表現，與其說他們對接受詩教，不如說他們更多的時候，逐漸背離或走出傳統詩教之籠罩。

　　山水田園詩派的王維與孟浩然，創作不怎麼注重美刺比興。前者的初作有些許體現詩教傳統，後者則近乎闕如，只有寥寥的類似口號般之議。若論復變詩教之貢獻，該詩派的力量相當微薄。

　　至於以高適及岑參爲代表的邊塞詩派，則有異樣的表現。他們除了堅持紹承詩教外，則對傳統詩教的發展起了些質變。高適援引詩教精神進入邊塞題材，擴大了詩歌的表現領域，致使邊塞詩突破描述邊景或記述邊戰之傳統，其中隱含著對邊塞軍情的迂迴干預力量。此外，高適邊塞詩中充滿著對國家前途及百姓生命之深刻反思與憂患意識，讓原本根植於社會致用主義詩學上的教化詩歌與社會現實結合得更密切。詩人表現美刺政教的手法雖委婉傳統，但其詩歌題材則參酌當代，對詩教的接受中具通變，此與劉勰提倡「望今制奇，參古定法」的「通變」觀念近似。至於岑參，由於只有寥寥幾首契合詩教之作，且沒有任何相關的詩教理論，只能視爲單純地復古詩教而已。

　　至於爲文「率皆縱逸」的李白，對詩教之態度也相當特殊。李白一方面委婉迂迴地美刺政教，表現得十分保守傳統。另一方面，詩人卻開拓了詩教美刺政教的表現領域，援引詩教意識進入遊仙題材，形成與傳統遊仙詩迥異之特色。此外，李白有意以其浪漫抒情式之筆調來美刺政教，一些美刺政教詩歌，常以反映民瘼或揭露時病爲次，反以抒發個人情感爲主，變易了傳統詩教之寫實表達手法。

　　盛唐詩人追求遒勁骨力，玲瓏興象以及清眞詩風，該審美取向與傳統詩教的文化內涵有一定程度之背離，因此縱然王、孟、高、岑及李白等對詩教多少有些沾溉，他們似乎未嚴視詩教，無意耕耘美刺比興詩作，僅能視爲「質文半取」〔註31〕中，繼承傳統詩教。

3. 中唐：意古而詞新

　　從創作之品質來說，中唐七十年間醞釀了兩個詩教接受之高潮。首先爲盛、中唐之際的杜甫以及元結，其次則爲元和時期之元、白詩派。

　　「不平則鳴」是中唐的社會時尚。本書分析之中唐詩教支持者，無論詩

〔註31〕〔唐〕殷璠：《河嶽英靈集序》，傅璇琮編：《唐人選唐詩新編》，西安：陝西人民教育出版社，1996 年，頁 107。

文理論與創作實踐，幾乎都存有該特色。他們的創作大多反映民瘼、譏諷權貴糜爛生活、群小之擅權，以及統治者的敗德失政，發揮寫實、干政及同情下層社會之傳統詩教精神。其背後的推動力，深受儒家兼濟天下的強烈社會責任感所致。

韓愈主張詩文要「師其意，不師其辭」〔註 32〕，而白居易於江陵時，稱讚元稹《放言五首》「意古而詞新」〔註 33〕。中唐詩人熱衷求新求變，不安於傳統詩教，爲唐人中最具「復變」特色者。我們可以從他們對詩歌之表達手法、內容題材以及表現風格等三方面來探討。

比諸傳統詩教講求情感內斂，委婉蘊藉地表達，杜甫與元結卻有意地不守原則，直接說破詩歌欲揭露的對象與事件。該表達手法背離了詩教傳統，爲詩教延續千年的一項大突破。可他們的表現又契合「思無邪」的詩教思想本質，「意古而詞新」，所以被視爲對詩教之「復變」。杜甫與元結之濫觴，啓發了中唐後期元、白，以及晚唐皮、陸等創作大量直訐政教之作。不過須要強調，並非所有中唐詩人都以直切的語言來美刺比興，如劉、柳等詩人即依然保持傳統的表達方式，而即使杜甫本身也僅創作一小部分袒露之作，委婉傳統畢竟有他存在之理由。〔註 34〕

與此同時，由於詩歌欲直訐無隱，其語言也相應地配合趨向平實淺切，導致有些中唐人的詩作眞率直樸得近乎口語，失卻詩歌應有之韻味。同時由於過度之淺露，亦造成詩歌的旨趣直接了當，無法耐人尋味，傳統詩歌婉曲之美與含蓄之韻蕩然無存。

中唐詩人續盛唐之後，再度爲教化詩開拓新題材。李白首開蘊含詩教意識的遊仙詩，而韋應物接踵政治寓言詩。兩者皆突破傳統詩教之社會寫實，革新詩教題材。韋應物並未眞正於此題材大做工夫，要待至中唐後期的柳、劉，韓愈以及白居易等，政治寓言詩才大放異彩。

此外，中唐亦盛行借古諷今的詠史懷古詩，如杜甫、韋應物、劉、柳以及韓愈等創作了不少高品質之詠古詩，在一定程度上體現了詩教美刺政教之

〔註 32〕〔唐〕韓愈：《答劉正夫書》，馬通伯校注：《韓昌黎文集校注》，香港：中華書局，1984 年，頁 121。

〔註 33〕〔唐〕白居易：《放言五首序》，朱金城箋校：《白居易集箋校》，卷十五，上海：上海古籍出版社，2003 年，頁 952。

〔註 34〕本書以劉禹錫爲例論證委婉之作有其存在之價值，見論文第四章第三節。

精神。詠古與詩教結合，卻非中唐詩人首創，漢魏時期以及李白、王維及高適等已創作了不少該類之作。

中唐劉、柳創作的詠物詩，體現了詩人執著信念，以及傲岸不屈精神，契合儒家人格理想。自上古屈原以香草美人來自喻之後，詠物以言志之詩作再度發揚光大。

中唐求新求怪之表現風格亦表現於他們的美刺比興詩作裏。元結與顧況模仿風雅之藝術形式的創作，體現了他們傾向古雅之審美情趣。顧況以清狂式的浪漫抒情，改造了詩教傳統的比興表達形式，繼李白後創作一種既抒情又帶有美刺寄託之詩歌。

韓愈則運用了一些「物狀奇變」的意象，以及「掀雷挾電，奮騰於天地之間」的氣勢，一改傳統平樸寫實風格，迂迴曲折地嘲刺對象。他們於繼承詩教精神之餘，不劃地自限，大膽走出傳統，給千年詩教帶來通變之新象。

與此同時，詩教精神也給特定的中唐詩人帶來了負面影響。有些詩人依據自己對儒學之曲解，認為貫徹詩教者必須強調詩歌內容思想，忽略了審美特徵，結果導致形象呆板及表達單調失暢。杜甫、元結部分詩作語言過度樸質，已略呈該不良傾向，而孟郊以及元、白的部分諷喻詩，更多顯露質木無文之失，此乃極端發展詩教主張重質輕文所致之惡果。

4. 晚唐：詩教復變之餘響

皮、陸等雖於唐滅朝前建構了詩教之橋頭堡，不過作品卻不具多大特色。據本書第六章評述，僅有三項特點，即是袒露批政、政治反省與憂患意識等值得一提。

第一項特點集中於皮、陸詩歌。皮、陸創作語言直接而不隱諱，大有紹承元、白直切之特色。至中、晚唐，美刺政教詩之詩旨淺露，詩人常勇敢直訐，少委婉曲表達。不過必須指出聶夷中、杜荀鶴及羅隱等詩人，創作反絕少運用該背離詩教的變革手法。

其次是皮日休於《三羞詩》中直接體現的反省精神，深契儒家人格理想，表現了詩人崇高的品德。此外，皮日休於《貪官怨》中，具體提出選官制度之見解，補正了過往詩人徒有譏刺，而未有實際建議之虛。不過詩人之反省與建議，僅閃現於一首詩中，所以不太適宜給予過度之反應。無論如何，該難能可貴的表現，比起其他將亂世民瘼當背景來敘述之作，皮日休哀恤災黎之心顯得真摯誠懇得多。晚唐詩人的最大共同點即是他們詩歌裏大量表現之

憂患意識。前期詩作中常有顯露對國家前途的憂慮，不過這回卻是前所未有之集中體現，此或與頹靡國勢攸關。

大體來說，晚唐詩人的詩歌語言，延續元、白之質樸無華。不過，羅隱等末代詩人，其創作旨趣卻不似皮、陸般直接，詩歌蒙上一層隱微含蓄，似乎有向傳統詩教靠攏之意。無論如何，論詩歌的表達形式，晚唐詩人或委婉曲之，或直陳時病，晚唐前詩人常運用，至唐末已非稀罕之事。至於詩歌的表現題材，晚唐詩人反映民瘼，揭露時病等題材，皆沿襲舊有，沒什麼鮮血加入。

總的來說，晚唐詩人雖有繼承傳統詩教之意，然而卻沒多大特色。一句話，末代詩人群復古詩教中缺乏通變。

5. 六朝與唐復古論之異同

陳伯海認爲以劉勰爲代表的六朝人與唐人雖同唱「復古」，不過彼此有異同。論者指出劉勰雖強調復古，但卻接納了當時不少新變論主張，如《麗辭》與《聲律》等篇揭示其有追求藻詞麗句與聲調格律，也就是說劉勰通變主張，其實帶有折衷與調和之意。同時劉勰也非平等對待「通」與「變」，他堅持了精神本質，改革的只是文學之表現形式或風格，所以認爲「他的調和折衷之中仍帶有較爲濃重的復古色彩」〔註35〕。

唐人雖也提倡復古，不過「他們只是要發揚傳統的精神（如文以明道、詩歌講風骨興寄等），而不是恢復古文學的體貌」〔註36〕。唐人注重消化與運用六朝新變成果，如詩歌聲調格律的講求等。由於所處之時代背景與風氣互異，唐人並不屑於前朝帶調和味道之「通變」，他們要破舊立新，改變六朝人「正──變」的直線式演繹，唐人的「復古」乃是「經他們大力翻造後的又一個反復」，唐人企圖建構「正──變──復」，一個比較高級複雜的「否定之否定」之循環，陳伯海提出唐人是「行通變而名曰復古」，在復古旗幟底下進行了文學改革。〔註37〕

陳伯海所論針對唐人之整體文學復古觀念，詩教復古也是文學復古的主

〔註35〕陳伯海：《中國詩學之現代觀》，下編，《釋「詩體正變」──中國詩學之詩史觀》，上海：上海古籍出版社，2006 年，頁 379。

〔註36〕陳伯海：《中國詩學之現代觀》，下編，《釋「詩體正變」──中國詩學之詩史觀》，頁 380。

〔註37〕陳伯海：《中國詩學之現代觀》，下編，《釋「詩體正變」──中國詩學之詩史觀》，頁 379～頁 382。

要一項〔註38〕，自然也包含在內，但它卻同中有異。唐人詩教復古中，堅持了所謂的「思無邪」的主要精神特質之餘，不忘有些「新變」。唐人創作偏重於譏刺，甚至「捨美取刺」，同時他們還直切地痛陳時病，改革詩教「溫柔敦厚」之運用哲學。此外，他們還開拓了詩教的表現領域，並於寫實之餘，以浪漫抒情的表達手法來體現對政教的關懷。該新變明顯參考並斟酌了時代風氣，而蛻變後的美刺政教詩歌，保持傳統中又帶有時代的氣息。

與此同時，他們的創作中也有迂迴曲折地美刺政教，保存延續了委婉主張，並非完全捨棄傳統詩教之表達形式。易言之，唐詩人採「傳統」與「革新」並取共存的方式來復古詩教，復中有變，變中不忘復。

筆者認為自孔子之後的詩教觀，其實經歷了「正──復──復變」的三個階段過程。第二階段的「復」，指向漢、魏、六朝之簡單延續詩教，沒有任何革新，反多發展詩教「美頌」之一面，〔註39〕以及唐朝一些單純復古詩教之作。至於所謂的「復變」，表面上是兩個並列式的動作，不過它其實更接近補充式合成詞，即是在意義上前一個語素表示「復古」的行為動作，而後一個語素則補充說明該動作的趨向或成果，意即復中有變，是「復古」與「通變」之有機結合。

《唐詩品彙》中指出「大略以初唐為正始，盛唐為正宗、大家、名家、羽翼，中唐為接武，晚唐為正變、餘響」〔註40〕，而在總序中認為元和以後是唐詩的變體，然而該變易為「本乎始以達其終，審其變而歸於正」〔註41〕，所以「正變」的蘊含是變卻不失其正，本書「復變」的使用意義與該合成詞一樣，即是變中不失其復，堅持了詩教的本質。

三、文學復變與儒家權變

筆者以唐詩對儒家詩教之接受為參照來論證，上文已揭示文學復古與儒家思想有密切關係，而更進一步之剖析可有效地證明所論之文學上的「復變」，實則與「儒家權變」概念攸關。為此，下文顯然有必要對儒家之權變概念略作說明。

〔註38〕唐人尚有主張復古六朝審美特徵者，本書不論及。
〔註39〕本書第一章第三節已作評述。
〔註40〕〔明〕高棅：《唐詩品彙・凡例》，上海：上海古籍出版社，1982年，頁14。
〔註41〕〔明〕高棅：《唐詩品彙總敘》，頁9。

1. 儒家權變之概念

孔子主張之經道，頗注重實用性。然而此經世致用之道，卻被時人認爲不切時而屢遭排拒，〔註 42〕這似乎是件極度滑稽與諷刺之事。本書不討論儒家經道何以不被接受，主要分析其權宜變通觀。

論文第一章第二節中指出，先秦儒家對「經」之主張，乃是相對性的守則，非絕對不可更動之權威教條。先儒認爲人類在面臨現實處境下，會因爲人、物、事或時空條件等對象的變易，主觀能動性地調整原先秉持之觀念，選擇一個切合時宜的權衡通變法來應對。

「權」本義指黃華木，另一含義則是「稱錘」〔註 43〕。先秦典籍屢現「權」字，蘊含有多種用法，〔註 44〕但它的所有意蘊，皆由「稱錘」義轉化。由一個叫「衡」的杆與「錘」組成之稱具裏，「錘」可以移動來讓「衡」處於平衡狀態後，即可知物之輕重，據此「權衡」引申爲對事物之衡量也。

子曰：「麻冕，禮也；今也純，儉。吾從眾。拜下，禮也；今拜乎上，泰也。雖違眾，吾從下。」（9.3）古凶禮禮制之麻冕，象徵哀戚及不忘本。孔子贊許該禮制，然而當眞正實踐時，孔子省察它不符現實處境。據朱熹指出，當時織成一頂麻冕須耗費三十升的麻布，若以每升麻八十縷計，總共得花上二千四百縷之麻布，這的確是「細密難成」〔註 45〕的大功夫。此對上古物質貧乏〔註 46〕之社會來說，確爲重擔，不符經濟效益，據此就有論者從經濟角度提倡改以較廉宜的純布來充代。一向堅守古禮之孔子，經權衡得失後，持「禮，與其奢也，寧儉」（3.4）之態度，隨眾支持該革新。簡言之，孔子從另一個思考角度出發，重新評價古禮，展示孔子權變之概念。

〔註 42〕 韓非子非議儒家「今欲以先王之政，治當世之民，皆守株之類也。」參見〔戰國〕韓非：《五蠹第四十九》，陳奇猷校注：《韓非子新校注》，卷十九，上海：上海古籍出版社，2000 年，頁 1085。墨子則譴責儒家「繁飾禮樂以淫人，久喪爲哀以謾親。」參見〔戰國〕墨子：《非儒下第三十九》，〔清〕孫詒讓：《墨子閒詁》，卷九，臺北：世界書局，1986 年，頁 180。

〔註 43〕 朱駿聲《說文通訓定聲》幹部第二十四以爲「權」假借爲「縣」，故有「稱錘」之義。參見《說文解字詁林正補合編 5》，臺北：鼎文書局，1977 年，頁 538。

〔註 44〕 《荀子》之「權」即有權謀、權利與權執等多種用法。

〔註 45〕 9.3 章句下朱熹之注釋，頁 109。

〔註 46〕 孟子曰：「五畝之宅，樹之以桑，五十者可以衣帛矣；雞豚狗彘之畜，無失其時，七十者可以食肉矣。」（1A.3）行孟子之養民政策，五十方著衣帛，七十才有肉食，可窺上古社會物質之匱乏。

　　必須留意孔子之權衡決定，非受大眾左右。支持該論點的是上古燕禮時之「拜下」禮，流傳至春秋，下臣覲見君時不再稽首堂下，反而逕自上拜。逾禮之主因是臣子開始橫蠻跋扈，改變對君主恭敬之態。此舉已蔚為時尚，孔子卻未隨眾，甘冒「事君以禮，人以為諂也」（3.18）之嫌，堅持履行古禮。孔子不依眾之因雖未說明，但可推知其認定「拜上」為傲慢之舉，不合君臣間應遵守之禮儀。易言之，孔子其實是希冀能假借該禮來維繫舊有的君臣之義。程子指出此章句：「君子處事，事之無害於義者，從俗可也；害於義，則不可從也」〔註47〕，其評論切中肯綮，不但解釋了孔子該舉之背後考量，同時也指出權變必守「義」之堅持。

　　《孟子・離婁上》曰：「嫂溺援之以手者，權也」（4A.17），是一道先儒論權之顯例。齊辯士淳于髡以兩道互相矛盾之難題，「男女授受不親」及「嫂溺援之以手」來刁難孟子。「男女授受不親」為上古男女大防之禮，主於避免男女因肌膚接觸而引發私情，並擾亂社會秩序。孟子支持該古禮，可是當該禮與性命互有衝突時，孟子就運用他「執中無權，猶執一也」（7A.26）之權衡準則來審視該難題。斟酌下，孟子舍「禮」行「權」。「義」是孟子的思想核心，而見死不救絕對被列為不義之事，屬「豺狼」之行徑，故孟子是以其一貫堅持的仁義之道，來化解對方企圖設立之倫理陷阱。

　　當逼得孟子承認須行權後，淳于髡方引出他真正之詰責：「今天下溺矣，夫子之不援，何也？」淳于髡之意為孟子先前既可以權變不守禮，那為何此時尚拘泥於禮節，不去援救陷於亂世中的黎民？孟子答之「天下溺，援之以道；嫂溺，援之以手。子欲以手援天下乎？」其意乃作為維繫社會秩序之禮，可因特殊事故斟酌變通它外在之節儀，但永不可捨棄的是那可以解救天下之「道」。該「道」之蘊義，在孟子思想主張中指向「義」，是權衡通變中堅固不移者，故孟子有「大人者，言不必行；行不必果，惟義所在」（4b.11）之與傳統儒家經道不一般的主張。

　　《春秋公羊傳》是文獻可考之首對「權」下定義者。「權者何？權者，反於經然後有善者也。」〔註48〕西漢韓嬰與董仲舒、東漢趙岐、三國荀悅與徐幹、魏晉時期之何晏、北齊劉晝以及北宋李覯與王安石等，大體依從此說。

〔註47〕9.3 章句下程子之注釋，頁 109。
〔註48〕〔漢〕公羊壽傳：《春秋公羊傳注疏》，卷五，北京：北京大學出版社，1999年，頁 98。

該主張到了北宋中期卻現雜音，朱熹認爲「道」實爲經權之統體，經與權都合乎道，分別在於「經」爲「道之常」，而「權」乃「道之變」。〔註 49〕理學家程伊川、楊時以及明代胡居仁與馮從吾等皆支持該「經權合一」說。

歷代學者對儒家「權」之概念多有集矢，不過大體以「反經合道」及「經權合一」說爲主。本書不擬參與此義理之辨，只是強調兩大主張皆有個共同點，即承認「經」非死法，它可以根據客觀的情境而權衡通變。此外，上揭孔子與孟子之言論中，可知權變非隨意胡亂變化，而是必須要有一些堅持不變的中心，如孔子與孟子思想中心的「仁」與「義」，即是必要固守的原則之一。〔註 50〕

2. 詩教復變與儒家權道

本書第一章中揭示了儒家思想主張的「經」，時常有面對無法落實之窘境，詩教既爲儒家強調經世致用之思想本體，所表現出來之政教文學思想，自然也會面臨無法施展開來之時。《論語》裏只記載孔子教人用詩，或評論詩，卻沒教人該如何作詩。孔子論詩，指出運詩之道，目的在於借詩來教化人民，進行詩歌教育活動。從另一面來說，孔子不講詩歌之審美，僅強調讀詩的效益。然而孔子重詩之運用及論詩之尺規，卻無意地間接指導了詩歌的創作，對後世繼承儒家詩教精神之詩人，如杜甫及白居易等，具啓發與引導作用。孔子未論及文學之權變，後世文學家繼承了儒家詩教，並對文學作品施以權變的例子就屢現不窮。

論文第四章評述杜甫對儒家詩教之接受時，曾指出杜甫一些反映民瘼的詩作，語言坦露，直陳時病。同時被本書視爲唐詩裏對儒家詩教接受高潮之白居易，他的諷喻詩作「直而切」〔註 51〕地說破攻訐之對象與旨趣，與杜甫一樣匱乏傳統詩教委婉蘊藉之色。詩教之思想本質是「思無邪」，而委婉式之規諷勸喻爲其運用原則。中唐人「意古而詞新」，提倡詩教復古中保留了思想本質，卻對其表達手法作出新變。杜甫具政治預見性的詩作《麗人行》，語言淺顯，旨趣直露，但詩人直斥之用意無非冀望居上者能「自悔其心，更遵正

〔註 49〕〔宋〕朱熹著，朱傑人等主編：《朱子全書》，卷三十七，《朱子語類》，上海：上海古籍，2002 年，頁 1384。

〔註 50〕本書論證之儒家「權」之概念，主要參考與摘錄自拙著：《先秦儒家思想中「權」的概念》，新加坡國立大學中文系碩士論文，2000 年。

〔註 51〕〔唐〕白居易：《新樂府・序》，朱金城箋校：《白居易集箋校》，卷三，頁 136。

道」〔註52〕。詩人捨棄含蓄不外露的表達手法，抱持詩教「思無邪」本質，
希望透過詩歌能起「善者可以感發人之善心，惡者可以懲創人之逸志，其用
歸於使人得其性情之正而已」〔註53〕之效。

　　至於白居易，於第一次遭貶謫前，創造了大量直切之諷喻詩，其詩歌語
言與旨趣的平淺顯露，發唐詩人前所未有。究其用意，可作多方方詮釋〔註
54〕，此僅以詩人具代表性的諷喻詩《新樂府》之序言來論證。該序指出其創
作動機乃「其辭直而徑，欲見之者易喻也；其言直而切，欲聞之者深誡也。」
〔註55〕毫無疑問地，詩人寫詩的目的在於欲讓讀者「易曉」與「深誡」，顯示
其借詩來發揮「思無邪」之果效。由此筆者認為該兩位詩人是在通變傳統詩
教，深具「復變」之思想。

　　與此同時，杜甫與白居易的生平實踐，不只符合儒家之經常，且還合權
道。論文前章分析了杜甫的創作，歷經最初的委婉規諷式護君，後期轉至直
斥痛陳，其用心始終心繫君王，憂國憂民，行為契合儒家主張之權道，即是
在權變中始終固守「忠君」之大原則。

　　白居易諷喻詩僅為其四類詩之一，而且創作時期集中於元和初擔任左拾
遺的幾年間。詩人去職後就少創作諷喻詩，論證了詩人乃配合官職，以詩為
諫書，是有選擇性之作為。詩人創作後期少諷喻，不過始終忠君愛國，可見
其實踐者也正是審時度勢的權變之道。

　　上揭劉勰指出「文律運周，日新其業。變則其久，通則不乏。趨時必果，
乘機無怯，望今制奇，參古定法。」〔註56〕世間萬物都是不停地在發展變化，
唯善於運變，才能夠持久，所以創造者需懂得「趨時」與「制奇」。然而在變
化當中，卻有它不變的「文律」，能掌握文學發展之規律，也就是所謂文學傳
統之精神特質，就會「通則不乏」。

　　通過比較異同，可見變中不失其通之「文學復變」，與強調權衡通變的「儒
家權變」有多處相似。兩者的相似處可歸納為兩大點：首先兩者均主張審時
度勢而變革之觀念，其次則是文學變化中強調復古，即是不可拋捨文學源頭

〔註52〕〔唐〕孔穎達疏：《毛詩正義》，卷一（一之一），《詩大序》，頁15。
〔註53〕2.2章句下注釋，頁54。
〔註54〕本書第五章第二節已評述，此不重贅。
〔註55〕〔唐〕白居易：《新樂府・序》，朱金城箋校：《白居易集箋校》，卷三，頁136。
〔註56〕〔梁〕劉勰：《文心雕龍》，卷六，《通變第二十九》，范文瀾注：《文心雕龍注》，
　　　　頁520。

的精神特質,而儒學權變也有其堅定不移之守則。故就彼此「變易」與「不變」之原則來說,「文學復變」與「儒家權變」理論不謀而合。而從思想影響創造的角度來說,筆者認爲儒家權變之思想影響了詩人的詩教復變。

歷來能貼確地指出文學與儒學於此處相通者不多,唯有中唐詩僧皎然深諳此道,「在儒爲權,在文爲變,在道爲方便。」〔註57〕一句話,唐詩人之復變,契合儒家權變。

第二節　詩教復變與唐詩之發展

詩教對唐詩的發展,有正面的成效,也有負面的影響。思想之牽制,猶如一把雙刃刀,利中帶弊,弊中有利,甚至有時候其利亦爲其弊,其弊也可反爲其利,故欲有效地指出哪些正負面之影響,並非易事。評述得失利弊,更多時候是片面主觀,見仁見智之事。關於詩教對後世文學之影響分析,學者議論紛紜,不過他們多泛論歷代文學,缺乏針對性,不太適合移之以驗證唐詩。

「文變染乎世情,興廢繫乎時序」〔註 58〕,雖說文學受現實社會制約,唐詩歌卻自有其內在的發展規律,而思想則是影響內在本質變化之重要因素。思想對文學風格之塑造,具有根本動力,而詩教對唐詩的發展,即有該本質性之影響。

一、正面成效

假設傳統詩教精神缺席於唐詩之發展,唐詩將呈現什麼風貌?詩歌精神萎靡?詩歌沒有對統治者規勸諷喻?沒有揭露政治黑暗面?或沒有反映民瘼?這些都是可以預測的。無論如何,傳統詩教對唐詩發展之正面成效有以下三點。

1. 豐富唐詩之審美藝術與詩歌理論

唐詩人如陳子昂、高適、李白、杜甫、韋應物、顧況、白居易,等等,

〔註57〕〔唐〕皎然著,李壯鷹校注:《詩式》,卷五,《有事無事情格俱下第五格‧復古變通體》,北京:人民文學出版社,2003年,頁330。

〔註58〕〔梁〕劉勰:《文心雕龍》,卷九,《時序第四十五》,范文瀾注:《文心雕龍注》,北京:人民文學出版社,2006年,頁675。

創新美刺政教詩歌，復變詩教，讓詩歌多姿彩發展，為唐詩的審美多元化付出了一定之努力。

陳子昂結合「風骨」與「興寄」之創作，呈現出一種既有政治興寄，又剛健激昂，飽滿氣勢之新詩風，給當時瀰漫著綺麗浮豔的審美取向，帶來了一股蓬勃的朝氣。此外，當時近乎一律內涵表現的邊塞詩，經高適融入詩教之精神，成功地讓敘述邊戰邊情的內容題材中，蘊含譏刺政治之意蘊。詩人革新了邊塞詩，同時也開拓了漸趨僵化的詩教題材，豐富了盛唐詩歌之藝術風格。

李、杜則雙雙從繼承詩教之意義上，豐富了唐詩的審美藝術。李白以其浪漫抒情之筆調，委婉地譏刺政教，同時他的遊仙政教詩，更拓展了傳統遊仙題材之新表現。杜甫的詩歌則承先啓後，自成一家，完美融合了道德倫理的內容意識與高妙的審美藝術，呈現文質彬彬之詩歌藝術。

中唐韋應物援引美刺比興入寓言詩，變新傳統詩教之寫實表現，讓虛幻的鳥獸代人說話，迂迴委婉地嘲諷影射人間社會，具革新詩教題材之功，為唐詩歌帶來新氣象。顧況以清狂式的浪漫抒情，通變了詩教傳統之比興表達手法，營造既抒情又帶有美刺寄託的詩歌，從唐詩歌藝術表現來說，又是另一個新境界。

至於元、白「意古而詞新」的直切諷喻詩，為當時詩壇掀起之浪潮更無需質疑，李肇就曾指出元和之後的詩人，詩章「學淺切於白居易」〔註59〕也。

晚唐詩人多單純復古詩教，沒多大的通變特色，不過他們合力樹立起的詩教橋頭堡，鼎立於輕豔及頹靡詩潮中，豐富了晚唐詩歌之審美藝術。

文學理論是文人創作實踐後的反省總結，同時它又反過來為創作提出理論指導方向。唐人詩論比起往後列朝也許沒那麼豐富，不過也有些如遍照金剛的《文鏡密府》、皎然的《詩式》、司空圖之《詩品》等巨著〔註60〕。然而它們側重分析詩歌審美藝術，而純粹以詩教精神為基礎發展之唐人詩學專著，卻付諸闕如。有鑑於此，零散於唐人的詩文創作、文學評論或序跋中的儒家政教文學相關之評述，尤顯珍貴。

初唐貞觀君臣主張創作必須有助益於政教，而初唐四傑與陳子昂之詩論

〔註59〕〔唐〕李肇：《唐國史補》，卷下，《唐五代筆記小說大觀》上冊，上海：上海古籍出版社，2000 年，頁 194。

〔註60〕三著的作者皆存疑，本書僅作一般的敘述引用，故不深入考證。

也深受傳統詩教影響。王勃的《上吏部裴侍郎啓》、楊炯的《王勃集序》及盧照鄰的《南陽公集序》，肯定文學之經世致用，主張文學要具穩定社會與促進人倫道德之功能。陳子昂的《與東方左史虬修竹篇序》，是一篇既保有詩教傳統，又具革新特色之重要詩歌理論，後世學者探索詩歌何以從宮廷之綺靡華豔走向盛唐氣象，立論多以此爲依據。

盛唐孟浩然的《陪盧明府泛舟回山見山作》中讚揚盧象詩作具美刺興寄，能風化鄉里，評述中體現詩教理論。此外，李白的《古風》裏表達了繼承詩教之理想。

杜甫不少詩歌創作或文學評論蘊涵對傳統詩教的表達，類似「致君堯舜上，再使風俗淳」〔註61〕之論不絕。元結的《二風詩序》指出寫詩目的爲「求於司甄氏，以裨天監」〔註62〕，其《二風詩論》則指出創作動機在於「極帝王理亂之道，係古人規諷之流」〔註63〕，體現詩人存有寫詩來救時補教之意。顧況的《悲歌》三首〔註64〕之小序，「情思發動，聖賢所不免也。故師乙陳其宜，延陵審其音，理亂之所經，王化之所興，信無逃於聲教，豈徒文採之麗耶？遂作歌以悲之。」諸類文論經常被研究者引來論證唐人之維護傳統詩教精神。

至於元、白，則是唐詩人當中發表最高品質之詩教理論者。他們明確地揭示寫詩文目的爲「且古之爲文者，上以紉王教，系國風；下以存炯戒，通諷喻。故懲勸善惡之柄，執於文士褒貶之際焉；補察得失之端，操於詩人美刺之間焉。」〔註65〕此外，他們亦執詩教標準來品評文學，「爲詩意如何？六義互鋪陳。風雅比興外，未嘗著空文。……上可裨教化，舒之濟萬民。下可理情性，卷之善一身」〔註66〕。元、白「惟歌生民病」及「裨補時闕」之宣導，前文已有評述，無需贅述。

〔註61〕〔唐〕杜甫：《奉贈韋左丞丈二十二韻》，〔清〕仇兆鰲注：《杜詩詳注》，卷一，頁73～80。

〔註62〕〔唐〕元結：《二風詩・序》，孫望校：《元次山集》，卷一，北京：中華書局，1960年，頁5。

〔註63〕〔唐〕元結：《二風詩論》，孫望校：《元次山集》，卷一，頁10。

〔註64〕〔唐〕顧況：《華陽集・悲歌三首・序》，卷中，頁25。

〔註65〕〔唐〕白居易：《策林・六十八・議文章》，朱金城箋校：《白居易集箋校》，卷六十五，上海：上海古籍出版社，2003年，頁3547。

〔註66〕〔唐〕白居易：《讀張籍古樂府》，朱金城箋校：《白居易集箋校》，卷一，頁5。

雖然我們無法真正量化這些詩論對唐朝詩論發展之貢獻，但毫無疑問地，它們補充、發展及豐富了唐人的詩歌理論。

傳統詩教指導下的詩歌創作，內容要求偏重美刺政教，同時又強調含蓄溫婉地表達，對藝術情感的抒發有「發乎情，止乎禮」之限制，似乎有礙詩歌往多元發展。本書不完全否定該說，然而從唐人對詩教之復變意義來說，詩教並未對他們詩歌審美之發展帶來太多的阻礙與束縛。唐詩之多元與多彩的發展，已深深地否決了該項指責。開創唐朝詩教接受高潮之元、白，他們尚實又尚俗的淺切詩派，正是以革新之表達方式，為唐詩之多元性貢獻了一份力量。

必須補充說明，唐詩人的詩教理論，從數量上來說，雖然為唐人詩論添磚加瓦，不過若從素質來要求，他們的理論遠落後於實踐，停留於傳統詩教觀念，此也許可以視為唐人文學理論不發達之注腳。

2. 賦予舊詩歌題材新意義

詩以美刺精神體現儒家講忠孝但不愚忠，能秉持儒家之「浩然正氣」，真實與大膽地寫實社會黑暗面。相對於著力雕琢宮殿的宮廷詩，或一味地抒發個人仕途坎坷之苦悶，抑或歌詠閒適生活，贈別及閨怨等詩歌，儒家詩教指導底下的創作，顯露積極與進步之社會意義。唐詩人往往身兼朝廷命官，卻能在君主集權底下，自主地揭露社會黑暗面，委婉或直言不諱地攻訐掌權者之失德敗政，高度發揮文人關懷社會，以文學干預國家政治之精神。

以黎庶疾苦為描述對象，是歷代貫徹詩教者之最基本，同時也是最普遍之表現題材。該詩歌領域之表現，發揮了孔子「詩可以觀」的主張，達至借詩來觀察民生之目的。唐詩裏有不少以民瘼為主題之作，杜甫、元結以及白居易等創作大量反映現實天災或人禍底下的亂世兒女，體現詩人同情下層社會人民，仁民愛物之善心。

善於創造的唐詩人，並不會自滿於傳統窠臼。他們改革開拓了教化詩歌之表現領域，其中值得論述者有三。其一乃李白創作詩教意識與遊仙題材結合的遊仙詩，體現與前朝迴異之內涵。李白的遊仙詩中常將神仙世界與混濁的現實社會對比，揭露批判社會之醜惡面。詩人之政治遊仙詩超越了傳統現實，為詩教表現題材之一項大通變，同時也塑造了新式遊仙詩，讓舊詩歌題材有了新意義。

其次是盛唐高適援引詩教精神進入邊塞題材。高適寓譏刺於議論邊塞軍

情，革新了延自六朝寫邊景、述邊情、記邊戰及頌邊功的邊塞傳統表現。從復變詩教之角度來說，高適一方面堅持「思無邪」及委婉譏刺之詩教傳統，另一方面則參酌時局，讓詩教「正得失」之表現領域，擴大至邊疆荒塞的烽火前線。高適通變詩歌題材，讓美刺政教的觀念與社會現實緊密結合，貫徹儒家的現實主義文學觀。

最後是寓言政教詩之創作。唐前文學作品已有寓言題材出現，然而詩人絕少援引該類題材入詩。中國最早之詩文總集《文選》，收錄了先秦至梁的七百餘篇文學作品，先按文學體裁，後依內容題材來排列，其中「賦庚」中有列「鳥獸」上下篇，〔註67〕然而「詩」類中卻不見「鳥獸」一目。唐韋應物、柳宗元與劉禹錫等不只大量創作寓言詩，同時將詩教精神與寓言結合，詩歌借描摹飛禽走獸的另一個世界，來影射人間社會。該讓禽獸來代替人類說話，揭露現實社會的創作，將所寄之意與所託之物渾爲一體，實踐詩教蘊藉委婉的傳統，卻又突破了詩教長期的寫實手法，深具復古中通變詩教之意，同時也賦予傳統寓言詩新的特色。

此外，借古諷今的詠史懷古詩，漢魏時期即已出現。雖爲老題材，唐詩人則將詠古與詩教精神結合得更緊密，猶顯獨特。盛唐李白、王維及高適等創作了不少傑出的譏刺政治之詠古詩作。中、晚時蔚爲風尚，杜甫、元結、韋應物、柳宗元、劉禹錫、皮日休及陸龜蒙等乃其中的佼佼者。

3. 人心道德之重塑

儒家詩教作爲儒學於文學範疇之體現，自然要與儒學關注倫理，重視品德之主張互相配合。子曰：「興於詩，立於禮，成於樂」（8.8），希望透過「其爲言既易知」，而又「其感人又易入」〔註68〕之詩教，培養出知禮好樂的仁人君子。本書視「思無邪」而非「溫柔敦厚」爲詩教之思想本質，主要根據即在於此。由此奉行詩教精神的唐詩，對時人之道德教化，以及通過美刺政教，以讓統治者「自悔其心，更遵正道」〔註69〕，到底提供了多少實際的貢獻，此則無法仔細量化，筆者僅能由此歸納出詩教對人心道德重塑的三項重點。

〔註67〕〔梁〕蕭統編，〔唐〕李善注：《文選》，第十三卷，上海：上海古籍出版社，1997年，頁604～634。

〔註68〕8.8章句下朱熹之注釋。

〔註69〕〔唐〕孔穎達疏：《毛詩正義》，卷一（一之一），《詩大序》，北京：北京大學出版社，1999年，頁15。

甲、培育浩然氣節

中國傳統士大夫衡量人格之標準，端視一個人的志氣與節操，即是「氣節」。歷來論「氣節」意蘊者紛紜，不過萬流歸宗，不得不指向孟子之說法。「其爲氣也，至大至剛，以直養而無害，則塞於天地之間。其爲氣也，配義與道；無是，餒也。是集義所生者，非義襲而取之也。行有不慊於心，則餒矣。」（4a.2）「氣」乃是天地間一種普遍之價值取向，它的內涵就是儒家主張的「義」。換言之，儒學主張的仁義道德，目的在於培育及塑造有「氣節」之理想人格。「氣節」爲儒家立人處事的最高標準，表現出來者有剛毅進取的精神、堅貞不屈的獨立人格、見義勇爲與仗義直言等，孟子簡括之爲「浩然正氣」（4a.2）。

唐詩人貫徹詩教精神者，都是鐵錚錚之漢子。他們具有凜然正氣，雖然好求功名，但蔑視不義且貴者。他們不畏挫折，或向敵人屈服，永遠保持積極向上與剛毅進取之精神，皆是儒家推重之「浩然正氣」內涵。

初唐時有無畏觸顏之駱賓王與陳子昂；盛唐時有仗義譴責寧王憲的王維，抒情式地鄙夷權貴之李白，還有正義凜然地譏刺朝廷失政的高適等，儒學影響下，讓他們展現出了儒家理想人格之高度。

中唐接受儒家詩教浸熏者更多，如一生活在儒家世界裏的杜甫，過著的雖是顛沛流離之生活，仍抱「致君堯舜上」之志，契而不捨地關懷百姓，深切體現儒家忠義與憂國憂民之崇高氣節。元結與孟郊的審美取向雖可爭議，但他們堅定行儒道之志，令人肅然起敬。劉、柳慘遭非人之貶謫生活，但他們面對朝廷裏一群群的奸小，一波復一波之政治挫折，依然不改傲岸不屈之氣節，大有「獨釣寒江雪」之凌寒本色。

乙、建立仁民愛物的人文主義精神

儒家不只是注重個人修身，更強調「己欲立而立人，己欲達而達人」（7.28）。孟子曰：「五畝之宅，樹之以桑，五十者可以衣帛矣；雞豕狗彘之畜，無失其時，七十者可以食肉矣；百畝之田，勿奪其時，數口之家可以無饑矣；謹庠序之教，申之以孝悌之養，頒白者不負載於道路矣。七十者衣帛食肉，黎民不饑不寒，然而不王者，未之有也。」（1a.3）該章句乃孟子向梁惠王獻議行王道之方，我們也可從中解讀儒家宣導敬老、養老，以及體恤飢寒者之人文道德精神。

此外，儒家尚宣導「親親而仁民，仁民而愛物」（7a.45），由親愛家人至

仁愛百姓，再發展到愛惜萬物。杜甫一生窮厄困苦，連兒子都活生生餓死了，可是當他看見一隻被軍隊遺棄之「皮乾剝落雜泥滓，毛暗蕭條連雪霜」〔註70〕的瘦馬時，卻產生悲憫之心，自顧不暇，尚發出「誰家且養願終惠」的呼吁，希望有人能收留該匹瘦馬。唐詩該類題材者尚屬少數，畢竟黎庶疾苦始終是詩人最爲關懷的對象。

從本書論述的初唐四傑開始，直到晚唐的聶夷中，幾乎沒有一位詩人不爲處於水深火熱中的黎民，一灑同情悲憫之淚，尤其是安史之亂前後，以及中、晚唐一連串不安時局，致使反映現實詩作如泉湧現。

陳子昂於《諫靈駕入京書》與《上蜀川安危事三條》中，書寫荒災及橫征暴斂中，黎庶遭受的疾苦。高適《東平路中遇大水》描述了河南等八郡發生的大水災，導致百姓流離失所之悲境。韋應物《登高望洛城作》與《京師叛亂寄諸弟》則刻劃了從安史世難至朱泚之亂，一連串動盪不安局勢下的眾生相。韓愈《歸彭城》、《齪齪》，以及《赴江陵途中寄贈王二十補闕李十一拾遺李二十六員外翰林三學士》等詩歌，實錄貞元年間關中發生旱災及水患，致使哀鴻遍野慘狀。此外，晚唐皮日休與陸龜蒙等詩人，詩歌中亦多敘述戰爭、征斂及災荒等對災黎之施虐。

當中詩聖杜甫之作，如「三吏」、「三別」、「二悲」等，可稱爲唐人中第一位最正視百姓疾苦，將民瘼高置首位者。此外，元、白《新樂府》五十首，更是一部集中刻劃民瘼之傑出寫實組詩。

關於唐詩人爲百姓謳歌之實例過多，論文前幾章已有評述，今不作重贅。該類詩歌題材，深切體現詩人受儒學薰陶，故詩筆流露仁民愛物或民胞物與之人文主義精神。

丙、對國家前途之憂患意識

「憂患」一詞，始見於《易經・繫辭》，「《易》之興也，其於中古乎？作《易》者其有憂患乎？」〔註71〕。「憂患意識」，原指先輩面對大自然各形色之危難考驗中，保持的一種警惕、戒備與憂慮之生活姿態。經過儒者的承傳與發揚，延伸至士大夫對整個民族，乃至整個國家前途命運之憂慮。《易經・繫辭》

〔註70〕〔唐〕杜甫：《瘦馬行》，〔清〕仇兆鰲注：《杜詩詳注》，卷六，北京：中華書局，1999年，頁472。

〔註71〕〔唐〕孔穎達：《周易正義・繫辭下》，卷八，北京：北京大學出版社，1999年，頁312。

裏具體轉載孔子之一席話，最能傳達該由個人繫至國家之憂慮感。「子曰：『危者，安其位者也。亡者，保其存者也。亂者，有其治者也。是故君子安而不忘危，存而不忘亂，是以身安而國家可保也』」〔註 72〕而孟子則正面視之爲「生於憂患，而死於安樂」（6b.14）。居於儒家思想爲中國文人思想之主流，其主張的「憂患意識」，已經成爲幾千年來中國文人共同之道德責任與使命感。

唐詩人中以杜甫詩歌顯露之憂患意識最強烈，最爲後世津津樂道，是杜詩研究者時無法忽視之重要內涵。本書第五章曾經討論杜甫與白居易寫詩動機，彼此具「無意」與「有意」之別，然而筆者認爲他們皆出自對國家命運之憂患，而憂慮背後，潛藏著一種清醒自覺的政治預見與防範意識。「憂患意識」作爲儒家文士的傳統意識，它非杜甫或白居易的專利，乃是唐朝支持詩教者之共同意識。

上揭陳子昂於《諫靈駕入京書》一書與組詩《感遇三十六首》，除了憂慮國家命運外，尚蘊含詩人高度的政治洞察與預見力。

安史世難前，高適以其對政治之敏感，於《辟陽城》一詩中委婉揭露安祿山穢行，預見國家前途之危機。同樣的岑參作品中亦不乏闡述其清醒之政治觀點，如詩人揭露朝廷所用非人的《潼關鎮國軍句覆使院早春寄王同州》一詩，譴責執政者昏庸無能，導致諸將欺上蒙下，朝廷一片昏暗，國家前途堪虞。

中唐韋應物、劉禹錫及柳宗元等詩人寫了不少政治諷喻詩。韋應物詠史詩《驪山行》與劉禹錫《華清詞》都是詩人借玄宗晚期之昏庸腐敗，來警誡當朝執政切勿荒唐誤國。柳宗元《古東門行》則借寫宰相武元衡遇刺事，規誡朝廷君臣必須正視藩鎮跋扈所帶來之惡果。

至於元、白的諷喻詩，美刺政教之餘，深蘊詩人對國家與百姓未來的寄託與擔憂，正如白居易於《新樂府・序》指出「爲君、爲臣、爲民、爲事而作，不爲文而作也」〔註 73〕。晚唐政治一片低迷中，詩人對危如累卵的國家命運提出擔憂更不消說，論文第六章已作諸多分析，此不贅言。

論者常指出詩教主旨過分強調詩歌之政教功能，筆者認爲應該換個視角，豐富的政教詩歌，顯示詩人具主觀能動性，開展政治批判，展現人類超

〔註 72〕〔唐〕孔穎達：《周易正義・繫辭下》，卷八，北京：北京大學出版社，1999年，頁 307。

〔註 73〕〔唐〕白居易：《新樂府・序》，朱金城箋校：《白居易集箋校》，卷三，上海：上海古籍出版社，2003 年，頁 136。

越俗世的一種難能可貴之醒覺。對比道德匱乏者，這些膺服詩教的詩人顯得更積極入世，具有崇高的社會責任感，以及偉大之使命感。

二、負面影響

傳統詩教豐富了唐詩的審美藝術與詩歌理論、賦予舊詩歌題材新意義，以及重塑了人心道德。正如前言透露凡事有其利必有弊，詩教同時也給唐詩帶來三個負面影響。

1. 制約詩歌多元化審美之發展

盛唐詩歌猶如一座高大難以攀越之豐碑，中唐詩人卻以其詩歌多元化的藝術特色，發展了另一座堪與盛唐媲美之詩歌高峰。中唐時期的詩歌數量和流派乃唐詩四期之最，詩人約五百七十位，詩作多達一萬九千餘首。〔註74〕研究者指出「元和已後，為文筆則學奇詭於韓愈，學苦澀於樊宗師。歌行則學流蕩於張籍。詩章則學矯激於孟郊，學淺切於白居易，學淫靡於元稹，俱名為「元和體」。……元和之風尚怪也。」〔註75〕元和詩歌百花齊放，內容意識以及藝術風格等，都比以往多元與多姿采，其采麗競繁甚至被目為「怪」。清人葉燮直認中唐為「古今百代之中」，指出中唐詩人影響了後世，「自是（中唐）詩之調之格之聲之情，鑿險出奇」〔註76〕，可見中唐詩歌之特色。

從詩歌應該體現紛繁審美情趣，發揮多向審美功能的意義層面來說，儒家主張之單一政教文學中心論，以及其傳統之表達方式，局限詩歌邁向多元性發展。關於詩教對詩歌內容意識之制約，則容後分析，本書先評述它對唐朝詩歌藝術形式發展的負面影響。

為了讓創作更能貼近「風雅」，部分受詩教影響之詩人，固執地以傳統古詩體來寫詩。他們以為質樸古拙的語言才能傳達詩教之精神主旨，也唯有傳統詩體才能表現風雅特色，完全無視當時已經成熟發展之近體詩。如論文前幾章評述的元結及孟郊，堅持以五言古體詩來創作，絕少創作近體詩，而當

〔註74〕北京大學中國語言文學系、中國古典文學教研室主編：《中國文學史綱要》（二），北京：北京大學出版社，1983年，頁114。

〔註75〕〔唐〕李肇：《唐國史補》，卷下，《唐五代筆記小說大觀》，上海：上海古籍出版社，2000年，頁194。

〔註76〕〔清〕葉燮：《百家唐詩序》，轉引自陳伯海：《唐詩論評類編》，濟南：山東教育出版社，1993年，頁236。

時講究格律與聲韻之近體詩，基本已成熟完備且充斥詩壇。此時若再排斥時尚，即是逆流而行，保守甚至迂腐落伍之觀念。

元結將沈千運等詩人之古詩合編爲《篋中集》，並於序言中批評世風「更相沿襲，拘限聲病，喜尚形似。以流易爲詞，不知喪於雅正」，以及「彼則指詠時物，會諧絲竹，與歌兒舞女，生污惑之聲於私室可矣」。〔註77〕元結不滿時代過度沉溺於追求詩歌音律與藝術形式之近體詩，認爲這會阻礙承傳「風雅」。此外，詩人也不隨俗，創作反以五古爲主，嘗試呈現直質簡樸之詩風。筆者認爲詩人可以有他寫與不寫之各種理由，然而從詩歌審美之角度來說，他的堅持卻影響了詩歌往多元方向的發展。

孟郊也是堅持復興古詩，鄙視講究音調聲律之近體詩者，認爲「習樂莫習聲，習聲多頑聾」〔註78〕。詩人存世之作，居多爲古詩或樂府，絕少近體詩作。此外，由於詩人之偏見，也給其詩歌藝術帶來形象呆板，語言單調中欠缺自然流暢之負面後果。孟郊詩歌裏毫不諱言地直斥《竹枝詞》，排斥從當時盛行歌謠中汲取涵養。相較下，劉禹錫則努力學習民歌特色，創作語言流麗，以及人物形象生動活潑之《竹枝詞》，此爲孟郊復古詩教，卻不懂得通變的不良影響。

元結與孟郊排斥近體詩，顯示詩人看不出思想題材決定詩體形式，而非後者決定前者之文學常識，詩人認知上的盲點應該被批判。所幸元結與孟郊之追隨者不多，無法形成一股詩潮，造成更大的負面影響。

2. 忽略審美，偏重說教內容

由於傳統詩教主旨強調推行王政教化，或美刺時病的現實社會功能，過度遵循該精神指導之極端結果，就會產生傾向議論化或突出政教功能的詩歌，有意忽略甚至完全排斥了詩歌的抒發情感本質，以及其他的審美旨趣。羅宗強就曾批評該類重政治功利之詩歌「容易先存諷喻，不管感情是否已達到了非抒發不可的地步，爲意而寫詩，爲諷喻而寫詩」。〔註79〕

先秦諸子之睿智思考，幾乎都著眼於當時的亂世環境，而儒學與政治關係密切，實與其思想提出之時代背景攸關。社會中活動者，一舉一動無不受

〔註77〕〔唐〕元結：《篋中集序》，孫望校：《元次山集》，卷七，北京：中華書局，1970 年，頁 100～101。
〔註78〕〔唐〕孟郊：《秋懷十五首》其十，華忱之校訂：《孟東野詩集》，卷四，頁 60。
〔註79〕羅宗強：《隋唐五代文學思想史》，北京：中華書局，2003 年，頁 223。

政治制約，尤其處於古代封建社會中，政治深切影響個人之意識形態，而作爲意識表現之一的詩歌，亦不免要受到政治所牽制。《毛詩序》最能將這層關係顯露，「故正得失，動天地，感鬼神，莫近乎詩。先王以是經夫婦，成孝敬，厚人倫，美教化，移風俗」〔註80〕。儒家詩教擁護者將文學與政教緊密地捆綁在一起，是有誇大詩歌政教功能之嫌。詩歌藝術的本質是審美，通過詩人內心情感之抒發，引發讀者共鳴，讀詩就能獲得一種美之藝術享受。孔子詩論雖偏重詩歌的政治教化功能，但未曾否認詩歌可以抒發情感的本質，本書第一章第二節之「孔子論詩『主情說』」中，已經仔細爬梳了該問題。

本書分析之廿餘位詩人中，元結、孟郊大部分作品，以及元、白部分諷喻詩，忽視審美藝術，反將原本偏重政教思想之儒家文觀，往極端發展。他們將詩教「思無邪」的本質，變本加厲地發揮，讓詩歌充滿議論與說教色彩。試觀孟郊《堯哥二首》《勸善吟》《求仙曲》《傷時》及《結交》等，詩歌散發出濃厚的爲政教服務味道，卻不見運用多少藝術修辭，有者如《列女操》，甚至還顯露了儒家迂腐之一面。

詩人過分強調詩歌之政治教化功能，以及片面的倫理詩教觀，造成詩歌質勝於文，有偏頗內容之失。詩歌淪爲「載道」工具，失卻作爲文學的審美情趣與價值，不得不歸咎於錯誤理解與扭曲發展了傳統詩教之精神。

3. 突出道德情感，壓制審美情感

文學創作需要情感，詩歌是最講究情感的文體之一，劉勰認爲「詩者，持也，持人性情」〔註81〕，白居易則指出「詩者：根情，苗言，華聲，義實」〔註82〕。人類有喜、怒、哀、樂等多種情感，可是該外露之情緒卻無法照搬入詩中，必須要適度地提煉昇華，才能轉換爲所謂之「文學情感」。

子曰：「《關雎》，樂而不淫，哀而不傷」（3.20），孔子強調學習詩歌，能育人們保持性情不偏激，平和溫良，體現了「喜怒哀樂之未發，謂之中，發

〔註80〕　〔唐〕孔穎達疏：《毛詩正義》，卷一（一之一），《詩大序》，北京：北京大學出版社，1999 年，頁 10。

〔註81〕　〔梁〕劉勰：《文心雕龍》，卷二，《明詩第六》，范文瀾注：《文心雕龍注》，頁 65。

〔註82〕　〔唐〕白居易：《與元九書》，朱金城箋校：《白居易集箋校》，卷四十五，頁 2790。

而皆中節,謂之和」〔註83〕之「中庸」思想,而儒家詩教之哲思由此「中庸」之道出發。漢儒主張的「溫柔敦厚」,即蘊含詩歌情感處於「不過」,亦無「不及」的精神狀態,從中表現了儒家追求「中和」之審美趣味。

我們瞭解處於現實社會當中,「中和」往往只是個理想,不易達至。其個中因素很多,本書只想指出若詩人原本的情感正好是「過」或「不及」時,按儒家之要求,就要設法調整至「中和」的情感狀態,而該「調整」動作,即包含了違反自然之「壓抑」。「情動於中而形於言」,壓抑情感不容易,尤其對於具有「恢宏的胸懷、氣度、抱負與強烈的進取精神」〔註84〕之張揚個性的唐人來說,更是難事。然而論文前幾章評述的廿餘位詩人中,頗多具「克己復禮」之工夫,能將原本怨恨憤怒之不平情緒給按奈下來,提升為文學情感。激昂憤越之音,化為溫柔輕語,最後含蓄委婉出之,俾詩歌表達契合傳統詩教之規範。

論文第二章第三節評述了王維《息夫人》,詩歌本意為攻訐寧王憲之醜行。橫奪人妻乃社會不容,令人髮指之事,更何況王維時為尚未登第之年輕詩人,年少氣盛,可詩人卻壓制怒火,「發乎情,止乎禮義」,只能以息夫人之歷史故事,來曲折委婉地揭露並譏刺統治者。

儒學發展至漢唐,大體偏站在維護上層群體利益角度來說話,所以重視宗法倫理情感過於個體情感。作為儒家文學代言之詩教,其美刺比興動機,主要為統治階層的政治倫理道德服務,強調該階層群體權益,所以比較下忽視或否定了文學藝術的情感教育,或簡稱「美育」之審美情感培育。清人黃宗羲對此即說得好,「夫吳越唱,怨女逐臣,觸景感物,言乎其所不得不言,此一時之性情也。孔子刪之合乎興、觀、群、怨、思無邪之旨,此萬古之性情也。」〔註85〕換言之,詩教思想雖讓詩人的一時情感得到抑制,不過它僅提出轉化為文學情感中之道德情感,有意忽略甚至排斥了其審美情感。

文學情感可分三類,理智情感、道德情感與審美情感,它們分別代表真、善與美的情感。理智情感指「在對客觀事物的過程中所體驗到的情感」〔註

〔註83〕〔宋〕朱熹:《四書章句集注》,《中庸・第一章》,頁 18。

〔註84〕尚永亮:《隋唐五代文學》,袁行霈、羅宗強主編:《中國文學史》,第二卷,北京:高等教育出版社,2003 年,頁 201。

〔註85〕〔清〕黃宗羲:《馬雪航詩序》,郭紹虞主編:《中國歷代文論選》第三冊,上海:上海古籍出版社,2005 年,頁 267。

〔註86〕李永樂:《文學概論》,上海:華東師範大學出版社,2005 年,頁 40~41。

86〕，而道德情感同樣指向主體認識現實客觀現象後，所體驗之情感，不過它是從道德原則出發。至於審美情感，則指「人在感受自然美、生活美和藝術美的過程中需要得到審美體驗所滿足的情感。」〔註 87〕好的文學會同時間體現出三種情感，可是講究形象營造之文學藝術，主要的還是突出審美情感。〔註 88〕

　　本書第一章裏論及孔子讚揚《韶》盡善盡美，而認爲《武》盡美卻未盡善，體現其置「善」高於「美」之文藝標準。詩教指導底下的詩歌，強調與突出的只是單一之道德情感，也即是「求善」之一面，該極端的發展偏廢了人們感受與品味等審美所帶來之精神愉悅。雖說人的情感需要適度節制，才能轉換成文學情感，但節制非等於完全排斥。上文分析忽略審美的元結、孟郊、元稹及白居易部分諷喻詩，詩歌形象枯槁，語言乏味，說教味重，情感平淡，就是過度發揮道德意識，而刻意忽略文學審美之後果。唐詩人貫徹詩教而忽略了通變，反讓傳統詩教局限了唐詩的自由創作，桎梏詩歌之發展。

〔註 87〕 李永燊：《文學概論》，頁 41。
〔註 88〕 本段論點主要參考李永燊：《文學概論》，頁 39～42。

參考文獻

A

1. 愛新覺羅弘曆編選：《御選唐宋詩醇》，上海：上海古籍出版社，2003年版。

B

1. 班固：《漢書》，北京：中華書局，2002年版。
2. 卞孝萱：《唐代文史論叢》，太原：山西人民出版社，1986年版。

C

1. 蔡景康編：《明代文論選》，北京：人民文學出版社，1999年版。
2. 蔡瑜：《唐詩學探索》，臺北：里仁書局，1998年版。
3. 陳伯海編：《唐詩匯評》，杭州：浙江教育出版社，1996年版。
4. 陳伯海編：《唐詩論評類編》，濟南：山東教育出版社，1993年版。
5. 陳伯海編：《唐詩學引論》上海：東方出版中心，1996年版。
6. 陳伯海主編，倪進等著：《中國詩學史》，廈門：鷺江出版社，2002年版。
7. 陳伯海主編：《歷代唐詩論評選》，天津：河北大學出版社，2003年版。
8. 陳伯海：《中國詩學之現代觀》，上海：上海古籍出版社，2006年版。
9. 陳沆：《陳沆集》，武漢：湖北教育出版社，2002年版。
10. 陳尚君：《唐代文學叢考》，北京：中國社會科學出版社，1997年版。
11. 陳鐵民、侯忠義校注：《岑參集校注》上海：上海古籍出版社，2004年版。
12. 陳鐵民校注：《王維集校注》，北京：中華書局，2005年版。

13. 陳桐生：《孔子詩論研究》，北京：中華書局，2004 年版。

14. 陳炎、李春紅：《儒釋道背景下的唐代詩歌》，北京：崑崙出版社，2003 年版。

15. 陳寅恪：《元白詩箋證稿》，北京：新華書局，2002 年版。

16. 陳致平：《中華通史》，臺北：黎明文化事業公司，1988 年版。

17. 程樹德集釋：《論語集釋》，北京：中華書局，1990 年版。

D

1. 鄧新躍：《中國古代文學論叢——湖南科技大學中國古代文學學科論文選》，上海：上海古籍出版社，2004 年版。

2. 丁福保輯：《歷代詩話續編》，北京：中華書局，2001 年版。

3. 佟培基箋注，《孟浩然詩集箋注》，上海：上海古籍出版社，2005 年版。

4. 董誥等編：《全唐文》，北京：中華書局，2001 年版。

5. 董乃斌、陳伯海等主編：《中國文學史學史》，石家莊：河北人民出版社，2003 年版。

6. 杜曉勤：《初盛唐詩歌的文化闡釋》，上海：東方出版社，1997 年版。

F

1. 范文瀾注：《文心雕龍注》，北京：人民文學出版社，2006 年版。

2. 房玄齡：《晉書》，北京：中華書局，2002 年版。

3. 馮班：《鈍吟雜錄》，《文淵閣四庫全書》，上海：上海古籍出版社，2003 年版

4. 馮集梧注：《樊川詩集注》，上海：上海古籍出版社，1998 年版。

5. 馮應榴輯注：《蘇軾詩集合注》，上海：上海古籍，2001 年版。

6. 傅璇琮、蔣寅主編：《中國古代文學通論》，瀋陽：遼寧人民出版社，2005 年版。

7. 傅璇琮：《唐代詩人叢考》，北京：中華書局，2003 年版。

8. 傅璇琮編：《唐人選唐詩新編》，西安：陝西人民教育出版社，1996 年版。

9. 傅璇琮、羅聯添主編：《唐代文學研究論著集成》，西安：三秦出版社，2004 年版。

G

1. 高棅：《唐詩品彙》，上海：上海古籍出版社，1982 年版。

2. 高步瀛：《唐宋詩舉要》，臺北：學海出版社，1992 年版。

3. 高海夫主編：《唐宋八大家文鈔校注集評》，西安：三秦出版社，1998 年版。

4. 葛曉音：《漢唐文學的嬗變》，北京：北京大學出版社，1990 年版。

5. 葛曉音：《詩國高潮與盛唐文化》，北京：北京大學出版社，1998 年版。

6. 顧況：《華陽集》，上海：上海古籍出版社，1993 年版。

7. 郭茂倩編：《樂府詩集》，北京：中華書局，2003 年版。

8. 郭慶藩編：《莊子集釋》，臺北：萬卷樓圖書有限公司，1993 年版。

9. 郭紹虞：《杜甫戲爲六絕句集解元好問論詩三十首小箋》，北京：人民文學出版社，2001 年版。

10. 郭紹虞選編：《清詩話續編》，上海：上海古籍出版社，1999 年版。

11. 郭紹虞主編：《中國歷代文論選》，上海：上海古籍出版社，2005 年版。

12. 郭紹虞校釋：《滄浪詩話校釋》，北京：人民文學出版社，2005 年版。

H

1. 韓理洲：《陳子昂研究》，上海：上海古籍出版社，1988 年版。

2. 郝世峰箋注：《孟郊詩集箋注》，天津：河北教育出版社，2002 年版。

3. 何焯、崔高維點校：《義門讀書記》，北京：中華書局，2006 年版。

4. 何文煥輯：《歷代詩話》，北京：中華書局，2003 年版。

5. 何晏注，邢昺疏：《論語注疏》，北京：北京大學出版社，1999 年版。

6. 胡可先：《政治興變與唐詩演化》，北京：中國社會科學出版社，2003 年版。

7. 胡可先：《中唐政治與文學——以永貞革新爲研究中心》，合肥：安徽大學出版社，2000 年版。

8. 胡適：《白話文學史》，合肥：安徽教育出版社，1999 年版。

9. 胡嗣坤、羅琴：《杜荀鶴及其〈唐風集〉研究》，成都：巴蜀書社，2005 年版。

10. 胡旭：《漢魏文學嬗變研究》，廈門：廈門大學出版社，2004 年版。

11. 胡應麟：《詩藪》，北京：中華書局，1969 年版。

12. 胡震亨：《唐音癸籤》，上海：上海古籍出版社，1981 年版。

13. 皇侃疏：《論語集解義疏》，臺北：廣文書局，1990 年版。

14. 黃懷信：《上海博物館藏戰國楚竹書《詩論》解義》，北京：社會科學文獻出版社，2004 年版。

15. 黃侃：《文心雕龍札記》，上海：華東師範大學，1997 年版。

16. 黃汝成集釋：《日知錄集釋》，上海：上海古籍出版社，2005 年版。

17. 黃宗羲：《黃宗羲全集》，杭州：浙江古籍出版社，2005 年版。

J

1. 冀勤點校：《元稹集》，北京：中華書局，2000 年版。

2. 蹇長春：《白居易評傳》，南京： 南京大學出版社，2002 年版。

3. 蔣寅：《大曆詩風》，上海：上海古籍出版社，1992 年版。

4. 蔣寅：《大曆詩人研究》，北京：北京大學出版社，2007 年版。

K

1. 堪東飆校點：《初唐四傑集》，長沙：嶽麓書社，2001 年版。

2. 康懷遠：《李白批判論》，成都：巴蜀書社，2004 年版。

3. 孔穎達疏：《尚書正義》.北京：北京大學出版社，1999 年版。

4. 孔穎達疏：《禮記正義》，北京：北京大學出版社，1999 年版。

5. 孔穎達疏：《毛詩正義》，北京：北京大學出版社，1999 年版。

6. 孔穎達疏：《易經正義》，北京：北京大學出版社，1999 年版。

7. 孔穎達疏：《春秋左傳正義》，北京：北京大學出版社，1999 年版。

L

1. 李百藥：《北齊史》，北京：中華書局，2002 年版。

2. 李善注：《文選》，上海：上海古籍出版社，1997 年版。

3. 李延壽：《南史》，北京：中華書局，2002 年版。

4. 李永燊：《文學概論》，上海：華東師範大學出版社，2005 年版。

5. 李肇：《唐國史補》，《唐五代筆記小說大觀》，上海：上海古籍出版社，2000 年版。

6. 李壯鷹校注：《詩式》，北京：人民文學出版社，2003 年版。

7. 林庚：《唐詩綜論》，北京：人民出版社，1987 年版。

8. 林水檺：《古典文學論叢》，汕頭：汕頭大學出版社，1995 年版。

9. 令狐德芬：《周書》，北京：中華書局，2003 年版。

10. 劉寶楠：《論語正義》，北京：中華書局，2007 年版。

11. 劉大杰：《中國文學發展史》，上海：上海人民出版社，1976 年版。

12. 劉開揚箋注:《高適詩集編年箋注》,北京:中華書局,2000 年版。

13. 劉明華:《杜甫研究論集》,重慶:重慶出版社,2005 年版。

14. 劉肅:《大唐新語》,《唐五代筆記小說大觀》,上海:上海古籍出版社,2000 年版。

15. 劉昫等:《舊唐書》,北京:中華書局,2002 年版。

16. 劉學鍇、余恕誠:《李商隱文編年校注》,北京:中華書局,2004 年版。

17. 柳宗元:《柳宗元集》,北京:中華書局,2000 年版。

18. 魯迅:《南腔北調集》,北京:人民文學出版社,1991 年版。

19. 陸時雍:《詩鏡總論》,丁福保輯:《歷代詩話續編》北京:中華書局,2001 年版。

20. 陸曉光:《中國政教文學之起源——先秦詩說論考》,上海:華東師範大學出版社,1994 年版。

21. 陸心源編:《唐文拾遺》,上海:上海古籍出版社,1993 年版。

22. 陸質:《春秋集傳纂例》,《文淵閣四庫全書》,上海:上海古籍出版社,2003 年版。

23. 逯欽立輯校:《先秦漢魏晉南北朝詩》,北京:中華書局,1998 年版。

24. 呂思勉:《隋唐五代史》,上海:上海古籍出版社,1984 年版。

25. 羅根澤:《中國文學批評史》,上海:上海書店出版社,2003 年版。

26. 羅根澤:《樂府文學史》,上海:東方出版社,1996 年版。

27. 羅立乾:《白沙集》,香港:天馬出版有限公司,2004 年版。

28. 羅聯添編:《中國文學史論文選集》,臺北:臺灣學生書局,1986 年版。

29. 羅宗強:《隋唐五代文學思想史》,北京:中華書局,2003 年版。

30. 羅宗強:《因緣集——羅宗強自選集》,天津:南開大學出版社,2004 年版。

31. 羅宗強:《羅宗強古文文學思想論集》,汕頭:汕頭大學出版社,1999 年版。

M

1. 馬茂元:《馬茂元說唐詩》上海:上海古籍出版社,2000 年版。

2. 馬通伯校注:《韓昌黎文集校注》,香港:中華書局,1984 年版。

3. 馬勇:《儒學興衰史》,廣州:廣東人民出版社,2001 年版。

4. 莫礪鋒:《杜甫評傳》,南京:南京大學出版社,1998 年版。

O

1. 歐陽修、宋祁：《新唐書》，北京：中華書局，2002 年版。

P

1. 彭定求：《全唐詩》，北京：中華書局，1999 年版。
2. 皮日休：《皮子文藪》，上海：上海古籍出版社，1981 年版。
3. 浦起龍：《讀杜心解》，北京：中華書局，2000 年版。

Q

1. 錢穆：《先秦諸子繫年》，臺北：商務印書館，2005 年版。
2. 錢穆：《論語新解》，北京：三聯書局，2003 年版。
3. 錢仲聯集釋：《韓昌黎詩繫年集釋》，上海：上海古籍出版社，1998 年版。
4. 仇兆鰲：《杜詩詳注》，北京：中華書局，1999 年版。
5. 喬惟德、尚永亮：《唐代詩學》，長沙：湖南人民出版社，2000 年版。
6. 裘錫圭：《中國出土古文獻十講》，上海：復旦大學出版社，2004 年版。
7. 瞿蛻園、朱金城校注：《李白集校注》，上海：上海古籍出版社，1998 年版。
8. 瞿蛻園箋證：《劉禹錫集箋證》，上海：上海古籍出版社，2005 年版。

S

1. 上海師範大學古籍整理組校點：《國語》，臺北：里仁書局，1981 年版。
2. 尚永亮：《貶謫文化與貶謫文學——以中唐元和五大詩人之貶及其創作為中心》，蘭州：蘭州大學出版社，2004 年版。
3. 尚學鋒、過常寶等著：《中國古典文學接受史》，濟南：山東教育出版社，1999 年版。
4. 沈德潛：《說詩晬語》，王夫之等撰：《清詩話》，上海：上海古籍出版社，1999 年版。
5. 沈德潛：《唐詩別裁集》，長沙：嶽麓書社，1998 年版。
6. 司空圖著，郭紹虞集解：《詩品集解》，北京：人民文學出版社，2006 年版。
7. 司馬光著，胡三省音注：《資治通鑑》，北京：中華書局，2005 年版。
8. 司馬遷著，瀧川龜太郎會注考證：《史記會注考證》，臺北：萬卷樓圖書有限公司，1993 年版。

9. 宋敏求編：《唐大詔令集》，北京：商務印書館，1959 年版。

10. 蘇雪林：《唐詩概論》，北京：商務印書館，1947 年版。

11. 隋樹森編：《全元散曲》，北京：中華書局，2000 年版。

12. 孫昌武：《道教與唐代文學》，北京：人民文學出版社，2001 年版。

13. 孫昌武：《唐代文學論叢》，西安：陝西人民出版社，1983 年版。

14. 孫昌武：《唐代古文運動通論》，天津：百花文藝出版社，1984 年版。

15. 孫明君：《漢魏文學與政治》，北京：商務印書館，2003 年版。

16. 孫望校箋：《韋應物詩集繫年校箋》，北京：中華書局，2002 年版。

17. 孫望校：《元次山集》，北京：中華書局，1960 年版。

18. 孫詒讓：《墨子閒詁》，北京：中華書局，2001 年版。

T

1. 潭潤生：《唐代樂府詩》，臺北：黎明文化事業公司，2000 年版。

2. 陶敏、王友勝校注：《韋應物集校注》，上海：上海古籍出版社，1998 年版。

3. 陶文鵬：《唐宋詩美學與藝術論》，天津：南開大學出版社，2004 年版。

W

1. 王夫之：《薑齋詩話》，北京：人民文學出版社，2006 年版。

2. 王國安箋釋：《柳宗元詩箋釋》，上海：上海古籍出版社，1998 年版。

3. 王明居：《唐詩風格論》，合肥：安徽大學出版社，2001 年版。

4. 王琦注：《李太白全集》，北京：中華書局，2003 年版。

5. 王嗣奭：《杜臆》，上海：上海古籍，1983 年版。

6. 王文濡編：《歷代詩評注讀本》，北京：中國書店，1983 年版。

7. 王錫九：《皮陸詩歌研究》，合肥：安徽大學，2004 年版。

8. 王先謙：《荀子集解》，北京：中華書局，1997 年版。

9. 王先慎：《韓非子集解》，北京：中華書局，1998 年版。

10. 王學泰：《中國古典詩歌要籍叢談》，天津：天津古籍出版社，2004 年版。

11. 王運熙、顧易生主編：《中國文學批評通史》，上海：上海古籍出版社，1996 年版。

12. 王運熙：《漢魏六朝唐代文學論叢》，上海：復旦大學出版社，2002 年版。

13. 王運熙：《文心雕龍探索》，上海：上海古籍出版社，2005 年版。

14. 魏收：《魏書》，北京：中華書局，2002 年版。

15. 魏徵等：《隋書》，北京：中華書局，2002 年版。

16. 聞一多：《唐詩雜論》：上海：上海古籍出版社，2004 年版。

17. 吳庚舜、董乃斌主編：《唐代文學史》，北京：人民文學出版社，2006 年版。

18. 吳建民：《中國古代詩學原理》，北京：人民文學出版社，2001 年版。

19. 吳喬：《圍爐詩話》，郭紹虞編選：《清詩話續編》，上海：上海古籍出版社，1999 年版。

20. 吳文治：《宋詩話全編》，蘇州：江蘇古籍出版社，1998 年版。

X

1. 項安世：《項氏家說》，上海：上海古籍出版社，2003 年版。

2. 蕭滌非：《杜甫研究》，濟南：齊魯書社，1980 年版。

3. 蕭滌非：《蕭滌非說樂府》，上海：上海古籍出版社，2002 年版。

4. 蕭占鵬主編：《隋唐五代文藝理論彙編評注》，天津：南開大學出版社，2002 年版。

5. 謝保成集校：《貞觀政要集校》，北京：中華書局，2003 年版。

6. 辛文房著，傅璇琮主編：《唐才子傳校箋》，北京：中華書局，2002 年版。

7. 徐鵬校點：《陳子昂集》，北京：中華書局，1962 年版。

8. 徐中玉：《古代文藝創作論集》，北京：中國社會科學出版社，1985 年版。

9. 許學夷：《詩源辯體》，北京：人民文學出版社，1998 年版。

10. 許總：《唐詩史》，蘇州：江蘇教育出版社，1995 年版。

Y

1. 楊軍箋注：《元稹集編年箋注》，西安：三秦出版社，2002 年版。

2. 楊啓高編著：《唐代詩學》，南京：正中書局，1935 年版。

3. 楊士弘編選，張翼輯注：《唐音評注》，天津：河北大學出版社，2006 年版。

4. 姚思廉：《陳書》，北京：中華書局，2002 年版。

5. 姚思廉：《梁書》，北京：中華書局，2002 年版。

6. 葉瑛校注：《文史通義校注》，北京：中華書局，2004 年版。

7. 佚名：《杜詩言志》，南京：江蘇人民出版社，1983 年版。

8. 永瑢等：《四庫全書總目》，北京：中華書局，2003 年版。

9. 游國恩：《中國文學史》，北京：人民文學出版社，1996 年版。

10. 余恕誠：《唐詩風貌》，合肥：安徽大學出版社，2003 年版。

11. 俞志慧：《君子儒與詩教——先秦儒家文學思想考論》，北京：三聯書店，2005 年版。

12. 宇文所安著，賈晉華譯：《盛唐詩》，北京：三聯書局，2004 年版。

13. 袁行霈主編：《中國文學史》，北京：高等教育出版社，2003 年版。

Z

1. 張溥輯：《漢魏六朝百三名家集》，南京：江蘇古籍出版社，2002 年版。

2. 張少康集釋：《文賦集釋》，北京：人民文學出版社，2006 年版。

3. 張爲：《詩人主客圖》，丁福保輯：《歷代詩話續編》，北京：中華書局，2001 年版。

4. 章培恒、駱玉明主編：《中國文學史》，上海：復旦大學出版社，1998 年版。

5. 章士釗：《柳文指要》，北京：文匯出版社，2000 年版。

6. 章太炎：《國故論衡》，上海：上海古籍出版社，2006 年版。

7. 趙殿成箋注：《王右丞集箋注》，上海：上海古籍出版社，1998 年版。

8. 鄭家治：《古代詩歌史論》，成都：巴蜀書社，2003 年版。

9. 趙昌平校編：《顧況詩集》，南昌：江西人民出版社，1983 年版。

10. 鄭玄注，賈公彥疏：《儀禮注疏》，北京：北京大學出版社，1999 年版。

11. 鄭玄注，賈公彥疏：《周禮注疏》，北京：北京大學出版社，1999 年版。

12. 摯虞：《文章流別論》，郭紹虞主編：《中國歷代文論選》，上海：上海古籍出版社，2005 年版。

13. 鍾嶸，陳延傑注：《詩品注》，北京：人民文學出版社，2001 年版。

14. 周勳初主編：《唐詩大辭典》，南京：鳳凰出版社，2003 年版。

15. 周予同注釋：《經學歷史》，北京：中華書局，2004 年版。

16. 鄒雲湖：《中國選本批評》，上海：上海三聯書店，2002 年版。

17. 朱東潤：《中國文學批評史大綱》，上海：古典文學出版社，1957 年版。

18. 朱金城箋校：《白居易集箋校》，上海：上海古籍出版社，2003 年版。

19. 朱熹著，朱傑人等主編：《朱子全書》，上海：上海古籍出版社，2002 年版。

20. 朱熹集注：《四書章句集注》，北京：中華書局，2005 年版。

21. 朱熹注：《詩集傳》，南京：鳳凰出版社，2007 年版。

22. 朱自清：《朱自清說詩》，上海：上海古籍出版社，1999 年版。

23. 竹添光鴻箋:《左傳會箋》,臺北:天工書局,1988 年版。

學位論文

1. 陳世忠:《元稹美刺風教文學思想淺探》,華南師範大學碩士研究生學位論文,2004 年。

2. 李紅:《中國傳統詩教批評》,華中科技大學碩士學位論文,2004 年。

3. 林志敏:《先秦儒家思想中「權」的概念》,新加坡國立大學中文系碩士論文,2000 年。

4. 余華瓊:《傳統詩教的文化內涵分析》,華南師範大學碩士研究生學位論文,2003 年。

期刊論文

1. 柏秀娟:《白居易、杜甫現實主義詩歌創作》,《語文學刊》2002 年 06 期。

2. 董連祥:《孔子的詩論與唐詩》,《昭烏達蒙族師專學報》(漢文哲學社會科學版),2002 年 04 期。

3. 陳良運:《論唐代詩選家的審美鑒賞批評》,《陰山學刊》(社會科學版)1995 年 02 期。

4. 陳桐生:《論〈毛詩序〉對詩教理論的貢獻》,中國詩經學會編:《詩經研究叢刊》第三輯,北京:學苑出版社,2002 年。

5. 陳忻:《唐中葉的經世之風與元白經世之詩》,《西南民族大學學報人文科學版》,2004 年 07 期。

6. 傅紹良:《論杜甫的諫臣意識》,《陝西師範大學學報(哲學社會科學版)》,1998 年 03 期。

7. 葛培嶺:《論白居易思想的權變品格》,《唐代文學研究(第十輯)──中國唐代文學學會第十一屆年會暨國際學術討論會論文集》,2002 年。

8. 康震:《唐太宗政教詩的文化反省》,《唐都學刊》,1999 年 04 期。

9. 李學勤:《談〈詩論〉「詩亡隱志」章》,《清華簡帛研究》第 2 輯,2002 年 3 月。

10. 李再新:《論白居易的諷喻詩》,《重慶科技學院學報》(社會科學版),2008 年 04 期。

11. 劉華民:《文體選擇與文體自覺──白居易《新樂府》創作之再認識》,《中山大學學報》(社會科學版),2000 年 06 期。

12. 劉學忠:《「新樂府運動」辨》,《衡陽師專學報》(社會科學),1995 年 03 期。

13. 馬銀琴:《論孔子的詩教主張及其思想淵源》,《文學評論》,2004 年 05 期。

14. 聶永華：《王圭、魏徵：儒家詩教觀的履踐——貞觀宮廷貞觀宮廷詩風研究之三》，《鄭州大學學報》（哲學社會科學版），2000 年 03 期。

15. 裴斐：《再論關於元白的評價》，《光明日報》，1985 年 9 月 10 日。

16. 饒毅、張紅：《唐宋詩之爭中的「溫柔敦厚」說》，《文學評論》，2006 年 04 期。

17. 田剛健：《詩教同情韻並重風骨與興寄並顯——淺談唐代詩論的主要特徵》，《湖北教育學院學報》，2007 年 07 期。

18. 王海英：《孔穎達〈五經正義〉與唐代文論》，《中國文學研究》，2001 年 02 期。

19. 王耘：《初、盛唐儒家美學範疇之檢省》，《船山學刊》，2003 年 04 期。

20. 謝建忠：《試論儒家詩教影響孟郊創作的得失》，《貴州文史論叢》，1988 年 04 期。

21. 楊興華：《孔子詩論與詩歌的衰微》，《衡陽師範學院學報》（社會科學），1999 年 05 期。

22. 易小平：《從風骨到政教：盛唐中唐對建安文學的接受》，《唐都學刊》，2004 年 05 期。

23. 張海蘊：《論儒家思想對王維詩歌創作的影響》，《重慶職業技術學院學報》，2008 年 03 期。

24. 張明非：《儒家詩教說在唐代的興衰》，《求索》，1989 年 02 期。

25. 張利玲：《孔子詩學觀新探》，《吉首大學學報》（社會科學版），2000 年 02 期。

26. 趙榮蔚：《從尚豔到崇雅——論〈御覽詩〉〈極玄集〉在中唐詩風衍變歷程中的座標意義》，《漳州師範學院學報》（哲學社會科學版）2002 年 04 期。

27. 周明秀：《顧況：在李白與李賀之間》，《天津師範大學學報》，2002 年 01 期。

28. 周明秀：《逸歌長句駿發踔屬——對顧況詩風的再評價》，《許昌師專學報》，2002 年第 6 期。

29. 朱炯遠：《論新樂府運動爭議中的幾個問題》，《文藝理論研究》，2000 年 02 期。

後記——不窺園的日子

　　追憶二〇〇五年九月十七日，排除萬難，飛赴武大一圓博士夢，瞬轉三載。如今撫摸三百餘頁的論文成果，一字一頁思艱辛。

　　在職讀博是極富挑戰之事。鑽研論文課題之餘，尚須窮於應付繁重的教務。肉身疲累，思緒則飛梭於中古與二十一世紀的時空，求其放心難矣。每每一打開電腦，倦意即撲掩而來，進取之心頓散矣。此外，人隔萬里，未能親炙導師，加上資料收集之不便等，致使論文之進展困難重重。

　　三年來的日子過得戰戰兢兢。除開會教學，及無法免除的雜務外，運動與娛樂，誠屬奢侈，交際應酬則能免則免。每日埋身書海，俯首鍵盤，分秒必爭，幾近不窺園。論文頁數逐日累積，對唐詩與詩教的關係逐步清晰之餘，身上贅肉則日益削減，然而健康亦漸走下坡。一得一失，憂喜交集。

　　春去秋來，連續三年秋季飛渡武漢，武大美麗撩人之山光水色，楓園留學生院的楓紅美景，皆挽不住匆匆腳步，然銘刻心頭者乃恩師之循循教誨。珞珈山麓，尚永亮老師的專業與敬業，細心及用心之指點，讓我茅塞頓開。衷心感謝尚老師，您給予的引導，讓南來之學子，獲益良多，永誌難忘。與此同時，承李中華師、熊禮匯師、陳順智師等對論文課題的點撥，此亦一併致謝。同時，萬分感恩的還有來自武大同窗之鼎力相助，以及鳳玲與黛瑩學妹忙中抽時幫忙列印、裝訂論文，安排答辯等事，許多麻煩終逐一化解。

　　感謝馬來西亞拉曼大學校方慷慨賜予獎學金，文學院前院長楊礎寶、中文系前主任洪天賜教授、中文系主任林水檺教授的推薦與多方協助，此外，同事朋友之間的打氣勉勵，與學生幫忙查詢及整理資料的協助，讓人於疲累之際倍感溫暖。

最不能忘記的是身邊的家人，感謝他們，尤其是愛妻的全力支持。她不僅常常陪我留在辦公室直至深夜，同時也得時時忍受我無故地鬧脾氣。雖然她對我的論文，無法提供直接的幫助，然而背後無私無怨與愛的付出，實無法衡量，論文之能於三年內完成多賴於此。

特別感謝如今身於新加坡的勞悅強師，他雖未直接對研究課題提供意見，但讀碩期間，培養了我正確的基本學術觀念，以及激勵我讀博之欲望。師恩忠言，永銘於心。

莊子曰：「道隱於小成，言隱於榮華，故有儒墨之是非，以是其所非，而非其所是。」天下間的學問皆從自我之角度審視。所謂研究所得，僅爲道之一隅，眾人多沾沾自喜，以爲得道矣，殊不知此乃管中窺豹，坐井觀天。博士學位僅爲學術研究之起點，此後學術路上漫漫兮，吾將上下而求索。

三載中，論文評述的廿八位唐詩人，從陌生而熟稔，乃至夢中神遇。於漢期間，遠眺黃鶴樓，遐想詩人，是否如我，如斯凝視。然而，詩人已去，白雲悠悠……

追憶一九八七年，少壯赴臺，擬望盡天涯路。時光易把人拋，倏然廿載，重返校園，爲伊消得人憔悴。待齊集人生三學位，已入哀樂中年矣。三年不窺園，感觸良多，惜無彩筆，一一道盡，僅綴數言，是爲後記。

記於馬來西亞金寶山麓味象齋，時值世界和平日
二〇〇八年九月廿一日